这是中国第一套专门描写俄侨在哈尔滨生活的系列文学作品

哈尔滨俄侨文学系列丛书

中共哈尔滨市委宣传部
哈尔滨市文学艺术界联合会
策划组织出版

编 委 会

顾　　问：高　莽　李述笑

主　　编：张丽欣

执行主编：王亚平

副 主 编：高　弟　唐　飚

常务主编：陈　明

哈尔滨俄侨文学系列丛书

给卡嘉的信

郝利增 著

黑龙江人民出版社

图书在版编目(CIP)数据

给卡嘉的信／郝利增著. — 哈尔滨：黑龙江人民
出版社，2019.1
（哈尔滨俄侨文学系列丛书）
ISBN 978 - 7 - 207 - 11692 - 5

Ⅰ.①给… Ⅱ.①郝… Ⅲ.①长篇小说—中国—当代
Ⅳ.①I247.5

中国版本图书馆 CIP 数据核字(2019)第 020644 号

责任编辑：吴英杰
装帧设计：胡　泓
封面插图：胡　泓

给卡嘉的信

郝利增　著

出版发行　黑龙江人民出版社
　　　　　地址　哈尔滨市南岗区宣庆小区 1 号楼（150008）
　　　　　网址　www.hljrmcbs.com
印　　刷　黑龙江艺德印刷有限责任公司
开　　本　880×1230　1/32
印　　张　7.625
字　　数　190 千字
版次印次　2019 年 1 月第 1 版　2019 年 1 月第 1 次印刷
书　　号　ISBN 978 - 7 - 207 - 11692 - 5
定　　价　36.00 元

郝利增

1958年生于哈尔滨，自由撰稿人。著有散文随笔集《梦阁杂话》，电影文学剧本《钟声撼动的黄昏》，报告文学集《风华正茂》，长篇小说《静静的岸边》《啊，蔷薇，我的蔷薇》等作品。

致读者

这套有关俄罗斯侨民在哈尔滨的文学丛书,是中国第一套专门描写外侨在华生活的系列文学作品,如此重要的盛事,邀我当文学顾问,无论是学识或资历都觉难当此任。但,哈尔滨是我的家乡,青年时代我与哈尔滨的俄侨有诸多来往,多年来我又从事中俄文化交流与友好工作,不便推辞,只好勉为其难。

我生在哈尔滨,长在哈尔滨,学在哈尔滨,哈尔滨与我有千丝万缕的联系。我饱尝过敌伪统治时期的痛苦,同时也经历了苏联红军解放哈尔滨时的雀跃,在哈尔滨这座国际化的城市里,受到特殊文化的熏陶。

新中国成立初期,我离开哈尔滨。可是,哈尔滨的乡亲,哈尔滨的市容,哈尔滨的绿荫,哈尔滨的白雪,哈尔滨的钟声,松花江的涛声,以及多种民族语言的声响,一直回荡在我的心海里。

我在不同时期几次返回哈尔滨,看到她迅速地发展,也见到有些标志性的建筑被毁掉或拆除。我的故居——木板小平房——早已荡然无存,在原处修起高楼;我的母校校址已经变成旅馆。当然,哈尔滨还保留了一些旧的遗址,如横跨松花江的大桥,江北的太阳岛,连接三个区的霁虹桥,道外区的老式阁楼,南岗区的博物馆,道里区的繁华街道和中央大街及石铺的马路。可惜我没有见到一位老同学。

我当年就读的是个外国学校——基督教青年会中学,同学中除了少数中国人外,都是异民族的子弟,多数是俄罗斯孩子,还有犹太人、波罗的海人等。他们出生在哈尔滨,在哈尔滨长大,20世纪50年代初,外国民族外迁时,俄罗斯青年很少有人回到父母之邦,更多的人选择了浪迹天涯。我们学校通用的语言是俄语,生活在他们中间,使我对俄罗斯人的过去,对他们的风俗习惯、人生经历多少有些感性认识。

1945年夏天,哈尔滨光复后,我开始在哈尔滨市中苏友好协会从事翻译和研究俄苏文学工作,最终这一行成了我的职业。也许正因为这个,我和这套丛书有了今天的缘分。

我看到,丛书作者都是在哈尔滨长大的人,他们作品中的人物几乎都有混血儿。混血儿在欧洲并不奇怪,父母肤色相似,眼窝深陷,高鼻梁、蓝眼睛,或深色或淡色头发。而在哈尔滨则大不相同,因为他们是欧亚血液相交的结晶,都别具特色,长相不一般,自幼通晓两种语言,他们的感情表现也有所不同。混血的儿女形成了混血的文化,从这套丛书中也可以见到一斑。小说的书名有的虽然带有俄罗斯地点的名字如"西伯利亚"、"贝加尔湖"等,但作品写的都没有离开哈尔滨,都没有离开中俄两个民族。这些作品内容最早的涉及哈尔滨开埠初期,俄日两股势力争夺哈尔滨,一直写到20世纪八九十年代中国人建成崭新的繁华城市。在这百年当中既有初建的艰辛,社会制度的嬗变,也有中俄(中苏)两国之间的矛盾……作品均以一些特殊事件为主线,从不同角度写出哈尔滨曲曲折折的发展。比如,有的作品讲述的是1918年出生在哈尔滨的一位俄裔青年,经历了俄国内战,最后辗转到了赤塔,已经奄奄一息。他再也没能回到故乡哈尔滨。哈尔滨成了他遥远的思念和乡愁。有的作品描写20世纪初俄国动乱,大批俄罗斯人沿中东铁路逃到中国哈尔滨,与哈尔滨各阶层人士结成生死情谊,中国义士甚至冒着生命危险,赶赴俄国援救受难俄国友人逃回哈尔滨。有的作品讲述的

2

是20世纪二三十年代哈尔滨俄侨文化界人士的一些零星故事,描绘了当时的大学教授,中东铁路职员,流浪诗人,哈尔滨交响乐团钢琴师等等。这些被战争裹挟卷入动荡生活的人,在严酷的战争环境下,体会到哈尔滨对他们的友善接纳和包容。有的作品内容写的是现代,以新中国建设初期一位苏联援华专家的女儿与一位在哈尔滨长大的混血儿男青年,由通信相识、相爱而发展到决定结婚。最后中苏关系交恶,导致这对青年男女不幸的结局。作品以第三代在哈俄罗斯人及同龄中国青年的视角,回溯了整个20世纪哈尔滨俄罗斯人的生活史,具有史诗般的感人力量。有的作品以中俄青年知识分子的爱情故事为线索,揭示了严酷的政治风云对人性的考验。有的作者本人就是中俄混血儿。他以自身童年的亲身经历,以20世纪二三十年代以及五六十年代的哈尔滨历史为背景,塑造了身边的一些平凡人物的形象,再现了俄罗斯侨民在哈尔滨艰辛的生活和坎坷的命运。这些文学作品的出版,无疑将对广大读者进一步了解哈尔滨独特的地域文化起到无法取代的作用。

同时,收入丛书的作品在艺术上也各有独到之处,在展现历史的真实,刻画生活的力度,描写细节的能力,特别是在塑造俄罗斯人物形象上,展现出令人惊叹的独特成果。这无疑给当代中国文学注入了一股新鲜活力。

我这个在哈尔滨长大的中国人,从这些小说中也更深层地了解了俄苏侨民文化对哈尔滨的渗透与影响。这种影响甚至凝聚在各种建筑物上,如哈尔滨的老火车站、霁虹桥、“喇嘛台”、历史博物馆,中央大街以及石块马路、松花江边的防洪纪念塔,还有一座座六角街灯,难怪哈尔滨具有那么鲜明的国际文化风貌。

这套丛书从不同时代、不同角度、不同层面、不同人物、不同事件,揭示了人们在哈尔滨的生存、工作、斗争和爱情遭遇,使我这个90岁的老哈尔滨人不由得顿生思乡之情。我相信这套丛书对后来人会有更多的启示。

愿新的一代人能细心地赏读这些作品。

高 莽

2015 年 6 月

目　录

引　子

我的朋友卡嘉

在三十年前,有一封从中国寄往澳大利亚堪培拉的长信。寄信人是生活在哈尔滨的尤拉,他是一个喜欢钻研历史的年轻人。那时候他正在研究俄罗斯侨民在哈尔滨生活的历史。他的信是给他当年的小伙伴,俄侨老邻居的小女儿卡嘉的。

信的内容是这样写的:

卡嘉:

我亲爱的朋友,允许我这样称呼你,除了这个称呼,我不知道还有什么样的称呼更适合于你。对我来说,这个称号是那么亲切和自然,表达了我的全部感情。我现在还记得我们在童年时的所有往事,记得清清楚楚,当然还有你小时候的模样。那时你是个翘鼻子的爱笑的小姑娘,所以在我们离别多少年之后,我一眼就认出了你,这是没有什么奇怪的事情。让我们在北戴河邂逅,这是上天对我们的眷顾!

我是非常幸运的,因为这个世界有你,而且又让我见到了你,是在没有任何预兆的情况下突然间相遇了。这是多么突然的事情,哪怕做一个梦也好啊。在那一天的中午,在海滨的沙滩上,你和你的女伴在一起散步,你们是从北京来旅行的,这时候正在眺望着大海,海风吹拂着你的长发，还是那一头的金色的长发。那时候我也在北京，过着一个流浪记者困顿的日子，我来北戴河这里散心，是想排解胸中的郁闷。在你转头的时候，我一眼就认出了你，我是多么的惊讶，情不自禁地喊了你一声。你凝视着我有几秒钟的工夫，然后飞跑着过来，你没有一点犹豫就抱住了我，喊着"尤拉"，我们紧紧地拥抱着……在阵阵海涛声中，我们坐在别墅的廊下，常常谈到深夜，谈到童年共同所经历的往事。我以为那时候你们一家离开中国，我们今生就永远不会再见到了，没想到我们又见面了，而且是在美丽的北戴河。你在澳大利亚的堪培拉，我在中国的哈尔滨，我感到我们的距离并不是那么遥远，就仿佛你现在在我的眼前一样。当年许多哈尔滨俄侨去了澳大利亚，这包括你们一家。我对那个遥远的国家有着一种莫名其妙的亲切感。

那时不知道为什么，我就喜欢和你们一家在一起，我看出你们也很喜欢我。这大概是因为我喜欢你吧？因为你喜欢坐在自己家的窗台上。我常常跑到你家窗下的花园里玩，在稠李树下嬉戏，你哥哥安德列给我们唱歌，他唱《山楂树》，唱《喀秋莎》，也唱《列宁山》。可是我不怎么喜欢他，也许是因为我比他小的缘故，他总是爱捏我的鼻子，弄得我常常流下泪来。有一次，他把我弄哭了，你的姐姐玛丽雅走过来，抚摸着我的头发说："怎么啦，我的小弟弟？"她的手多么温柔啊，我喜欢你的姐姐玛丽雅，她是一个蓝眼睛的可爱的姑娘，不过我总是把她当成自己的姐姐。那时候的你还是一个丑小鸭呢，不过我却挺喜欢你的，我甚至比喜欢你的姐姐还喜欢你。就是因为你的翘鼻子？还是你的一头金色的长发？我不知道。我知道的就是喜欢你，是因为你那么的温柔！后来我们上了小学，我们同桌，放学后我们拉着手一起回家。

那时候我经常到你家一起复习功课。真是好羡慕你，你有一个好姐姐，玛丽雅常给我们读托尔斯泰的《战争与和平》，因为是俄语，我不大懂。后来她给我们读中文版的《森林报》《铁木儿和他的队伍》《古丽雅的道路》和《学校》等，还有别的苏联书籍。有一天你的哥哥安德列做了一把木头手枪，我非常喜欢，他说你喜欢就借给你吧。我把木头手枪常常带在身上。就因为这件事情，我原谅他了，我们成为好朋友。每当你的父亲一出门，我们就开始玩非常有趣的游戏，用椅子和带穗的厚毛巾搭成一个帐篷。女孩子们料理家务，等待猎手带回食物，猎手当然就是安德列，这让我有些嫉妒他。每次一进门，他就开始杜撰猛兽如何进攻，他如何打退了野兽，并能带回一些猎物，一件上衣、切好的面包、香肠和土豆等然后端上桌……那是多么快乐的日子。后来我们上了中学，你仍然称我尤拉哥哥，但我后来发现你有些害羞了，时常躲着不跟我玩了。我们后来竟然很少见面了。

终于有一天，你们一家要搬走了。我听妈妈说你们要去澳大利亚。你的哥哥安德列到我家把我喊出来，说你要见我。记得那是一个夏日的黄昏，我们街上的丁香花正在怒放着。你站在你家庭院中，微笑着望着树上正在啁啾的鸟儿。你见我走过来，高兴地跑到我跟前，说："噢，尤拉哥哥，我要跟爸爸走啦，我们要去一个很远的地方，你知道吗？"我摇头说不知道。你轻轻地拉了我手一下，然后我们走到街上，你站住举手摘下一枝丁香花给我，轻声说："尤拉哥哥，我没有什么礼物，就把这花送给你吧。"说完，你就跑回了家里。

离别的日子来到了，那一天中午，你们家庭院里有许多人在和你们告别和送行。我站在外面非常伤心，偷偷地抹着眼泪。这时候你父亲看见了我，喊着我的名字。你哥哥安德列和姐姐玛丽雅听见了，他们跑了过来。他们见我很悲伤，就安慰着我。你哥哥安德列拿出那把木头手枪说："尤拉，我们是好朋友，现在我把它送给你。"你姐姐玛丽雅拉着我的手，走进空荡荡的屋里，桌上放着几本书。她说："尤拉，我的小弟弟,这些书送给你做个纪念吧。"

　　那时候我正在寻找你。你怎么不见了呢?许多人簇拥着你们一家离开了庭院,准备去火车站。因为没有见到你,我失魂落魄地跟在大家后面,脑袋里一片空白。这时候,你姐姐突然跑了回来,抱住了我,吻了一下,轻轻地说:"尤拉,我的小弟弟,再见啦。"你这时也不知从哪里出现了,跟在你姐姐玛丽雅后面,却远远地站在那里,喃喃地说着什么。没有走到我跟前,多少年之后,我还感到遗憾,我是多么希望我跟前的是你呀。

　　我曾在心里对自己说,我是喜欢你的,也许你也喜欢我。这是不错的,当我在北戴河望见你望着我的目光里有着羞涩的微笑时,我心里更坚定了这一点。我在心里禁不住地说,是的,我喜欢你,你也喜欢我,我们知道这一点就可以了。虽然这种喜欢不能发展成为爱情,然而这种感情比爱情更美好更温馨,这也许是我们的一种柏拉图式的友谊吧。你不要问为什么,你如果一定追问,我也回答不出来。不过,我理智地想到,我们是从小在一起长大的亲密无间的朋友,过去的事情都过去了,都变成我们美好的回忆吧。

　　卡嘉,我还想跟你说,你应该回来看看哈尔滨,哪怕是一次也好,哈尔滨毕竟是你的故乡啊,当然,你如果喜欢的话,我会给你说说哈尔滨俄侨的人与事。我现在开始搜集他们在哈尔滨生活的故事,这是我喜欢做的事情,信就写到这里吧。

　　卡嘉,给我回信。

尤拉于哈尔滨

1987 年 7 月 18 日

4

两个月后，尤拉接到了卡嘉的回信。在尤拉的感觉里，卡嘉的回信尽管有些迟了些，还是让他感到温暖，充满着早年的友谊。她并没有忘记自己，还准备回来看望自己。使他奇怪的是，卡嘉的信不是发自堪培拉，而是从武汉寄来的。下面是卡嘉在武汉写给尤拉的信。

亲爱的尤拉：

你的来信让我非常高兴。这使我想起两个月前我们在北戴河的邂逅。你的信也让我回忆起我们的许多往事。那时候，我是多么喜欢你啊，有机会我会给你讲的。

接到我的来信，你一定很是惊讶，我会在武汉给你写信。当时之所以没有告诉你是因为事情还没有确定。我的先生已经去世，我想与女儿来中国工作。在我的感觉里，中国会给我带来舒适的生活，孩子们同意我的决定。我想在中国的某一个城市定居，在我与孩子们商量时，我的小女儿所在的国际公司决定在武汉设立办事处，她被公司派遣在那里工作，这样我就与女儿一家来到了武汉。在我帮助女儿照顾家庭生活的时候，我已经找到自己喜欢做的事情。我希望自己能够喜欢这座中国城市，就像喜欢我的故乡哈尔滨一样。

我们分别后所感到的，除了岁月流水般地消逝外，留在心头的只是那些陈年往事了。我们能否再聚一起，回忆我们一家与中国老邻居的事情，你和我们一家的友谊，特别是早年间那个时代的哈尔滨俄侨，他们特殊的生活经历和在这里漂泊的沧桑往事，这些都让人不时地记起。这真是我久已盼望的事情。

你在信中对我说,哈尔滨是我的故乡,是的,这一点我永远不会忘记。我之所以定居武汉,就是为了有机会回到哈尔滨时更为方便。我希望全世界的人都知道她,仰慕她,正因为这个原因,我在北戴河急迫地请你给我讲一讲哈尔滨早年的历史,特别是那些俄侨和他们的故事,那些我们同胞的事情。在我小的时候,我父亲也曾给我讲过一些,我的祖父因为修建中东铁路来到了哈尔滨,我的父母都出生在这里,或许是时间太久远了,父亲给我们讲的许多事情都忘记了,只是留下些模糊的影子。尤拉,我知道,哈尔滨在历史上是由一个小渔村发展起来的,它因兴建中东铁路而发达,因开辟为商埠而繁盛。这带给它屈辱的同时,也带给它全新的面貌,令它一度紧随"大上海"和"大汉口"之后,被誉为"东方莫斯科"的城市。这仿佛与我现在所喜欢居住的武汉相同,这座城市也是因为有俄国侨民最早生活的,后来发展起来成为国际大都市。有时间我也会给你讲一讲武汉的故事,不过现在不行,我准备最近去欧洲考察文艺复兴时期文化。我已经把澳大利亚的工作辞掉了,我是一个文化学者,想做自己喜欢的事情。我准备以后就做这一件事情,走遍全世界,如果有兴趣的话,写一部自己最喜欢的书。详细的情况,我以后会对你说,现在时间来不及了,还有一个小时我就去机场了。

　　尤拉,我现在想做的事情之一,就是想听你准备向我讲述哈尔滨俄侨的故事。我在欧洲漫游的时候,远离家人和朋友,这不免让人有些惆怅,尽管我喜欢欧洲的城市与文化,也喜欢在这里的生活气息,况且还有我喜欢做的事情。这时候你的哈尔滨俄侨的故事,是我最好的思乡曲了。我时刻等待着你的来信,你的哈尔滨俄侨的故事。

　　秋风已起,我将远行,等着我。

卡嘉

1987 年 9 月 26 日

6

尤拉把卡嘉在武汉寄来的信读了好几遍。他有一种莫名其妙的激动。他等心情平复下来,给卡嘉写信。他的心情很好,仿佛见到自己最亲爱的人一样。

卡嘉:

　　我接到了你的来信,我很高兴。让我没有想到的是,你和女儿一家在武汉生活。这让我看望你时方便了一些,如果我有这个机会的话。你说现在最想做的是自己喜欢做的事情,我希望你成为一个寻梦的旅行家,希望你能够走遍全世界,看遍全世界。当然,也希望有一天回到家乡哈尔滨。而且,最后写一部自己最喜欢的书。我有一个预感,一个人走遍了全世界,才知道自己的祖国最美好,自己的家乡最可爱。是的,我想你也会有这样的感觉。

　　我知道你喜欢在世界上漫游,那你就准备去一百个国家吧。因为你现在是一个文化学者,有学识,有能力和动力,这给了你辽阔的行动天空。尽管如此,我还是希望你回到家乡哈尔滨住上一段日子,我们去太阳岛散步,去中央大街浏览,去看古朴的老道外,那是多么好啊。当然,我们还会去犹太人和俄侨墓地,寻找我们两家过去的邻居,回忆这些人和故事。哈尔滨俄侨生活就是我们哈尔滨历史的大部分。我和你一样,总是希望能够从历史中寻找到我们共同感兴趣的东西吧。

　　我现在在读俄国作家蒲宁的《阿尔谢尼耶夫的青春年华》。蒲宁想起18世纪波罗的海传教士伊凡·菲利波夫,他对后者的一部名叫《此等问题之简史》的手稿非常感兴趣。伊凡·菲利波夫在手稿中是这样写道:"凡是世间的事物、无论过去的还是现在的,伟大的还是渺小的,欢乐的还是悲哀的,若不用文字载录在册,必然沉入黑暗,不为人知,埋入坟墓,被人遗忘;而一旦载录,便可生气勃勃地传播开去。"同蒲宁的心情一样,我也喜欢伊凡·菲利波夫的话了。现在,我就做着这样的工作。我不想像蒲宁有那样的遗憾,也希望自己践行伊凡·菲利波夫的箴言。我要把哈尔滨的历史,特别是俄国侨民漂泊远方的故事记载下来,"生气勃勃地传播开去,"我只是希望他们的人和故事为我们所沉思,让人们从历史中寻找现实,过去的历史就是今天的故事,找到我们建设城市未来美好生活的答案。

当年海明威曾说:"只要年轻的时候有幸在巴黎待上一段时间,你会觉得自己一辈子都生活在巴黎,你到哪儿,巴黎就在哪儿,因为巴黎是一席流动的盛宴。"我想,哈尔滨何尝不是呢?如海明威所说。我想,不管你到了欧洲什么地方,在哪儿,哈尔滨就会出现在哪儿。

哈尔滨在哪里呢?我仿佛看见你坐在你家的木头窗台上眺望着远方。这影像已经很久了,却在昨天似的。我想你不会很寂寞的,有一只可爱的小猫在陪伴着你,这就像我在你身边一样。

你看见了什么了呢?哈尔滨,我们的故乡,你在朦胧的远方,不,就在那一片的树林里,那片神秘的树林后面。最后,远处的树林中,终于出现了一个小教堂,仿佛在响着钟声。我走出房间,去送别我远去的你。我们就站在树林中的小教堂门口。周围的景色就是我们熟悉的哈尔滨的一切。就在这当儿,树林上空升腾起压倒周围喧闹的声音,有一种忽然停止,忽然直冲云霄,忽然哆哆嗦嗦,忽然断断续续的哽咽,这是因为悲痛哀伤而发出的歌声,我看到了你,可是你却像蒙了一层面纱。这就是我们的哈尔滨。

尤拉

1987 年 12 月 25 日

三十年后,我与尤拉见面了。他把他与卡嘉的通信交给了我。他说:"你是一个作家,把我和卡嘉的故事写出来吧,还有哈尔滨俄侨,卡嘉的同胞们在离自己祖国最遥远的地方漂泊的故事。"

　　我与尤拉这番谈话,是在哈尔滨中央大街上的马迭尔的一个房间进行的。这是当年美国记者艾德加·斯诺下榻的房间。这里曾经发生了震惊中外的"西蒙·卡斯普绑架事件"。

　　八十多年前,马迭尔老板约翰·卡斯普,在 1904 和 1905 年间的日俄战争中曾在俄国部队里当骑兵,像许多犹太士兵一样,他在战争结束后留在了哈尔滨,开设了一个修理钟表的小店谋生。1918 年前后,他已经成了远东地区著名的珠宝商人,并做了当时哈尔滨最上等的饭店马迭尔饭店的股东。当日本人进驻哈尔滨时,约翰·卡斯普已拥有珠宝店、马迭尔饭店及戏院等数家商业企业的老板。

　　约翰·卡斯普的儿子西蒙·卡斯普,法国巴黎音乐学院学习钢琴专业学生,一名出色的钢琴家。他在 1933 年回到哈尔滨度假,准备做音乐巡回演出。在 8 月的一个黑夜里被人绑架了。这是一位有着艺术才华的年仅 24 岁的年轻人,他不会想到,自己永远留在了哈尔滨,长眠在郊外皇山犹太人墓地一个不被人注意的角落里。那里长满了荒草,多少年没有祭奠。八十年过去了,还有谁凭吊他呢,只有他自己做着不安宁的梦罢。忽然有一年的夏天,美国人夏皮罗出现在墓地,他寻找了好一阵子,在一个极不起眼的角落里发现了一个荒草丛生、低矮破旧的墓穴,这就是震惊中外的"西蒙·卡斯普绑架事件"的当事人的安息所在地。夏皮罗停了下来,默默地注视着,回到了八十多年前……

那天在马迭尔的房间里,尤拉对我说了许多他和卡嘉的往事。

我坦率地说道:"尤拉,谢谢你对我的信任。可是,你们的故事太遥远了,而且还是俄侨的事情,这对于我们来说,是一件讳莫如深的事情。你说俄侨建立了哈尔滨,可是我们许多人在说,他们是侵略者,他们是在建立了一个殖民地……我写不好,也写不了,怕辜负了你的好意。"

尤拉对我说:"在这个世界上,空间和时间是虚无的。你只要想写作,你想要的故事就会源源而来,它们会突破空间和时间的限制,把一切真实的东西摆在你的面前。你就大胆地写吧。"

我对尤拉说:"你曾经是一位记者,写自己的事情还是很方便的,并且是亲身经历的,至于那些俄侨的故事,也是经过你特别研究的,写起来不会太陌生吧?"

尤拉说:"你说的对! 可我认为,历史是别人写才更为真实,至少比自己写得真实,旁人会把事情看得清清楚楚,自己可能会蒙在鼓里,还有我会把一切材料交给你,包括我的一些私人书信和书籍,还有我会告诉你我对哈尔滨俄侨研究的具体观点,在大多数情况下,我们并不在我们所在的地方,而是处于一种虚假的位置上,我就在这样的位置上。老实说,我和卡嘉的事情,还有俄侨的故事,我是写不好的。你来写吧,我相信你!"

我无话以对,最后接受了尤拉的委托。因为尤拉出生在哈尔滨。这里也是俄侨聚居的地方。整个城市浓厚的俄罗斯文化与生活气息对尤拉产生了很大影响。他对于哈尔滨俄侨历史是最感兴趣的,并且还是一个不拘常规的思考者。但是，他仍然认为，历史是别人写的真实。

这天夜里，月光不再照进窗里，屋里暗淡起来。我依旧坐在扶手椅中呆呆地凝视着前方。在我眼前，渐渐地，那包围着卡嘉和尤拉的空间和时间的雾障果然不见了，他们的故事化成了一条宽阔幽深的大江。黑黝黝的江水一浪一浪向前涌去，越涌越远，越涌越亮。在最远最远的西方的天际线，我的目力所不及的地方，孤零零地飘浮着一条小船，小船在水上漂着，渐渐地，小船划到了不远的江面，我看见上面有两个少年……

随后，我把椅子移到桌前，扭亮了台灯。我拿起一叠厚厚的书信翻阅起来。桌上还摊着尤拉送来的许多苏联小说《森林报》《铁木儿和他的队伍》《古丽雅的道路》，其中还有一本是尤拉最喜欢的《走向"最后的海洋"》。我知道，这是苏联作家瓦·格·扬切维茨基有关蒙古人西征的长篇历史小说，是作家《蒙古人的入侵》三部曲的最后的一部，这部书在 1942 年荣获斯大林文学奖金。桌上还有另位苏联作家尼古·巴甫洛维奇·扎多尔诺夫的《涅维尔斯科伊船长》《第一个发现》和《为海洋而战》又称"阿穆尔史诗"，组成"涅维尔斯科伊三部曲"。他在1951 年因《阿穆尔亲爹河》《遥远的边疆》和《第一个发现》三部小说获得斯大林奖金。我想，斯大林那时候真的很忙，他居然还没有忘记给作家们颁奖。

尤拉把这些书送给我说："记住，你要好好读它们，这对你认识和理解俄侨之所以出现在哈尔滨的历史是有作用的，对你写作也是有好处的！"

亲爱的读者，下面，就是尤拉致卡嘉的 19 封书信，讲给她的哈尔滨俄侨的故事,或者说是他们漂泊在远方的沧桑往事……

为了阅读方便,我大致把它们分为 5 扎。

这是尤拉讲给卡嘉的哈尔滨俄侨的部分故事,也是他讲给我们,我们后代的故事。

这是我们哈尔滨曾经的历史……

第一章
城市的建设者

关于俄国有一个传说,沙皇尼古拉二世与"圣颠"拉斯普汀观察天象,发现一条东方巨龙游向北方。1898 年前后,俄国铁路工程师来到了哈尔滨。那个时候,这个地方是遥远的、荒凉的,缺少人烟的。仿佛旧志中所记载的那样,只是"松花江畔三五渔人,舟子萃居一处,不过为萧瑟寒村而已"。他们登上了松花江南岸,来到了这里,看到了这里的一切,在这里修建了一条通往太平洋的中东铁路,建立了一座"朝气蓬勃"的花园城市,在中国属于那种独一无二的欧陆风情,曾经是远东的中心,在俄国人看来,这是哈尔滨的早晨,啊,多么美好……

书信之一

　　卡嘉，我们人类自来到这个世界上，就是遭受苦难和不幸的。这不能怨恨谁，都是因为我们人类的贪婪和愚蠢！

　　哈尔滨俄侨漂泊远方的往事，有一个故事应该是从一条中国巨龙说起吧。说起这条巨龙，还是应该从另外一个故事讲起，这个故事的主人就是俄国的彼得大帝。这是一个发生在俄罗斯历史的故事。当年彼得大帝起草了他一生中的最后一道诏书。1725 年 1 月 3 日，彼得大帝在病入膏肓之际，还颤巍巍地在诏书中写道，任命在俄国宫廷供职的荷兰人维图斯·白令为堪察加半岛考察队队长。随后，他召见了阿普拉克辛海军大将，对他说："我身体很坏，只得坐在家里。这几天我想起了很久以前想过的那件事，就是寻找经过北冰洋到达中国和印度去的道路。"彼得大帝还没有来得及实现这个"梦"，即于 1725 年 1 月 28 日，因尿毒症恶化在极度的痛苦中离开了人世，终年 53 岁。

　　卡嘉，这并非一个穿越的故事，我强调说这确实是一个俄国历史上发生的故事。哈尔滨俄侨的故事就在那时候，就注定要发生了。发生在公元 1898 年，不是偶然的。历史的事情就是这样，应该发生的事情，是不可避免地发生了。

　　我现在要跟你说，与彼得大帝的故事相映成趣的是，还有一个名为哈巴罗夫的人的故事。哈巴罗夫还在西伯利亚收购猎皮的时候，打听到在精奇里江河口的黑龙江沿岸，有9座中国达斡尔人城寨，藏有许多的珍宝。他连忙派人回去向雅库茨克长官汇报，要求增派援军。他的上级立即派了136名军人支援他，还带了一封给中国皇帝的信，信上说道："俄罗斯兵力强大，你们远非敌手，望弗触怒我君沙皇，立即呈献黄金、白银、花绸、宝石、毛皮，竭尽全力。"哈巴罗夫带着给中国皇帝的信，领着他的队伍向黑龙江进发，终于因为这些侵略者到处骚扰，还没等把信带到北京，带信的侵略军就被当地居民消灭了。

这说明，俄国人对中国疆域的觊觎由来已久。哈巴罗夫的诸如此类的故事，在历史上层出不穷，他只是大巫中的小巫，一件插曲罢了。

卡嘉，我们现在还是回头说一下中国的这条巨龙吧，这巨龙当然有点仿佛海市蜃楼，在空中东鳞西爪的样子，很是好玩的。你一定会喜欢的。

早年就有民间传说，哈尔滨是一块风水宝地，传说很早以前从中原游来了一条黑色巨龙，体形庞大、满身鳞甲、怒目圆睁，腾云驾雾地奔向莽莽苍苍的满洲大地。有人说这条巨龙准备冲向遥远的黑龙江，夺回被俄国强盗掠去的东北大好河山。这条黑色巨龙日夜兼程游走于荒山野岭，途中疲惫地在一条大河边打起了瞌睡。后来人们知道，巨龙打瞌睡的这个地方就是哈尔滨。俄国人还没有来到这里时，远看哈尔滨地貌，有一条长长的土岗，横亘在松花江边，宛如蜿蜒游动的巨龙。风水先生说，巨龙安睡的地方，就是宝地，从此人们把这里当成了一块风水宝地。

有一年，在中国满洲地区突然游来了一条东方巨龙的消息，不知道怎么就传到了沙皇俄国首都圣彼得堡。这天夜晚，拉斯普汀站在窗前眺望着遥远的东方天空,他果然看见东方有奇异的天象。他感到事情急迫,急忙跑到了皇村,沙皇尼古拉二世住在那里。拉斯普汀跑进来,急三火四地大喊起来:"陛下,大事不好啦,东方出现了一条巨龙……"

沙皇尼古拉二世半夜被惊醒,急忙问:"爱卿,怎能如此慌张?"

拉斯普汀喘息了好一阵儿,才说出话来:"陛下,这事不好,从东方出现了一条巨龙。"尼古拉二世焦急地问:"这条巨龙现在在什么地方?"

拉斯普汀连连摇头,说:"陛下,东方的巨龙向来东鳞西爪,在云中穿行,在水中潜行,不知所终。"

沙皇尼古拉二世显得有些失望,又焦急地说:"快观察天象!"

拉斯普汀站在皇村的阳台上,眺望着东方的天空。沙皇尼古拉二世在他的后面,手足无措,转了一圈又一圈。

过了一会儿,拉斯普汀神秘兮兮地贴耳对尼古拉二世说:"陛下,我看事情有些不妙,在我们遥远的中国满洲地区,确实已经出现了异常天象,有一条力大无比的巨龙,它游向阿穆尔河。"

尼古拉二世急忙问:"东方出现了巨龙,它想做什么呢?"

拉斯普汀说:"陛下,我看出它想夺回我们从中国抢来的土地,这是我们俄罗斯帝国的祸害,必须将这条东方巨龙降服,否则我们不但不能占领中国满洲这个美丽富饶的地方,而且还可能使我们外兴安岭以南,阿穆尔河以东的土地得而复失。"

尼古拉二世焦急地又问:"这条东方巨龙现在确切在满洲什么地方?"

拉斯普汀仍然望着东方天空,眨着眼睛说:"陛下,我还没有看出这条东方巨龙在满洲什么地方,因为这条东方巨龙神出鬼没,云掩雾遮,还不能确切知道它的位置,但是它确实已经出现在满洲了。"

沙皇尼古拉二世在一旁急得直搓手,也没有什么办法,耐心地等待着拉斯普汀拿出什么神机妙算来。

卡嘉,沙皇尼古拉二世为什么这样紧张? 你看沙皇俄国的国徽是什么呢? 是双头鹰,一边向西看一边向东看,向东实际上也就是要拓展它的土地等,各种各样的利益。原来,早在 19 世纪 80 年代,沙俄向欧洲、近东、中亚夺地的扩张屡屡受挫,它也是危机重重,它同时也陷入了和英、日这类争霸的这种漩涡,因此它进一步向远东来扩展它的势力,图谋占领中国东北和西北,这是它的一个重大的战略性的部署,而拓展势力那就是要解决交通问题。这样,沙皇俄国在 1891 年修建了一条从莫斯科到海参崴的西伯利亚大铁路。西伯利亚大铁路便是与沙俄远东侵略政策分不开的。正如西伯利亚铁路委员会报告书中所说,"这条铁路主要是出于战略性目的"。因为外交部和财政部一些高级官员的坚决反对,西伯利亚大铁路的修建工作还是被拖延下来。

直到 1890 年 7 月,沙俄加快了侵略朝鲜的步伐,从而直接威胁着清王朝"龙兴之地"的安全。李鸿章会同总理衙门大臣奕劻上奏清廷,建议集中全力,先办关东铁路,以与沙俄抗衡。清政府很快采纳了这个建议,并授权李鸿章全权督办一切事宜。当李鸿章修建天津到通州一段铁路时,俄国获悉中国政府欲借助英国力量修建一条铁路,这个铁路从北京到紧靠俄国和朝鲜边界的珲春。至此,围绕西伯利亚大铁路的修筑问题进行了长达四十余年的酝酿和争论方告结束。9 月 12 日,亚历山大三世下达"必须从速着手这条铁路的建设"的命令。

当年 5 月 31 日,还是皇太子的尼古拉二世在海参崴主持了铁路开工剪彩。在 1894 年西伯利亚大铁路修建到了外贝加尔地区时,俄国财政大臣维特提出一个主意:铁路应该通过中国满洲地区到达海参崴。

这样一旦铁路建成,俄国人就可以在满洲地区建立一个"黄色俄罗斯"。可是现在那个满洲地区出现了一条东方巨龙,它张牙舞爪地准备向俄罗斯帝国复仇呢。

我们还是说拉斯普汀与沙皇尼古拉二世当年观察天象的事情吧。就在这时候,拉斯普汀突然说:"陛下,我看见了,这条巨龙出现了,它出现在满洲的一条大河畔,那条大河像我们的伏尔加河一样长,那里两岸都是肥沃的黑土地,可以说是中国人的风水宝地。"

沙皇尼古拉二世说:"这条东方巨龙现在出现在满洲,非常耐人寻味。它意味着将与我们俄罗斯帝国抗衡,将阻挠我们修建通过满洲地区的西伯利亚大铁路,那样我们要在满洲建立黄色俄罗斯的目的,就不可能实现了。"

拉斯普汀得意地说:"陛下,您不必害怕。我看见这条东方巨龙了,它在满洲那条大河边休息时睡着了,我给它施一个魔法,它以后会变成一条高高的土岗子,那条东方巨龙现在是变成一条土岗,将来它还会变回那条东方巨龙,说不定什么时候醒来,向我们俄罗斯来要我们远东的土地呢。陛下,我有一个好办法,我们俄罗斯人不管走到哪里,都要把教堂修到那里。我们在满洲找到那个东方巨龙睡觉的地方,也就是那条高高的土岗上面修建一座大教堂,这样我们就会把这条东方巨龙彻底地降服了。"

沙皇尼古拉二世听了不住地点头,说:"中国的满洲地区将来一定是我们俄罗斯帝国的,它将成为我们的黄色俄罗斯。"

沙皇尼古拉二世准备下令,要在整个满洲寻找这条巨龙所在的地方。可是找什么借口呢?拉斯普汀看出了沙皇的心思,说:"陛下,我有一个办法,我们俄罗斯帝国不是正修建西伯利亚大铁路吗?如果这条铁路能够穿过满洲就可以找到这条巨龙了。"

沙皇尼古拉二世高兴地说:"你这个主意太好啦,你是我们俄罗斯帝国的功臣!"

卡嘉,沙皇尼古拉二世打着的满洲的如意算盘,这事被清政府的洋务派中堂大人李鸿章知道了,他觉得这件事非同小可。他认为修建铁路是固国之本,赶紧与总理衙门大臣共同上奏朝廷,建议全力"先办关东铁路",以与俄国人抗衡。朝廷很快采纳他的建议,并派他全权督办。那时候,俄国财政大臣维特提出西伯利亚大铁路通过满洲地区,这实际上就是沙皇尼古拉二世的如意盘算。中堂大人暗暗地想,满洲这里是我朝的"龙兴之地",让俄国人的西伯利亚大铁路通过满洲,这不是动了"龙脉",让天朝的江山风雨飘摇吗?满洲地方保住,大清的江山才能够稳如磐石。他不能让俄国人的西伯利亚大铁路通过满洲。

就在这时候,中国和日本发生了甲午战争。北洋水师全军覆灭,威海失守,辽东半岛沦陷。清政府遭遇惨败。没有办法,李鸿章与伊藤博文在日本签订了《马关条约》,割让辽东半岛不说,还赔了两亿两白银。清政府一落千丈,急忙寻找救命稻草。沙皇尼古拉二世看中这个机会,与法国和德国出面同日本调解,把日本人说服放弃了辽东半岛,清政府为这又掏了三千万两白银,把辽东半岛赎了回来。朝野上下庆祝,说俄国是个好朋友。

1896年,沙皇俄国以沙皇尼古拉二世加冕典礼为借口,要求清政府派特使去俄国首都圣彼得堡致贺。清政府无奈只好按照俄国人的要求,派中堂大人李鸿章出使俄国。李鸿章到了圣彼得堡,俄国财政大臣维特再次向李鸿章提出,为保护大清安全,要"借地筑路"的要求,以便在危机时刻,俄国能够迅速地把军队从欧洲调到远东保护中国不受日本侵略。李鸿章虽然想与俄国联盟防御日本,他考虑满洲是"天朝的龙兴之地",所以轻易不敢答应维特"借地筑路"的要求。李鸿章说:"筑路有碍于华权不利,各国也会效尤。"维特说:"如果中国不答应借地筑路,俄国今后不能再帮助中国了。"

沙皇俄国要求"借地筑路",占中国的便宜。李鸿章希望中俄军事联盟,"以俄制日"。他所希望的中俄军事联盟,也不是沙皇俄国的建立"黄色俄罗斯"的本意,沙皇俄国的"借地筑路",也不是李鸿章所愿意的"以俄制日"。结果是李鸿章不答应"借地筑路",俄国就不允结军事同盟"防御日本"。俄国不允结军事同盟"防御日本",李鸿章就不答应"借地筑路"。这场马拉松式的谈判,从圣彼得堡开始,到莫斯科才结束。

沙皇尼古拉二世这时候亲自出面,秘密会见了李鸿章。他说:"我们俄国地广人稀,不会占别人一寸土地,我们与中国是近邻,现在两国关系亲密,我们还帮助中国要回了辽东半岛。如果两国铁路相通了,将来调兵迅速,一旦中国有事,我们还可以帮忙,这事也不是仅仅对于俄国有利。"

最后在俄国人以拉拢、诱惑、威逼、恐吓,据说拿了沙皇政府贿赂的300万卢布的好处,李鸿章同意"借地筑路"了。他给清政府发电报这样说:"条约谈判,甚少歧见,俄方动机,纯欲我建成友好关系。若拒绝,彼必深憾,且将为我之害。"慈禧认为他说的有理,便也准奏了。李鸿章与沙皇俄国签订了一个叫《中俄御敌互相援助条约》。这个条约直到1921年才公布,所以叫《中俄密约》。

就这样,清政府同意沙皇俄国将西伯利亚大铁路东段穿越中国东北直达海参崴。

卡嘉,说到建造中东铁路,我不能不给你提到一个中国人,他就是许景澄。在 1897 年 1 月 11 日，清政府任命他为中东铁路公司督办，也就是董事长，这是中东铁路公司唯一的中国官员。在任职期间，他往来圣彼得堡与北京之间，为中东铁路建设奔波。1898 年 8 月 28 日，他参加了中东铁路开工典礼。说起来有些意思，据说许景澄从未到过哈尔滨。这也算是中国的一个趣事吧。

这位清政府的重臣是哈尔滨开埠的鼻祖。许景澄原名癸身，字竹筠，1845 年出生于浙江绍兴，24 岁为进士。曾经为驻法、德、意、荷、奥公使。他通晓欧洲事务，深感列强蚕食我国形势严峻。1897 年 1 月，许景澄作为清政府任命全权代表参加合办中东铁路合同的谈判。我们还真应该感谢这位许公，在谈判中他以外交家的洞察力，识破了沙俄财政大臣维特欲将铁路走向南移吉林扶余内侵的方案。在他的力阻下，俄国放弃了中东铁路南移方案，才使中东铁路的交汇点，也就是铁路的枢纽站最终确定在哈尔滨。

许景澄给哈尔滨带来了机遇，小渔村变成了国际大都市。而他命运多舛，上任不久，爆发了义和团运动，当时清政府利用义和团力量，同时派出官兵攻打外国使馆，对外国宣战。慈禧企图通过义和团驱逐洋人，以达到她保护自己政权，铲除异己的目的。外交家出身的许景澄意识到这一做法的危害性，他"以身许国，不为身谋"，上书慈禧，反对攻打外国使馆，"攻杀使臣，中外皆无成案"，此举乃是"灭洋之说，是为横挑边衅"。他反对朝廷顽固派，主张控制局势，以防各国借口干涉。谁知道忠言逆耳，朝廷首祸诸臣，乘机诬陷，慈禧大怒，说："任意妄奏，莠言乱政，语多离间。"下令处决。许景澄在狱中仅仅被羁押一天，他将中东铁路事宜交代清楚，1900 年 7 月 28 日被处决在北京菜市口。临刑前，许景澄神色不改，衣冠整齐，他对家人说："吾以身许国，无复他顾！"年仅 55 岁。翌年，许景澄的冤案被平反。朝廷追复其官职，谥号

"文肃公"，后人乃称"许公"。

许景澄是哈尔滨开埠第一人，他为哈尔滨成为国际大都市做出了巨大贡献。中东铁路局为了纪念他，1924 年将山街命名为许公路，把许公路上的铁路跨线桥命名为许公桥，还在今天的一曼街与景阳街之间的地方开辟为许公花园，在花园里修建了许公纪念碑，以及在邮政街上创办了许公学校，就是今天的铁路局教育中心。新中国成立后，许公路改名景阳街，仍然保留了许公花园与许公纪念碑，但在"文革"期间，许公花园与许公纪念碑都遭到破坏，荡然无存。

卡嘉，许景澄被慈禧杀掉后，除了中东铁路局建立纪念碑纪念他，就没有什么人来怀念他了。过了许多年之后，有一个人始终没有忘记他，为他建起了"许师树"。这人就是他的秘书和翻译陆徵祥。

陆徵祥曾两度出任民国国务总理，多次任民国政府的外交部部长。1915 年日本提出"二十一条"条约，他在谈判中与日方反复交涉较量 84 天，最后迫不得已签字。为了这件事，他直到晚年，成为修士还耿耿于怀，曾特向访客出示了一张"二十一条"签字后的报纸，并说："这是一件碎心的事，每年我们都有一纪念日，在这一天我常要流泪。"他在妻子去世后，即辞去驻瑞士公使职，走进比利时圣安德诺隐修院成为修士。他在隐修期间，为中国祈祷，为抗战胜利祈祷，为世界和平祈祷。去世后，圣安德诺"慕庐"中，树立他的修士像，在他的头顶上方刻有他念念不忘的五棵树，其中"许师树"，为其师许景澄。

历史就是这样的诡异？如果许景澄没有被慈禧处死，他在中东铁路公司督办任上，那么后来的霍尔瓦特在哈尔滨历史的作用，还会有那么大吗？他的作用会是怎么样呢？哈尔滨的历史还是我们所看到的那个样子吗？

卡嘉,我还是想接着给你说一下拉斯普汀与沙皇尼古拉二世的故事。这似乎与我们的主题没有什么关系,其实不然,世界上万物都是相互联系着的,或者说是有着因果关系,在某个历史节点上发生着各式各样的历史事件,或者说是故事、掌故和传说。

　　拉斯普汀是一个什么样的人呢?根据历史资料,他原是西伯利亚的一个农民。年少时不务正业,以占卜和浪荡闻名当地。农民们便给他起了这样一个绰号——"拉斯普汀",意为"淫棍"。久而久之,人们便忘了他真实姓氏而称他为格里高里·叶菲莫维奇·拉斯普汀。他第一次来到圣彼得堡时只有 30 岁。他身穿一件农民的短外套和一条塞在一双笨重的长筒靴里的大灯笼裤。他那长长而油腻的头发一直拖到肩膀上,身上散发着一股很浓的腥臊味。

　　当拉斯普汀到达圣彼得堡时,他具有"超常能力"的声誉早已尽人皆知,因此受到了大主教们的接待。人们对他作为一个传道士的天赋也留下了较强烈的印象。在圣彼得堡,无论是平庸之辈,还是贤明之士,对他都竭诚相待。原来这个拉斯普汀在整个俄国是个神秘的人物,他被人们称为"圣颠",他看天象,预知祸福。那时期俄国的罗曼诺夫王朝统治处于风雨飘摇之中,沙皇尼古拉二世把他当成自己的救命稻草,什么事情都靠他出谋划策。

　　拉斯普汀在皇村与沙皇一家生活在一起。每当小皇子阿列克谢穿着他那蓝色的浴衣在地板上玩时,拉斯普汀总是席地坐在他身边,给他讲古老俄国的故事和旅游见闻。周围的他的四个姐姐和他的母亲亚历山德拉都听得津津有味,阿列克谢要睡了,拉斯普汀便为他祈祷。

　　拉斯普汀成为沙皇尼古拉二世家庭的受欢迎的客人。沙皇尼古拉二世曾经对人说过:"拉斯普汀是一位善良、虔诚、纯朴的俄国人。每当我遇到困难或为疑虑所困惑时,找他谈谈,事后心境必会感到平安。"

说到拉斯普汀对国事预测的准确,如此神奇,让人觉得不可思议。这不能不提到第一次世界大战。这样是不是太遥远了?卡嘉,不,不是这样的!

1914年6月,欧洲大陆风云突变,当年6月28日发生了"萨拉热窝暗杀事件"。这天上午10时,一列豪华的专车驶进了萨拉热窝车站。乘坐这列专车的是奥匈帝国皇储弗兰茨·斐迪南和他的妻子索菲女公爵。他们夫妇在波斯尼亚检阅奥匈军队演习后来到这里。斐迪南的蓄意挑衅,激起了塞尔维亚民族主义者的极大愤怒。一个塞尔维亚爱国青年加夫里洛·普林齐普迅速拔出一支小手枪,"砰!砰!"开了两枪。第一颗子弹射进斐迪南的脖子,第二颗穿透索菲的腹部。夫妻俩双双死去。这成为第一次世界大战的导火索。沙皇尼古拉二世在1914年7月30日,签署了全国总动员令。整个俄国开始了紧张的战争准备。在冬宫宣布国家处于战争状态。这时冬宫广场上,人们举着旗帜和沙皇肖像汇集起来,喊着口号,唱着国歌。在冬宫里同样是人山人海。楼梯上、走廊中,人群密密麻麻地站成了两排。沙皇尼古拉二世出现了,他身穿陆军制服,举起右手,用粗而低的声音宣读了当年沙皇亚历山大一世在抗击拿破仑时的誓词:"我庄严宣誓,只要在俄国的土地上还有一个敌人,就不会有和平。"接着,他和夫人亚历山德拉走上阳台,冬宫外的群众顿时唱起了赞歌:"上帝保佑沙皇,威严尊贵豪强……"

就在第一次世界大战即将爆发的关键时刻,拉斯普汀给尼古拉二世发来了电报:"皇帝陛下,万万不可发动战争,俄国将在战争中毁灭,皇族将在战火中丧亡,直到一个不留。"沙皇尼古拉二世看罢,气得将电文撕得粉碎。谁知,拉斯普汀又差人送来了一纸不祥的预言,字迹潦草得难以辨认:"俄罗斯的上空阴云密布,人君民父呀,勿使战争狂人得逞吧。它会贻患于民,无有宁日,一切将破坏殆尽。"沙皇尼古拉二世看了一眼,就将纸团丢掉在地上。

关于拉斯普汀的预言,人们的印象比较深刻的还有大臣会议主席斯托雷平被刺杀事件。1911年,在圣彼得堡,有关拉斯普汀的流言愈来愈多,许多人家开始对拉斯普汀关上了大门,教会也私下对拉斯普汀的活动进行调查并将调查情况呈递给沙皇。教区主教安东尼谒见沙皇时,就拉斯普汀问题,恳请沙皇断然处置。沙皇尼古拉二世回答说,这是皇室的私事,与教会无关。大主教辩解说:"这是整个俄国的事。"尼古拉二世点了点头,但从此便无下文。

拉斯普汀的事惊动了政府,大臣会议主席斯托雷平下令对拉斯普汀的私人生活进行调查,还将调查报告送呈沙皇。沙皇尼古拉二世的反应还是未置可否。斯托雷平命令拉斯普汀无论如何要离开圣彼得堡,皇后亚历山德拉极力反对。沙皇尼古拉二世权衡再三之后,终于做出决定,让拉斯普汀离开圣彼得堡。皇后亚历山德拉认为,斯托雷平是在对她儿子赖以生存的人故意刁难。

不久,斯托雷平在基辅剧场看戏时被人枪杀。斯托雷平被刺前一天,拉斯普汀正好从耶路撒冷回来。当斯托雷平的马车"吱吱嘎嘎"从他面前驶过时,拉斯普汀站在路边大喊:"死神离这个人不远了!死神正在追赶他!"

这样一来,斯托雷平之死被认为是上层人士所为,传言愈来愈多。有关皇后亚历山德拉和拉斯普汀的不能见诸文字的故事不胫而走。"格里什卡"这是拉斯普汀的爱称,成了近百首下流歌谣丑化的对象。太后玛丽亚得知众多传闻后,感叹道:"我那可怜的儿媳妇没有觉察到,她毁了王朝也毁了她自己。"

最后,拉斯普汀因为插手国事及军事的行为,引起了俄国上层社会的普遍不满与愤恨,被人暗杀。后来有传说拉斯普汀不是死于吃了有毒的点心,又喝了有毒的葡萄酒,身体又中了数枪,而是死于长时间的溺水。扑朔迷离,不得其衷。

这天沙皇尼古拉二世正在莫吉廖夫前线参加军事会议,禁卫军司令沃耶伊科夫走到最高总司令面前。沙皇尼古拉二世曾于1915年8月23日在拉斯普汀的坚决请求和皇后亚历山德拉的支持下,自任最高总司令。

沃耶伊科夫交给他一封亚历山德拉从皇村拍来的电报,电报的语调是歇斯底里的:"拉斯普汀被刺杀了……在水中找到的。一起为他祷告以缅怀他。让上帝宽恕我们。亚历山德拉。"

沙皇尼古拉二世脸色绯红地站起身来,走了出去,命令沃耶伊科夫准备专列回皇村。

对于沙皇尼古拉二世一家来说,拉斯普汀之死,无疑是1916年中的大事。家里人每天都要去墓地凭吊。他们久久地站在墓丘上盖起的木结构小教堂中祈祷。1917年就在这祈祷中悄悄降临。这新的一年是凶还是吉?

卡嘉,拉斯普汀的预言还是有道理的。当时俄国形势确实不妙,根本就没有做好战争的准备。以列宁为首的布尔什维克党提出"打倒沙皇君主制度"的口号。战争、经济危机、信任危机、党派斗争、工人罢工、士兵起义、农民暴动、前线失败……人民无法生活下去,统治者无法继续统治下去了。沙皇尼古拉二世统治下的俄国已处于新一次革命的前夜。

在这一时期,数百万工人和农民组成的俄军,疲惫地蜷缩在前线的战壕里。在后方的生活条件越来越恶劣。因为劳动力、燃料和原料的奇缺,工厂开工不足,有的工厂则完全停业。饥饿的威胁笼罩各个城市,社会物价飞涨,卢布贬值,广大群众深受其害。

沙皇尼古拉二世在彼得格勒亚历山大宫住了两个月,以使自己在安葬拉斯普汀后的心情渐渐平静下来。

按照传统的做法,3月6日费奥多罗夫教堂响起了钟声,欢送沙皇去亚历山大罗夫车站。尼古拉二世这次重返大本营,是为了恢复自己在大本营的军事战略活动。可是,为时已晚!罗曼诺夫王朝的气数已尽。彼得格勒革命春雷的轰隆声越来越响,尾随着天蓝色的专列。

在工农革命斗争的高涨声中,资产阶级也在紧锣密鼓地策划发动宫廷政变。为了采取主动,保全自己,他们预谋在彼得格勒和俄军大本营所在地莫吉廖夫之间劫持沙皇的列车,强迫尼古拉二世退位,立皇储阿列克谢为沙皇,并由其弟弟米哈伊尔摄政。英法两国因担心尼古拉二世会同德国单独媾和而对这一政变计划推波助澜。

经济危机、前线失败和沙皇政府的反动政策,进一步提高了俄国人民的觉悟,彻底地暴露了沙皇制度的腐朽,新的革命时机日渐成熟。1917年初,工人、农民、士兵和被压迫的各族人民在布尔什维克的领导下,反对沙皇制度、反对帝国主义战争的斗争汇成一股不可抗拒的洪流。从1月到2月间,罢工终于转变为武装起义……

1918年4月30日,沙皇尼古拉二世一家被押送到叶卡捷琳堡,住进沃兹涅先斯克山麓一栋两层楼的独家寓所。

后面的故事是,拉斯普汀的预言应验了。1918年7月16日晚10点半,沙皇尼古拉二世全家及佣人都已睡下。11点半,乌拉尔苏维埃的两位全权代表来到寓所,他们把乌拉尔苏维埃执委会主席团签署的文件交给了尤罗夫斯基。

将近半夜，尤罗夫斯基和助手以及几位武装工人，在两位苏维埃代表的陪同下，一起走上二楼。尤罗夫斯基让皇室医生波特金把正在睡觉的人都叫醒，要他们起床和穿好衣服。尤罗夫斯基向走到走廊的尼古拉二世解释说，白卫军在进攻叶卡捷琳堡，城里随时都可能受到炮击，你们全体必须从楼上迁到楼下去。

　　沙皇尼古拉二世全家七个人和四个随从依次来到楼下。这是一间约30平方米的半地下室，墙上是用带方格的纸裱糊的，在临街唯一的一个窗子上装着铁栅栏。

　　当所有的人都走进这个房间后，站在门口的尤罗夫斯基走向前去，从军便服的胸前口袋里拿出一张折成四折的文件，打开文件宣布说："请注意，现在宣布乌拉尔工兵代表苏维埃的决定。"宣读判决书的最后一句话的话音刚落，便响起了一排枪声。7月17日，凌晨1点钟，全部结束。

　　凌晨3点，被处决的沙皇一家和其他人的尸体被装上了卡车。天蒙蒙亮时，卡车穿过熟睡的城市，钻进森林，来到一个废弃的旧矿井，处决者将尸体和干柴交替码成一堆，浇上煤油点火焚烧，然后将所剩残物抛进了矿坑。

　　卡嘉，我在这里说一句，斯托雷平被认为是俄国法西斯鼻祖，他对于中国普通的读者稍显陌生，对于哈尔滨俄侨来说，并非如此。在1928年的时候，哈尔滨有个俄侨格里亚奇金出版了一本仅有104页的小册子，《俄国第一个法西斯主义者彼得·阿尔卡季耶维奇·斯托雷平》，在哈尔滨俄侨法西斯主义者中很有影响。出现在哈尔滨早期历史上的金斯教授和罗扎耶夫斯基等人都是他的信徒。罗扎耶夫斯基与俄罗斯法西斯党徒在哈尔滨兴风作浪，制造了震惊中外面的"马迭尔谋杀事件",那就是后话了。这与斯托雷平在基辅剧场被人枪杀,有着怎样的诡异的因果,我们就不知道了。

至于,我在前面所说的,拉斯普汀与沙皇观测天象看见中国满洲地区出现一条东方巨龙的故事,只是一个传说,那是中国人爱国主义一个永远抹不去的情结。不过事实并非如此,因为拉斯普汀是在 1905 年才来到圣彼得堡的,那时候中东铁路已经全面开通两年了。

书信之二

在一片稀疏的白桦树林里,不断传出一阵阵铃铛声,不久就出现了一个大车队。这支大车队在行进,马蹄踩在沼泽地上,踩在往年留下的杂草堆上,发出扑哧扑哧的响声。大车队在俄国境内走了几天,便向中国境内进发。

卡嘉,1898年3月8日,施德洛夫斯基工程师率领特别先遣队由俄国海参崴出发。还在海参崴的时候,工程师希尔科夫公爵派他带领技术人员、气象站专家和几十名工人、士兵,准备进入松花江畔的某一个地方。

坐在第一辆大车上的自然是施德洛夫斯基工程师,他的旁边是一个中国人,赶着这辆大车,其他几辆大车也是中国人赶车。施德洛夫斯基身穿呢军服长袍,戴着一顶哥萨克军士帽,背着一支猎枪,腰间一把刀插在木制的刀鞘里。他喜欢把自己打扮成军人,不过他更希望自己成为一个好猎手。还有几个不同年龄的哥萨克人,一个跟着一个骑在马上,牵着驮东西的和备用的马匹。后面就是大车队的大车,拉着哥萨克和工人们,还有许多的东西。

先遣队成员有工程师波茨夫、维索茨基和拉文斯基,气象技师维谢洛佐夫,两名厨师,一名医生和20名工人,还有以巴夫列夫斯基大尉为首长的半个连队的库班步兵保卫队,约50人。这支先遣队还携带包括价值 10 万卢布的银块等随带物品,分乘 30 辆大车,途经三岔沟、宁古塔、吉林、榆树、拉林向哈尔滨地区进发。经过 6 天的艰难跋涉,3 月 18 日到达宁古塔。一路上安置这支队伍的住宿很困难,最后将特别先遣队分为两部分。离开宁古塔的第一天,第一分队同驾驶四轮马车的中国车夫发生了争执,原因是车夫因为路不熟不肯再走,后经地方副都统的调解,车夫才履约继续赶路。由于天气渐暖,车队在泥泞不堪的路上行走。山雪融化,河水泛滥,有时人们趟水过河搬运物资,一天只走 10 至 15 俄里的路。

到了 4 月中旬,特别先遣队走出山区进入松花江流域乌拉街,现在的吉林市,由乌拉街阿什河。特别考察队行进速度加快。20 日到达阿什河后,得知距离田家烧锅很近了。第二天下午,中国向导将特别考察队带到那里,与先行到达的施德洛夫斯基率领的另一支先遣队会合了。

当这支先遣队沿着遍地沼泽的山坡登上一块高地的时候,施德洛夫斯基工程师回头瞧了瞧,下面是一片枯草和松林的大河,其间蜿蜒着他们踩过来的小径。极目眺望,远处依稀可以看到一些细小的白点,那是远处湖泊在闪着光斑。

施德洛夫斯基工程师率领先遣队就这样匆匆地向哈尔滨进发,这是为什么呢? 1898 年初春,中东铁路修建位置基本确定下来,这时距 1897 年夏在东宁三岔口附近举行的中东铁路开工典礼已过半年的时间,这对于设在海参崴的铁路工程局直接有效地领导整个中东铁路的建设工作,已经感到非常的不便。为了解决这个问题,中东铁路工程局决定迁到中国东北某个地方。最初决定的地点是在呼兰城附近,铁路横跨松花江的地方。所以,中东铁路工程局为避免铁路建设者来到荒芜的江边陷入无处栖身的境地,决定在冬季河流封冻的季节,派遣曾在此地勘察过的以施德洛夫斯基工程师为首的先遣队前往这个地区进行勘察,做好必要的前期准备工作。

他们在乌苏里斯克耽误了几天,原因是安排辎重和买马,还有一件重要的工作是将价值10万卢布、重约2普特的银子铸成小元宝,以便先遣队在中国境内使用。

施德洛夫斯基工程师率领先遣队在1898年4月23日(俄历4月11日)早晨进入了哈尔滨。先遣队的主要任务是要在靠近松花江附近找到一处较大的条件好的地方,为5月乘船到达的铁路工程局安排办公地点。

卡嘉,你知道吗?在哈尔滨这块土地上,第一个来到这里的应该是施德洛夫斯基工程师,可是人们认为,哈尔滨的奠基人是希尔科夫公爵,他当时任中东铁路第九工段段长,这个工段就在哈尔滨。施德洛夫斯基工程师只是第一个来到哈尔滨的铁路工程技术人员。

中东铁路的修筑,对于清政府来说,不仅是项耗资巨大的工程,而且还要受到勘察、设计、原材料及技术人才方面的种种限制。曾任中国技术代表与沙俄谈判中东铁路事宜的詹天佑,他曾经自行设计修筑了京张铁路,但那亦只是1905年以后的事情。所以,就当时的状况来说,中东铁路修筑的技术问题,基本上是倚恃着沙俄的工程技术人员得以完成的。

中东铁路特别先遣队长途跋涉来到了田家烧锅。因为这个缘故,田家烧锅成为哈尔滨这座迅速崛起的近代城市的发祥地,被称呼为“老哈尔滨”,有人称呼之为“上号”,这是中国人的称呼。

这年4月22日,施德洛夫斯基率领的特别先遣队到达阿什河城,即今阿城。当地向导说,在田家烧锅附近的大车店里已有俄国人,这是去年冬季他留在齐齐哈尔城勘测队的部分人员,于今年2月份接到命令前往松花江岸边的,并等待着他们的到来。

第二天,施德洛夫斯基带领几个人骑马想去松花江边。他想找一个适合铁路工程局住宿和办公的地方。这时候,他已经站在高岗的边缘,现南岗上坎附近烟厂的地方,放眼望去,在很远的地方可以看见大江及沿江狭窄的高地,还可以看清一座炮台,后来这里成为俄侨松花江火磨的厂址,市立公园今兆麟公园的位置有几座草房,傅家店现道外一带是三五座草房的小村子,在江沿高地与秦家岗现南岗之间是一片广阔的生长着芦苇的水面,其间露出满是荒草的沼泽中的小岛。

　　施德洛夫斯基想起了那位东西伯利亚总督穆拉维约夫。还在半个世纪前,穆拉维约夫就朝海洋的方向前进,想去看一看他治下的伟大地区的全貌,特别是看一看堪察加半岛和半岛上那个优良的彼得罗巴甫洛夫斯克港。在 1848 年,穆拉维约夫就向沙皇说过要到这一带来巡视一番。人们对堪察加半岛寄予很大的希望。俄国在太平洋地区有漫长的海岸线,可是却连一个合适的港口都没有。

　　施德洛夫斯基想,当年雅库特人带领总督的队伍走的一条可怜的小路,是通向大洋的唯一道路,在堪察加却有极其出色的海港。而现在他也是沿着这样的小路来到了满洲的一条大河边。而这里有什么呢?他希望这里成为铁路的枢纽中心,最好在这里建设一座宏伟的俄国城市。当初俄国报纸谈论堪察加海港这件事的时候,彼得堡起初没有人理会。后来《泰晤士报》登了几篇评论,讲到阿瓦恰港如何适用,白令海和鄂霍茨克海如何富饶,沙皇才下令对堪察加半岛予以特别关注。他命令在那里建立一个显示俄国在太平洋上的威力和影响的中心。穆拉维约夫懂得,沙皇的决断非常适时,种种迹象表明,将来这里会成为很好的宝地,他现在就站在这块土地上了。

　　他的思绪还是回到了现实。眼前通向江边的路在哪里?翻译向在田间耕作并以极大兴趣注视着他们的中国农民问路。当地农夫扔下锄头,渔夫扔下鱼叉,纷纷跑来观看"洋人",有的人还用手摸摸他们穿着的衣服和戴着的帽子,有的甚至激动得投以石子看其面部表情的反应。

这些农民告诉这些俄国人,沿着高岗向东才能下坡并找到去江边的路。在今冰上运动基地下坎,路上都是水洼,但毕竟还是把俄国人引到江边高地。炮台是由百余名士兵把守的关卡,这些士兵穿着中式的长袍,前后胸绣着彩色的圆形图案,而军官扎着类似头巾的蓝色腰带。

施德洛夫斯基察看了沿江地带后,令他失望,根本没有供铁路工程局住宿和办公的地方。他想,时间又这么紧迫,现在在江边唯一能做的事情,就是临时搭建能遮风雨的席棚子了。

在返回大车店的路上,他们碰见一个中国人。那个中国人见到俄国人心里有些慌张,想逃走。施德洛夫斯基喊道:"喂,中国人,这里有房子吗?"那个中国人直摇头。

翻译丘普罗夫走上前去跟中国人说了许多话。那个中国人说:"在你们住的大车店不远的地方,有一家多年的老烧锅,不久前遭到红胡子的抢劫而闲置着。"

丘普罗夫对施德洛夫斯基一说,他很是高兴,问:"什么是烧锅?"

丘普罗夫说:"烧锅就是中国人做酒的地方。"

施德洛夫斯基说:"现在还有酒吗?"

丘普罗夫说:"现在不可能有酒了,他们被红胡子抢劫啦。"

这时候,施德洛夫斯基领着人去查看。这是一个很大的院落,四周有炮楼。院落里共有32间房子,其中大部分是土房,仅有几座青砖瓦房。尽管这座废弃的作坊破旧,但墙壁和屋顶尚完整,所以修缮工作并不难。

这座停工的烧锅,给这些俄国人的印象还不错。田家烧锅距离江边8俄里,尽管不便,但他们也别无选择了。

翻译丘普罗夫被派往阿什河城即今阿城去,他带回两位"烧锅"主人。施德洛夫斯基与两位烧锅主谈判价格,在他们面前的桌子上,堆着许多银钱。谈了几天,也没有谈成。他对丘普罗夫不耐烦地说:"你对中国人说,卖也得卖,不卖也得卖。就这些银子!"

两位烧锅主互相看了一眼,便同意了。在1898年5月5日,施德洛夫斯基决定以8000两白银把田家烧锅买下来,作为铁路工程局的驻地。

接着修缮工作便开始了。20多天后,田家烧锅变了样子,成为工程局大院,可以住进很多的人了。施德洛夫斯基暗想,过不了几天,远在海参崴的工程局的人就会来到这里,他们可以都住进这里,虽说条件不好,可总算是一个挡风避雨的地方。

这天,他站在田家烧锅大门前,眺望着江边的方向。不久,丘普罗夫跑来了,他骑在马上,兴奋得手舞足蹈地喊:"他们来啦,他们来啦!"

施德洛夫斯基的心,像一颗石头落了地。

1898年6月9日,俄历5月28日,中东铁路工程局全体人员在副局长伊格纳齐乌斯的率领下,乘"布拉戈维申斯克"号汽船,沿着乌苏里江、黑龙江、松花江抵达哈尔滨,住进"田家烧锅"大院。6月28日,中东铁路工程局正式在这里成立并开始办公。中东铁路干线开始施工。俄国后来把6月9日这一天,视为哈尔滨城市诞生日,也是中东铁路开工纪念日。

俄国大批筑路的工程技术人员、工人、护路队官兵,形形色色对神秘东方怀着淘金梦的俄国人和欧洲人及他们家属的到来,田家烧锅一带打破千百年来的沉寂,一个崭新的哈尔滨城市的帷幕开始拉开了。

这里开始喧闹起来了。中东铁路工程局对田家烧锅进行建设,房屋修缮,设置办公室和宿舍,还修建了仓库。在大院里从海参崴带来的石印机也开始转动起来。还在附近开设了秋林洋行、鲁西阿里化妆品兼美容店和罗西安洋行,开办了华俄道胜银行,还在附近修建了火车站即现在的香坊火车站。在现在香坊公园建立了第一座气象站。1898年8月,甚至还在过去称为军官街现为香政街建了小圣尼古拉教堂。随后,尤格维奇总工程师也来到了哈尔滨,并成立了中东铁路建筑工程局。当年,伫立在这块土地上,无论是施德洛夫斯基工程师,还是尤格维奇总工程师,抑或希尔科夫公爵,他们都隐隐地感到,他们脚下的土地,终将出现一座辉煌的城市,就像当年修筑圣彼得堡一样。

小圣尼古拉教堂在这里建立起来,标志着哈尔滨的诞生。有人说,小圣尼古拉教堂是中国东北第一座东正教堂。其实,中国的第一座东正教堂在哪里呢? 在汉口! 这是你应该知道的。当年俄国皇太子尼古拉1891年到中国游历,专门跑来汉口一趟。虽然他参观了铁厂,对张之洞的实业也颇为关注,但实际上这位太子之所以对汉口大感兴趣,也还是因为俄国茶商在这里十分活跃的缘故。这一年,是新泰砖茶厂25周年庆典,皇太子专程来参加这一庆典活动。俄皇太子在汉口显然很是开心,走前表示要捐建一座教堂给这里的俄国侨民。两年后即1893年,这座教堂便建成了。它就是位于鄱阳街83号的俄国东正教堂,原先在英租界内。教堂虽说是皇太子所捐,但修教堂的钱肯定不会由他自己掏腰包,最后出钱的人自然还是这些把他弄来汉口的俄国茶商们。如今这座教堂依然屹立在汉口的土地上。按照有关史志书上说,教堂已是武汉市房屋交易所办公地。但不久前,交易所似乎已经迁走,这座百年教堂空荡荡的有如废墟,斑驳的色彩就成了支离破碎的往事。

我不知道,俄国工程师施德洛夫斯基如果知道俄国东正教堂也出现在汉口的时候,说不定怎么高兴呢。

卡嘉,我想提一下那位希尔科夫公爵。他被誉为哈尔滨的创始人。

19 世纪末,国际建筑界正为工业化兴起之后,大城市的嘈杂拥挤给人们的日常居住带去诸多困扰,众多社会精英开始提出并自行实施一些理想的城市生活。在空想社会主义思潮影响下,英国建筑师霍华德提出花园城市的概念。他的概念中包括城乡结合、低密度建筑、有带形绿地、统一规划管理、有公共设置的呼应等。他为此而写下《明日的田园城市》一书。他的理想,影响了整个世界的都市生活,其意义一直延续至今。

　　踌躇满志的希尔科夫面对哈尔滨这个几乎以他为帝的世界,开始了他全面的规划和建设。而此时正是霍华德提出他理想的"花园城市"的时间。不知是规划和建设哈尔滨的建筑师们带着世界最前卫的理念来到哈尔滨,还是他们的建设思路与霍华德的观点不谋而合,或是他们自身原本就有的前瞻性预见性,总之,哈尔滨别墅区所呈现出来的面貌,与霍华德"花园城市"的居住理想惊人的一致。这使得哈尔滨无意中成为霍华德理论的最初执行者,也使得哈尔滨成为世界上最早的花园城市。

　　卡嘉,在下次我会给你讲一下有关希尔科夫在哈尔滨的故事,他被俄国人称为"新城"哈尔滨的奠基人。在这里有他的私邸,有以他名字命名的街道,甚至还有他开办的剧院。他在 1915 年回到了俄国,后来就没有了他的消息。

书信之三

我们可以想象到,在一百多年前,哈尔滨香坊的一个庄园里,尤格维奇总工程师一家在壁炉边吃晚餐。他的心情是愉快的,因为终于要回到俄罗斯去了,尽管他舍不得离开。餐桌上是丰盛的菜肴,还有从俄国运来的伏特加。他与妻子和孩子说笑着。他的妻子在附近一所铁路小学当教师,她是哈尔滨最早的女教师。望着丈夫很高兴,她微笑起来,于是全家也都笑了起来,笑给人的感觉真好,就像喝一大口烈酒,才能腾出空间来吃下更多的美味。笑,似乎也能腾出空间来,留给余下未尽的眼泪。这时候,尤格维奇却沉默下来。

尤格维奇离开餐桌,在木靠背的沙发上坐下,略一犹豫便掏出香烟抽起来。他很激动,这种不明不白的激动使他怀念往事。有一种感觉支配着他,仿佛有谁在夜间走进一个陌生人家,接触到对方的隐秘莫测的生活的时候,总是会有的。这样的生活,就像一本遗忘在桌上的书,随便掀开一页,就算是随便的那一页吧。谁瞧见了这一页,就会努力去猜想,书里写的是什么,还有些什么呢?中东铁路已经通车了,他这个总工程师完成了任务,这是他一生最重要的事情。现在,他感到被人们遗弃了,中东铁路通车以后所发生什么大事,或者哪怕是一件小事,也与他没有任何关系了。

我理解尤格维奇的心情,在他们一家即将离开哈尔滨的时候。尤格维奇抬起头四处打量,温暖的房间又引起了他想在这个诞生不久的城市留下来的愿望。这幢房子给人一种特别淳朴而舒适的感觉,即如那悬垂在餐桌上的枝形吊灯和没有光泽的白色灯罩。墙上挂着一幅希施金的《森林的早晨》,那是他特意请一位俄国画家临摹的。他想,俄国的森林是美好的,满洲的森林也是不错的,中东铁路就是通过这样的森林修建起来了。墙上面还挂着几只鹿角,那是他从在铁路工地旁边的林中猎获的鹿身上割下来的。这一切都这样古色古香,早就不合时尚了,但它使人进来就想微笑。四周的一切,连那用浅绛色贝壳做的烟灰碟、一个陈旧的罗盘,还有摊开的中东铁路全图和俄国地图,都说明了那种紧张、风餐露宿的生活,于是他又想起来,假如留在这里该有多好啊,留下来,像这所老屋子一样地生活下去——不慌不忙,该劳动时劳动,该休息时休息,冬去春来,雨天一过又是晴天。这样,他就不会离开哈尔滨了。然而,事情总是出乎他的意外,霍尔瓦特从俄国来了,被任命为中东铁路局局长,已经走马上任,他却成为副局长,屈居人后。他决定要回莫斯科了。

　　卡嘉,你知道吧,1897年1月8日,这是一个对中国人民苦难历史记忆开始的日子。在这一天,中东铁路公司在俄国首都圣彼得堡召开第一次董事会议,选举克尔别兹、罗曼诺夫、罗特什捷英、齐格列尔、沙夫高津、乌赫托姆斯基、普科第等人为董事。接下来董事会召开第一次特别会议,选克尔别兹·斯坦尼斯拉夫·伊波利托维奇为公司会办,这是1844年生于高贵家庭的贵族。他在1896至1902年任东省铁路公司会办。

　　在这次会议上,董事会决定聘请尤格维奇为建筑中东铁路总工程师兼工程总局局长。4月20日,中东铁路公司发给尤格维奇总工程师凭照,授权其全权办理购买地亩房屋、审理造路公司案件、确定契据文件、保护公司利权、呈递讼词、收付公司各款项等事宜。6月,根据维特提议,沙俄政府成立了以罗曼诺夫为主席的特别委员会,密谋侵夺中东铁路沿线司法权。尤格维奇总工程师受命兼管司法事务。

这就是说,从那时候起,尤格维奇总工程师在这幢庄园里,主宰着中东铁路的一切!

在1月25日,中东铁路公司技术委员会又聘任依格纳齐乌斯为建筑中东铁路副总工程师兼工程总局副局长。随着筑路工程的进展,工程总局副局长由1人增加到3人。工程总局最初设在海参崴。当时成立技术、机械、船舶和火车、卫生、电信及庶务等6个处,负责铁路的勘察、设计和施工事宜。这样,中东铁路公司3月成立,设总公司于俄都圣彼得堡,分公司设于北京,设铁路建设局于海参崴,着手筹建铁路。7月7日,中东铁路总工程师尤格维奇、副总工程师依格纳齐乌斯一行从圣彼得堡抵达海参崴,中东铁路建筑工程局在海参崴成立。

在总工程师尤格维奇的统筹安排下,中东铁路建设局各勘测地段段长,经过必要的准备之后,带领全体勘测和技术人员前往工作地点。他在医官博列季科、总参谋部大尉索科弗宁和中国驻英三等翻译官刘镜人等陪同下,沿着中东铁路预定经过地区自东而西,又自西而东,跋山涉水,历时5个月之久,在已经勘测的基础上,对新、旧两条线路又做了进一步的实地踏查。

东北地区夏季炎热多雨,山洪暴发、河水泛滥,冬季严寒、朔风凛冽、大雪漫天,加上可供参考的地形、地质资料,甚至连简单的地图都非常缺乏,所有这些都妨碍了勘测工作的顺利进行。

就在这时,沙俄维特大臣提出欲将铁路走向南移至吉林伯都纳即今扶余县的方案。还在1897年1月,许景澄作为清政府任命的全权代表参加了中俄两国合办中东铁路合同的谈判。在谈判中,在他的力阻下,俄国放弃了中东铁路南移方案,才使中东铁路的交汇点,也就是铁路的枢纽站最终确定在哈尔滨。这里有一个历史细节,后来尤格维奇经过实地考察,发现伯都纳地势低洼,土地潮湿,而且经常遇到水患,既不利于铁路的兴修,又不便于近代化都市的建设。松花江虽然流经伯都纳,然而由于当地水浅,航道狭窄,较大的船只无法通过。所有这些不利条件,冲淡了俄国人对伯都纳以及整个新线的兴趣。

卡嘉,历史就是一个有趣的故事。可是不管怎么说,哈尔滨是幸运的。无论是中国的许景澄,还是俄国的尤格维奇,他们都是哈尔滨命运的决定者。尤格维奇总工程师负责在中国境内中东铁路的修筑。

西伯利亚大铁路的主体工程共分 6 段,分 3 期完成。第一期工程包括西西伯利亚线(车里亚宾斯克至鄂毕段,叶卡捷琳堡至车里亚宾斯克段),中西伯利亚线(鄂毕至伊尔库茨克段)和乌苏里斯克线(哈巴罗夫斯克至海参崴段)。该期工程于 1892 年动工,1897 年完成。第二期工程是外贝加尔线(梅索瓦亚至斯列坚斯克段)。该期工程开始于1895 年,竣工于 1900 年。第三期工程是贝加尔环线和阿穆尔线(斯列坚斯克至哈巴罗夫斯克段)。工程开始于 1900 年,竣工于 1916 年。至此,西伯利亚铁路在俄国境内全线贯通。据统计,建成后的西伯利亚铁路全长 9 142 俄里(支线除外),是当时世界上最长的铁路,仅桥梁的长度就达到 45 俄里,参与建设的施工人员最多时达到 55.5 万人(1895 -1896 年)。铁路以平均每年铺轨 650 俄里的速度向前推进,这在当时世界铁路建筑史上是少有的。

1897 年 8 月 28 日,铁路公司在中国境内小绥芬河三岔口附近举行了铁路开工典礼。1898 年 3 月,中俄签订《旅大租地条约》,俄国一举获得了建筑和经营中东铁路南满支线的特权。这样一来,把铁路干线向南移动的必要性已不复存在,只需在丁字形路线上确定一个交叉点即可。所以,中东铁路总的走向直到这时才最后确定下来。同时也规划了将来中东铁路行政中心的地点。他决定中东铁路的枢纽设在哈尔滨。

俄国之所以决定选择哈尔滨为中东铁路的建造中心,基于地理和政治两个方面的考虑。从地理因素看,哈尔滨距当时常年泛滥的嫩江较远,适合铁路的维护改造;哈尔滨地处地势平坦的松嫩平原,筑路的技术难度和成本相对较低;哈尔滨濒临松花江,便于运输建造铁路所需要的大型机器设备。从政治因素看,哈尔滨离中国的政治中心北京较远,相对于此前的伯都纳而言,选择此处为铁路建造中心,能够得到清朝政府的认可;当时的哈尔滨人烟稀少,便于占地修路,因而与筑路相关的民事纠纷会大为减少。

1898年5月10日,尤格维奇总工程师发布命令,以哈尔滨为中心,开始铁路施工。工程分东、西、南部三线,由6处同时开始相向施工,由哈尔滨往东、往西、往南,同时由旅顺口、俄国乌苏里斯克和外贝加尔朝哈尔滨方向。南满支线战略地位重要,列为整个工程的重点。他将中东铁路东西干线从满洲里到绥芬河之间干线划分为13个工程区,支线哈尔滨至大连划分为8个工程区。第7、8、9段为哈尔滨段,现哈尔滨街区名有"八区""九站"之称谓。由于分段施工所以工程进度十分迅速。根据当时的勘测数据,中东铁路东西干线加上南部支线全长2380俄里,即2522.8公里。漫长的铁轨穿过东北大地。中东铁路呈"丁"字形,分为东部、西部和南部三条线。

这时期,中东铁路忙碌起来了。1898年,中东铁路工程局将沿江附近地段拨给散居于哈尔滨的中国人,这条街后来被称为"中国大街"

现中央大街。中东铁路公司在美、英、德、法、比利时等国进口装备、器材、铁轨、车辆等,转运至哈尔滨及铁路沿线。

中东铁路公司在苏格兰、荷兰、比利时、德国订购客货轮船,在建筑铁路期间运送材料和员工。铁路完工后,经营大连、海参崴、朝鲜、日本和中国其他港口之间客货运输。

中东铁路制材厂在埠头区即今现道里区开办,厂长谢米亚尼科夫。中东铁路临时机械总厂在埠头区成立。俄籍波兰人葛瓦里斯基林业公司在哈开办。秋林公司在香坊开办商店。俄籍格鲁吉亚人阿格列斯季在田家烧锅创办第一个铁路员工食堂。纳齐耶夫斯基在香坊开办第一家咖啡茶食店。俄人在道里高谊街一带圈定了墓地。同时为解决铁路铺筑后机车车辆能及时安装、运行的问题,木材加工厂和临时总工厂。开始生产时没有厂房,大多露天作业,只有几间简陋的席棚。临时总工厂当时仅有俄国技工100多名,每月只能组装机车一台,建造木结构客车厢5台,货车10辆。

1900年,中东铁路工程局对新市街(今南岗区)进行规划,由列夫捷耶夫为首任工程师。经其规划设计,至1902年南岗一带已建成或接近建成的楼旁近2.5万平方沙绳,1沙绳等于2.134米。其中较大的建筑物有尼古拉中央教堂(1899至1900年)、铁路中心医院(1900年)、消防队(1900年)、外阿穆尔军区司令部(1901年)、铁路图书馆(1902年)、道胜银行车站街大楼(1902年)、哈尔滨商务俱乐部(1902年)、圣母报喜教堂(1903年)、中东铁路总工厂大楼(1903年)以及铁路会计局、铁路技术部等等。

中东铁路公司原打算1902年将铁路交付使用。然而,东北地区的义和团运动打乱了筑路计划。6月28日,尤格维奇下令全路停工,全体人员迅速撤退,西路撤退至外贝加尔,东路撤退至绥芬河,南路撤退至哈尔滨。义和团几乎全部扒掉铁路,1 400 公里的路基仅剩 430 公里,剪断电线,烧毁了几乎所有车站的建筑。中东铁路遭受的损失达 7 100 万卢布。后来,这笔损失由北洋政府赔偿,这是后面的事情了。

这天尤格维奇在窗前倾听着雨滴的敲击。正是在这时候,在这即将离开的家里,在这个几天之后他就要离开而且永远不再来的地方,一种时光一逝不复返的思绪,一种从古至今折磨着人们的思绪,在这时来到了他的脑中。

在这间屋里的桌子上摆着一束野花甘菊,花束显然刚采来不久。有一扇窗子敞开着,窗外有一丛带雨的紫丁香映着窗口投下的微光。微弱的雨丝在黑暗中窃窃私语,沉重的雨滴在急促地敲打出响声。

尤格维奇想到现在不得不和哈尔滨告别,他确实觉得闷闷不乐。可是他又同时想到,这一切和他,和中东铁路工程局有什么相干呢? 他们不过是萍水相逢的,工作过几年,一句话之后各走各的路,也许从此不会再来了。在海上,在遥远的地方,今天在这儿明天又走了,这就是一个工程师的生活。虽然他说过以后再来,去看望哈尔滨,这主要是出于礼貌吧。也许是最好决定不再去看它。

尤格维奇下决心不再回到哈尔滨旧地重游,自己回到俄国后,会有许多平时没有做的事情,譬如出国旅行,或者写回忆录,这也是不错的事情。可是下这个决心同时,他的心里又涌起凄凉与惋惜的感情,仿佛他刚刚送一个非常亲密的人走上遥远的旅途一样。

过了一天,尤格维奇和妻子坐在客厅的花架边,这是哈尔滨最好的七月的季节。妻子告诉他这是彼此在这个季节和这个地点最后一次聊天了。在温暖的日子,他们也不想放弃这个或是其他的仪式。

"我们是在等霍尔瓦特局长吗?"妻子问。

"我想是的,不过他不会来的。"尤格维奇回答说,他的语气很无奈。过不了几天,他就要带着妻子回圣彼得堡。

中东铁路全线通车,霍尔瓦特也从俄国来到哈尔滨走马上任。他准备住在原铁路工程局总工程师尤格维奇曾住过的房子里。在这里他成为新主人。那天尤格维奇把自己家的钥匙给了霍尔瓦特派来的人。他开始做着离开的准备。

尤格维奇在院子里散步了一会儿,回到屋里,开始再次打包行李,最后检查一遍,把东西都运到了附近的车站上。他们将在黄昏时离开。他们已经吃完了橱柜里剩下的最后一点吃的,一份孤单的香肠,一个发了芽的土豆,三根羊排刚在门外的火堆上勉强弄好,吃得如同嚼蜡,毫无滋味。他们又走回到花园里,手里拿着最后一点儿酒,根本没准备好进去和他们的家说再见。

"说不定你会想念那些天鹅绒和锦缎呢。"妻子说着踮起脚尖,把他的脸拉近些亲吻着。他心里想的却是也许他会想在某些清晨,在楼上客厅的窗边,坐的椅子上,坐着读一会儿书。看见她的眼泪,他笔直朝前走进了房子。妻子哭得那么厉害,根本不去管有谁会看见。尤格维奇用他的手臂高高环绕在妻子的胸前,用他所有的力气紧紧抱着她,让自己贴着她的脸,妻子也听由他的举动。妻子看着他说:"亲爱的,记住我有多爱你。"

"好的,亲爱的。"他抬起头来,面朝太阳,他一直保持着那样的姿势,直到他走向房子,走了进去。

尤格维奇把妻子朝自己拉得近些,她的背完全依偎在他的怀里。他们就这样站在房间里。

空中有雨点落了下来,细细的雨丝连火堆都没有惊扰,像是一场无言的祝福。在尤格维奇看来,一弯新月如眉,星星如宝石一样璀璨。

尤格维奇托着脸仰头看雨,看天空。一阵清风拂过,就像一个到处留情的爱人，不经意间吻了吻自己，又吹向了别处。这就是他想要做的，这就是他想要过的生活。他没有任何自负虚荣的想法。他的生命不可能无限扩大去满足很多其他人的需要和渴望，他只想拥有自己所拥有的。他知道，有些东西你越是试图紧紧抓住，越是会从你的指缝间无情流逝；他知道，月亮总有圆缺，只要静心等待，自有时间来弥补。生活不过就是几次短途的公园漫步，一两次火堆旁的快滑舞步，不比这多，也不比这少。

"你在想什么?"妻子问他。

"人生就是如此奇妙，神秘，又叫人害怕。"他说。"难道你从来就没想过更大的事吗?"他的胳膊抱得更紧了，亲吻着妻子的头发。

卡嘉，你知道，在历史资料上，对尤格维奇总工程师记载很少，仅为数语:"尤格维奇·亚历山大·约瑟福维奇，1842 出生于塞尔维亚一个贵族家庭。毕业于英国皇家艺术学院工程技术专业，设计和建造了俄国多条铁路，曾担任乌拉尔铁路总工程师。1897 年被俄国财政大臣维特任命为中东铁路总工程师。中东铁路建设局在海参崴成立后，尤格维奇担任局长兼总工程师，直至 1903 年铁路交付使用。在他的主持下，修建了 2 500 多公里的铁路。"有资料说，中东铁路正式通车后，他被任命为中东铁路管理局第一副局长，在 1925 年去世。

尤格维奇总工程师卸任后，他在香坊卫生街上的私邸保留下来。后来这座私邸成为中东铁路管理局第一任局长霍尔瓦特的官邸。在他的官邸正门台阶水磨石上，镶嵌的黄铜字"SALVE"，这是什么意思呢?我当年曾去官邸那里探访，那一行黄铜字"SALVE"犹在，尽管它与垃圾为伍，可现在却荡然无存了。这文字，应该是尤格维奇总工程师留下的。

尤格维奇在哈尔滨历史上虽记载不多，但还是留下了他的名字。在哈尔滨的郊外，有一座以他的名字命名的火车站，距哈尔滨站13公里，距长春站227公里，原名为尤格维奇站，后改称为沈家王岗站，现为王岗站，站址在今哈尔滨市南岗区王岗镇。

那时候，还有一所小学以他的名字命名，尤格维奇小学，建于20世纪20年代，地点位于教化街副36号，以纪念中东铁路总工程师尤格维奇。日伪时期曾用于"儿童之家"。新中国成立后长期用于哈尔滨铁路局幼儿园，现为哈尔滨的一家公司。

尤格维奇安葬在什么地方，是在圣彼得堡，抑或莫斯科，还是哈尔滨，没有人知道。在圣尼古拉教堂内的圣徒圣·尼古拉像下部镶嵌的奠基式纪念铜板上以俄文雕刻铭文，意为"尼古拉皇帝即位六年，清国皇帝光绪二十五年。1899年10月1日，俄国财政大臣维特、铁路总办克尔别茨、铁路建设局长尤格维奇，于松阿里即哈尔滨市在铁路守备队属司祭祝福下，建筑工程师雷特维夫建此。"里面有他的名字，但是，这位优秀的俄国工程师，终于湮灭在历史的尘埃之中了。

我在单士厘的《癸卯旅行记》看到尤格维奇时期的一件掌故：

又闻一俄医士之言曰：曾亲至东省，欲以医学考察种族灭绝之原因。尝见一哥萨克持刃入一老幼夫妇四人者之家，攫少者肆无礼，其三人抱首哭，此哥萨克次第杀此四人而出。夫哥萨克诚强暴，然四人者，纵无器械，岂竟不能口啮此兵，而默然待死乎？此不必以医学考察，而知其必灭云云。予笑谓此唾面自干之盛德乎！达尼尔者，代茹古维志而为铁路总监工者也。然名为铁路监工，实于哈尔滨地方操立法、行法、司法三大权者也，三大权操于一手，今世界列国君王且无之,而达得之,幸福耶否耶?

庚子之乱,黑龙江有协领曰庆益斋者(不知其名),统兵一大枝,在松花江北岸向江沿发炮四五十出。时哈尔滨无俄兵,总监工厌之,乃聚工人二十,驾小舟一,渡江吹喇叭以恐之。协领果闻喇叭率兵狂遁,所遗物品不少。李君估轩等正苦乏糖乏茶乏烛,不意协领所遗不少,遂取归供用。

多少年后,卡嘉给尤拉写信,问到霍尔瓦特官邸台阶上镶嵌的黄铜外文字"SALVE"是什么意义时,尤拉回复道:

卡嘉,你问到我这个问题,我确实不知道。我想大概是什么"功勋"或者"荣誉"一类的意思吧? 有人就是这样认为的。无论是霍尔瓦特,还是尤格维奇,对于中东铁路建设和管理,在他们看来都是劳苦功高吧? 为了永远铭记,特意镶嵌上去吧? 也未可知。不过我当时对 SALVE 发生了兴趣,并且牢牢地记住了它。

你有没有这样的感觉,你在生活中如果对什么事情发生了兴趣,总有一天会在不经意间碰到它。有一天,我在中央大街附近的一家老俄国西餐馆,在它的台阶上发现有"SALVE"这几个西文字。我想,不会是这家西餐馆老板从霍尔瓦特官邸台阶上移植过来的吧? 经询问老板,他说是霍尔瓦特官邸台阶上的为止,不过不是原物。至于"SALVE"这几个西文字,有一天来了一位意大利作家,他看到了说,这是一句敬语"你好",是天使对上帝的问候,是非常尊敬的礼仪。后来有一位法国人,他也意外地发现了它,有些喜出望外,惊奇在哈尔滨竟有这样的老俄国西餐馆,当然也有对主人文化信养的钦佩。

你不会想到，这不是英语，不是法语，而是希腊语。我总是感觉它应该是法语才对，因为俄国人崇拜法国文化。现在我想，它怎么会是希腊语呢？也许，因为希腊曾经是一个古老的文明之国，她的语言有关如此高贵和如此尊敬，这样的语言才能够表达天使对上帝的崇敬？

历史就是这样的诡异？如果许景澄没有被慈禧处死，他在中东铁路公司督办任上，那么后来无论是尤格维奇总工程师，还是霍尔瓦特局长，他们在哈尔滨历史的作用，还会有那么大的影响吗？他们的作用会是怎么样呢？哈尔滨的历史还是我们所看到的那个样子吗？恐怕会有很大或者些许的不同？不过，我们在这里还是用这个敬语，对尤格维奇说："SALVE（希腊语"您好"之意），总工程师！"

第二章

到哈尔滨淘金去

　　一百二十年前,有一个名为德里金的俄国人乘着"特鲁热尼克"号轮船驶入哈尔滨。随他而来的是大批的他的同胞,因为这里成为淘金者的天堂。从西伯利亚开来了第一列火车,亮起了第一盏电灯,有冒险家建起了这座城市宫殿般的豪邸,有海参崴来的家族建立了托拉斯企业,"船运大王"索斯金兄弟的轮船航行在松花江和黑龙江上……终于,因为这一切,这里变得兴旺和热闹,成为温暖的有活力的有进取的新垦地。这是尤拉喜欢的哈尔滨的春天,在这里出现近代一个生机勃勃的工商业的国际都市。

书信之四

　　我想你已经抵达欧洲了,现在哪一座城市?你在欣赏达·芬奇的《蒙娜丽莎的微笑》吗?秋风已至,我将再次漫游哈尔滨,回顾往事。是的,我喜欢春天的哈尔滨,这才能够代表哈尔滨的一切风物,仿佛我们欣赏俄国列维坦的风景画。可是,列维坦的风景画几乎都是酷似秋天的格调。列维坦越近晚年,其思绪就越加停滞在秋色之上,使人忧伤。在他的《春讯》画中,一条深深的黑色河流在山谷中流淌,显得死气沉沉的,河面上还覆盖着一层松软的雪花。只有在《三月》这幅画中他才表现了真正的春意,初融的雪堆上空,金黄色的阳光灿烂辉煌,从木板房的台阶上点点滴落的初融的雪水,像玻璃珠似的闪闪发光。我看哈尔滨的历史,就是这种感觉。

　　哈尔滨俄侨的故事不是这样阴郁的,它是有趣、生动的,同时也是痛苦和悲伤的,但它是有创造力量的,它构成了哈尔滨最初开发历史景致,这是非常厚重的,这也是与中国其他城市所不同的或者重要的区别。在他们身上发生的故事,你就知道哈尔滨历史发生过什么事情了。过了许久我发现,现在和不久的将来,所发生的一切,在 20 世纪初就已经发生在我们身边了。这就是我要讲给你的哈尔滨俄侨的故事。这是我们祖辈们与俄侨们创造哈尔滨的故事,是我们重要的历史文化遗产。

哈尔滨的历史并不长，它的故事离我们并不遥远，当初是一个小渔村，打鱼摆渡、出当铺的，有了烧锅，还有人开始垦荒种地，一片田园风光。进入20世纪初，因为外力陨石般的撞击，小渔村石破天惊地成为近代世界大都市。它与俄罗斯西伯利亚和远东城市同时代诞生。

在1895年，俄国考察队沿松花江考察。果科沙依斯基绘制的松花江两岸目测图已明确标出了"哈滨"和"哈滨烧锅"等几十处村庄。这时候《拉林舆地全图》已经绘制。图中标出了傅家店、香坊、田家烧锅、上号、秦家岗、马家沟等村屯名称和方位。此时的哈尔滨还是一个传统的以分散的自然村落经济占主导地位的社区系统，其地域的封闭性使之与外界交往甚少，只是国内交流农产品。历史上曾经发生这样的一件事情，1896年11月6日，由伯都纳运往依兰的4只赈灾船运抵哈尔滨。次日立冬骤寒，船只封冻于江边，1675石粮食囤存于民户钱海院内，得到当地乡绅张得鹏帮助照料，翌年粮食运至依兰。纪凤台的"司科别列夫"号货轮开到三姓即现依兰"司拉其"号轮经哈尔滨开往伯都纳，即现吉林省扶余。

据有关史料记载，在中东铁路修筑之前，哈尔滨及其附近地区并无俄国侨民，但当时已有往来于哈尔滨和远东地区的俄国商人。如光绪二十二年(1896)，俄国阿穆尔轮船公司的"英诺森"号驶入呼兰地方做农副产品贸易生意。

最初俄国人到哈尔滨来的时候，我觉得很有趣。资料上说，俄国人在哈尔滨开埠之前，他们商船在事先不通报的情况下，就陆续来到哈尔滨。他们在这里兑换粮食包括大豆等农产品，他们语言不通，也不与官方打招呼，来来去去，只任意地装载些货物。早期的俄国人就是以这样的姿态与哈尔滨人见面的。

俄国商人德里金从伯力乘"特鲁热尼克"号轮船来哈尔滨等地收购粮食和牲畜。他就是我们所要说到的人,他是第一个来到哈尔滨经商的人。如果没有他或者不写到他,哈尔滨的历史就不好写下去了。

　　但是,德里金远不是第一批来到中国的俄国人,虽然哈尔滨曾一度被视为在华俄侨的"首都",但最初的在华俄侨却并非出现在这里,而是北京、汉口和上海。俄侨在哈尔滨大量出现的时间,实应是光绪二十四年(1898),即中东铁路筹备动工以后、十月革命和俄国国内战争。

　　卡嘉,好吧,我们还是说说第一个来到哈尔滨的商人德里金吧。

　　1896年的夏天,历史资料没有记载哪一天。这一天风和日丽。俄国商人德里金搭乘"特鲁热尼克"号轮船。他站在甲板上,有点乘风破浪的感觉。德里金显然很是高兴,满洲是富庶之地,那里有粮食和牲畜。他准备是到哈尔滨等地。

　　我没有见过德里金的照片,但我认定他一定是个长着大胡子的人,我不知道为什么这样认为,大概是长着大胡子的人都是久经风霜吧。真是有些趣味,一想到德里金,我就想起你的父亲。我还记得你的父亲蓄着一把彼得大帝的胡子,他从不肯跟小孩子说话。他时常背着猎枪到郊外去,有次他竟带着你和我到松花江上去钓鱼。我们乘小船,在江上荡漾,哼着《在乌克兰的原野上》。我看见你的蓝眼睛,显出深深的遐想。我知道,你们的老家在基辅,旁边也有一条河,那是第聂伯河吧。

　　俄国商人德里金,你的父亲,他们都长着大胡子,这是怎样的故事啊。德里金来到哈尔滨前曾在中东铁路沿线的横道河子,现属尚志市的一个镇上经营肉铺。他在哈尔滨这个地方接受来自阿什河城的牲畜生意,并把它们装上"特鲁热尼克"号轮船。当年"特鲁热尼克"号轮船应该很忙,往返于哈尔滨和伯力之间。而德里金本人为了做生意方便,最后留居在哈尔滨地区,于是他便成为哈尔滨最早的俄国侨民。

卡嘉,德里金遇到的是一个什么样的黄金时代? 这是哈尔滨的春天。自 1898 年至第一次世界大战前,哈尔滨俄国侨民的人数迅速增长。这其中除了中东铁路通车、日俄战争、哈尔滨开埠、商品集散地的形成等诸多因素,亦与沙俄对华采取的经济政策有着极为密切的联系。沙俄的经济政策充分地体现在对哈尔滨及其附近地区的农产品经营,保税区建立的若干方面,致使交易十分繁忙,数量非常可观。其实这是俄国对哈尔滨及其附近地区的掠夺和商品倾销。

早在中东铁路修筑以前,俄国学者马克西莫夫于《我们在太平洋的任务》一书中论述道:"倘使在获得阿穆尔河和在河口辟设港口的同时,使人烟稠密和富饶的松花江也为俄国贸易实际开放的话,那么兼并阿穆尔河的两个目的都会十分顺利地达到。由于粮食和牲畜价格低廉,松花江还可能为阿穆尔河上、特别是其下游和乌苏里江上长期以来一直以昂贵的环球运输的官粮为食的俄国居民提供粮食。在以松花江河谷出产的粮食代替环球运输的黑麦粉、荞麦和豌豆以后,国库将会节省数以百万计的款项。同时满洲还将成为销售我们的呢绒、布匹和铜器的广阔的市场。在中东铁路修筑以及通车前,经过松花江及接壤处的各贸易点,各种农副产品输入乌苏里及黑龙江沿岸,以致沙俄政府内的一些人亦不得不承认,阿穆尔地区离开北满就无法存在,"不依靠我们在远东的唯一粮食基地中国东北就无法保卫我们的太平洋领土"。

因为这个原因,终于,德里金在哈尔滨淘得了第一桶金。他淘得的这一桶金,总不免让人想起狼闯入羊群的故事。后来不知道什么原因,德里金对粮食和牲畜生意没有什么兴趣,农副产品贸易生意就不做了,他与俄侨多美兰斯基等人强行租占四家子地基,说是"开工修造洋房"。造洋房是为了居住吗？他有了自己的想法。这时已经是1903年6月间,那时候俄侨不知已经霸占了中国人的多少土地。中国政府的无能和西方列强的霸道和野蛮,使得初来时尚且谦恭不过的俄国人亦开始耀武扬威。他们用各种手段,或低价勒索或强行收购或彻底霸占,在铁路附属地强买土地。这种做法一时间几成风气。根据铁路交涉局档案记载,1904年,俄侨看中了马家船口一带民宅民地,"强自插标",硬行霸占。马家船口一带"渡口相连,旅店相接",俄侨"强入出售,未免夺民生计",当地居民怨声载道,谭广德、王纯德、王福成等人忍无可忍,联名上告。

德里金与一些俄国人强占中国人的土地,只是小巫见大巫罢了。中东铁路绘图处总管俄人姚继煦(音译)也乘机私占四家子镶黄旗人富荣喜的地二十六垧八亩四分。姚继煦为达占地目的,竟然"自写地契,将旗人丁富荣找到伊账房给图书(章)一颗,饬令图书画押",随后姚继煦除占地二十六垧外,又将此处"生熟地二百四十余垧全行设立木桩"霸占了。

俄国人还强行侵占江北庙台子、马家船口等地的张景和、车士俊等百余户土地2600余垧。铁路公司强占江北佃民张永禄等耕地,"俄人时赴其家肆扰,毁墙倒壁,量地插标",使该地居民"流离惊骇,不安其居"。

中国地方政府面对百姓冤情,"屡饬铁路交涉局与俄人争辩",但中东铁路代办达聂尔亲自出面为俄人撑腰,"争论许久,甚至声色俱厉"。中国地方政府被逼无奈只得听之任之,而当地居民慑于俄人淫威,亦"只能忍痛领价"。

关于俄国人强占中国人的土地,著名女作家、旅行家单士厘在《癸卯旅行记》里有过叙述:

铁路公司人告外子曰:俄人在哈尔滨购地,固以已意划界,不顾土宜,以已意给价,不问产主,然全以势力强占,毫不给价则未也。有之,惟满洲世职恩祥。恩祥恃其世官之焰,本鱼肉一方,自俄人来此,更加一层气焰,每霸占附近民地,以售于俄人,冀获微价。恩祥又肆其霸力于傅家店,俄人利用之,故土人畏之,官宦又媚之。傅家店者,昔年不过数椽之野屋,近民居约万户,华人谋食于铁路者夜居于此,屯中红胡子所巢穴,现为恩祥所庇护。俄人欲将屯地圈入界内,以扩张路线,屡向华人言之,想实行此事亦必不远。

俄国人德里金等与姚继煦霸占中国人土地,已经让当地百姓愤恨不已,不想又出现了恩祥之辈,狐假虎威不说,帮助俄国人欺负中国人,恶意敲诈、从中渔利,使人民处于水深火热之中。

德里金在哈尔滨最大的"事业",是和巴杜申斯基于1903年在埠头区开办了东方机器制粉厂,俗称"德里金火磨"。总账房设在买卖街上,工厂规模成为哈尔滨制粉业中的大型企业,生产设备全是俄国制造的,生产"红雄鸡"面粉,经营状况一直很好。"红雄鸡"牌面粉曾在欧洲面粉展览会获奖。

"德里金火磨"开办后,德里金成为哈尔滨的一个大富翁,也成为哈尔滨的头面人物。没有想到,这个头面人物还是一个社会活动家和社会慈善家。1914年3月他当选哈尔滨自治会议员,1917年7月,哈尔滨救助欧战犹太难民委员会开办免费食堂,他是发起人之一。1918年9月哈尔滨"米兹拉赫—加—拉霍克"股份公司成立,他成为管理委员会成员。1920年11月,哈尔滨犹太养老院落成,他为照管委员会成员。1923年6月,哈尔滨犹太国民银行创办,他是主要发起人和出资人之一。

卡嘉,德里金就是这样的哈尔滨著名人物。当然,著名人物也有不如意的时候。在1915年,他把企业卖给了华商张廷阁。这不能怪他本事不大,也不努力进取,时机不好,因为遭遇了第一次世界大战。沙俄政府进行战争总动员并向德国宣战。在这次战争中,沙俄政府除将大部分军队派往德奥前线外,还征集了1400万壮劳力组成新军参战。战争严重破坏了俄国的国民经济,工厂纷纷停产,谷物播种面积因缺乏劳力而缩减,商业萧条,居民和前线士兵忍饥挨饿,赤脚露体。中东铁路哈尔滨附属地作为沙俄政府的一块海外殖民地,受战争的影响已失去了昔日的生机。工业式微,商业凋敝,驻守的沙俄军队与俄国侨民不断地被调往欧洲前线,沙俄势力在哈尔滨步入了自1898年中东铁路修筑以来的低潮期。

因为受到战争的影响,哈尔滨的俄侨经济进入前所未有的衰退。据载:"哈尔滨商务,因俄国宣布征兵,商人多歇业入伍,货物因之停滞。"实际上,这个时期的哈尔滨俄侨工商业不仅仅是"歇业停滞",还因"生计日蹙",纷纷将企业转手易人。1915年,民族资本家张伯源以43万卢布收购了俄侨企业第一制粉厂。1917年,傅家甸商人吕希齐收购了俄侨一面坡面粉厂的大部分股权,松浦镇的王品安将双城的一家俄侨面粉厂买下,营口的民族资本家买下了俄侨伊尔库茨克面粉厂。可以说,俄人在哈尔滨的机器制粉业,大部分转入了中国民族资本手中。

俄侨制粉业的状况只是其工商业的一个缩影,其他行业亦是"乱象日炽,人心俱忧,一夕数惊,一蹶不振",大有一番江河日下的景象。在商业方面,沙俄内地之商业尚且"几无人过问",对东方贸易更是"无暇顾及"。在金融业方面，沙俄金融机构滥发纸币，抢购军需物资，以致卢布严重贬值，信誉一落千丈。在航运业方面，其售卖轮船之事"渐成风气"，"并有不可阻止之势"。房地产业方面，私人房产主"纷纷出卖楼房"，在 1914 至 1917 年间，仅建房 37 960 平方沙绳，占 1913 至 1921 年八年间建房面积的 21.15% ，其萧条状况可见一斑。

因为战争，1915 年，德里金把"德里金火磨"卖给了华商张廷阁。张廷阁来到哈尔滨买下"德里金火磨"，改名双合盛制粉厂，同时也将德里金的"红雄鸡"商标和获奖图案一并买入，另外特意从德国、瑞士买来先进设备，又在原址盖了新厂房，有 27 盘碾子，25 盘是进口货，日产"红雄鸡"牌面粉 22 万公斤，成为哈尔滨制粉业设备最先进，机器最多，质量最好的大厂。那时不论在中东铁路沿线，还是在西伯利亚一带，都是顶呱呱的，老百姓抢着买。"双合盛"成为哈尔滨最著名的企业。

可惜在 1954 年 1 月 24 日中午，双合盛制粉厂突然起火，6 层大楼被火魔包围，烈焰冲天，浓烟滚滚。我听老辈人讲大火燃烧了三天三夜。这年，已 79 岁高龄正患病的张廷阁颤巍巍地站在大街上，一直看着大火熄灭。

张廷阁在海参崴经商二十年，在哈尔滨做生意四十年，涉及啤酒、面粉、制革、制油、房地产等，是哈尔滨最早的企业集团。谁想到，一场突如其来的大火把他给撂倒了。没有多久他就病故了。

好好的，怎么会突然起火了呢？多少年后，我听一位老人讲，哈尔滨老辈人也有这样一个传说，双合盛之所以燃起大火，是因为张廷阁从德国和瑞士买先进设备时外国人在设备里做了手脚，安装了定时爆炸装置，到时候会自然起火燃烧。这事听起来我还有些不相信。到现在还是一个谜。

后来还传说,德里金与张廷阁在谈买卖"德里金火磨"时,他要求张廷阁答应一个条件,价格好商量,但是"德里金火磨"的名字不能改,张廷阁没有答应。当时德里金很是无奈,最后说:"我的德里金火磨就要消失了,我心不甘!"后来张廷阁的"双合盛"一经叫出,它的名字曾经一度比哈尔滨叫得还要响亮。

　　卡嘉,我想给你讲一个德里金主持创办犹太中学的故事。犹太中学位于哈尔滨道里区炮队街即今通江街86号。这所中学的楼房至今保存完好,像一座宫殿,豪华而优美。在我写作这部书稿时正好是百年。1916年,犹太小学已有两届毕业生,遂即出现了让孩子接受中等教育的要求。哈尔滨犹太社团决定扩建小学校,将平房扩建为二楼,创办犹太中学。1917年10月1日,哈尔滨犹太中学在炮队街上原犹太小学加筑二楼,现朝鲜族二中举行奠基仪式。吉谢廖夫拉比和校务董事会主席考夫曼,时任哈尔滨犹太复国主义组织临时委员会主席,他在仪式上发表了热情洋溢的讲话。格利涅茨以1500卢布捐了第一块基石。奠基仪式上全部捐款达12万卢布。犹太中学的官称叫"哈尔滨第一社会学校",犹太中学的图纸是著名的约瑟夫·尤利耶维奇·列维金工程师无偿设计的,这一作品成了他的代表作。就建筑的文物价值而言极高,据说此类型的建筑全世界仅此一座。但是对哈尔滨的老房子来说,犹太中学确实独一无二。这种说法不能深究,只能当故事听。

　　1918年12月,犹太中学落成并开学。学校分小学、初中和高中部,还开办过幼儿园。除开设普通学校课程外,还开设犹太语言、圣经、犹太历史、文学课。这是远东地区第一所犹太中学。我看到学校的二楼圆拱形门廊、女儿墙上的塔柱、屋顶的圆状穹隆美轮美奂,极具犹太建筑之风格。

　　犹太中学使用这栋校舍只有三年多时间。1924年,犹太公会因财务危机被迫将犹太中学校舍出租给哈尔滨市董事会,犹太中学搬迁至高加索街即今西三道街 2 号,当时在校生有 110 人,原址改用为哈尔滨市公立第四小学。1926 年公立第四小改称"东省特别区俄侨第四初级小学校"。这期间,1925 年 7 月,著名犹太音乐家戈尔德施京和夫人迪龙由莫斯科来到哈尔滨,临时租用犹太中学校舍,创办格拉祖诺夫高等音乐学校。

当年为修建犹太中学,犹太社团曾经成立了建设委员会,建设委员会主席就由这位德里金出任。

德里金来到哈尔滨后再也没有离开,1949 年 1 月 18 日逝世,终年103 岁,死后埋在了哈尔滨犹太人公墓。如果有人愿意的话,现在还能在皇山外侨墓地找到他的墓。我查到他的墓的相关资料,哈尔滨犹太公墓第 22 排第 5 列,在《犹太人在哈尔滨》大型画册一书里,我看到他与妻子合葬墓前高大的墓碑。

还有历史资料记载,来到哈尔滨的第一个犹太人是别尔采里,其实他是在德里金之后。自他们在 1898 年随中东铁路工程建设哈尔滨前后开始,这座城市陆续接纳了数以万计的犹太人。直到今天,仍有 600多位逝者安卧在哈尔滨的犹太人公墓之中。

书信之五

卡嘉,你永远不会想到,哈尔滨这个被蒸汽火车运来的城市,它破天荒地用上了电灯。这座城市的第一盏电灯,使用电灯者既不是领导时尚的秋林洋行,也不是哪一座显赫的中东铁路的官邸,而是被一个叫米奇科夫的俄侨,也不知道他是怎么想的,居然把这第一盏电灯安在自己的澡堂里。这事情总应该是这个城市的一件大事,做得如此出人预料。多少年前,哈尔滨有一个叫基申科的俄侨,他写了一篇关于这位米奇科夫的文章。我对基申科这个名字似曾相识,后来想起来了,他原是《哈尔滨新闻》总编辑,报纸在1917年二月革命后一度停刊,基申科就任由俄国人控制的哈尔滨市自治公议会会长,由《亚细亚时报》杂志主编多布罗洛夫斯基接任《哈尔滨新闻》总编辑。哈尔滨董事会举行改选,正式选举基申科为会长,他曾任第四、五、六届会长,直至1926年公议会解散。

哈尔滨市公议会的会长就是他,这在历史资料上得到证实。让我感叹的是,他时而当报纸总编辑,时而又是公议会会长,就是现在所说的市长。更让我奇怪的是,俄侨大量外迁的时候,他居然留在哈尔滨,晚景不算太好,在外侨养老院生活。我没有查到他何年去世,安葬在什么地方,在皇山的外侨墓地,没有看见他的名字。他在哈尔滨永远地消失了,也是人们所说的尘埃落定了吧?

我看到这样一份关于基申科的材料：

　　基申科·彼得·谢茁诺维奇，1879 年 1 月 20 日生于俄国波尔塔瓦省卡尔多耶克村的一个农民家庭。1891 年在村小学读书，后又进入中学。1900 年到海参崴考入大学学习。1904 年日俄战争爆发后，入伍在沈阳后勤司令部当翻译。1906 年来到哈尔滨，在中东铁路出版的《哈尔滨公报》任编辑。1917 — 1926 年，到市公署当侨民会主席，后又到哈尔滨《晨光》报社当记者。1946 年后到市养老院生活。

　　多少年之前，基申科采访了一位叫米奇科夫的人。米奇科夫是一个有商人头脑的企业主，这是点亮了哈尔滨的第一盏电灯的人。在《俄罗斯人回忆哈尔滨——他乡亦故乡》中，称他为"哈尔滨电灯事业的创办人"。有趣的是，他与中东铁路铁路工程局副总工程师伊格纳齐乌斯率领海参崴中东铁路工程局全体技术人员，乘"布拉戈维申斯克"号轮船同船到达哈尔滨。这一天是中东铁路正式开始建设的日子，这一天也是哈尔滨建城纪念日。这一天同船到达哈尔滨的，还有希尔科夫公爵，后来，希尔科夫公爵成为哈尔滨城市的缔造者。

　　有一年，基申科作为报社记者采访了米奇科夫："米奇科夫在讲述时声调不高，但是目光锐利。在访问中，他讲述了生活中许多有趣的事情，他对事物有敏锐的洞察力，他记忆力非常好。"

　　米奇科夫出生在俄国奥西恩斯克县佩尔姆斯基，那是一个美丽的小镇，有一座天然孔雀石工厂。他父亲在那里做工，后来他在那个工厂学习锻造，钳工和镟工。也曾经在哥萨克当过兵，父亲去世后，他在市场销售自己生产的产品，生意还不错。后来因为国内经济困难，生意赔本。他决定去远东。那时西伯利亚大铁路仅运营到克拉斯诺亚尔斯克，到赤塔要骑马，经过布拉戈维申斯克(海兰泡)，到达哈巴罗夫斯克(伯力)。就在这时，他遇见了希尔科夫公爵。

米奇科夫是在1898年6月初，遇见了希尔科夫公爵。那时候，希尔科夫公爵正在伯力招募去中国修建中东铁路的工人。米奇科夫作为第一批员工参加铁路修建，很快被安排乘坐第一艘轮船"布拉戈维甲斯克"号去哈尔滨。松花江上没有航标，"布拉戈维甲斯克"号拖着两艘载着生活用品和器材的驳船，常常搁浅，需要拖出浅滩，耽误不少时间。用了6天在6月9日才到了哈尔滨。当时这里满目荒凉，运到的物资临时堆放在江边稍高的沙岗上。

在米奇科夫的记忆里，埠头那时候满眼是沼泽，市立公园现在的兆麟公园处，仅有两三间草房，江边约8俄里的"老哈尔"现在的香坊公园附近，仅有几处中国人住的草房。他们买了几间草房，大部分人被安排在帐篷里。他记得希尔科夫公爵住在一个稍大的帐篷内。

这时候，米奇科夫惊奇地发现，这里发生着巨大的迅速的变化，简直令人眼花缭乱。那时候，1898年即光绪二十四年，大致在春夏季节，俄国人兴师动众，紧锣密鼓，忙得不亦乐乎，维谢洛甫佐罗夫在香坊建立哈尔滨的第一座俄国气象站。华俄道胜银行哈尔滨分行在香坊开办，行长是加勃里埃尔，"开办伊始，羌贴之发行即计日迈进"。鲁西阿尔商铺，这是第一家法国理发兼售化妆品商店在香坊开业，后改称"布朗士"商铺。俄商秋林公司这年在新市街开办分公司。中东铁路在香坊开办第一所铁路小学校，教师是司捷潘诺夫。俄商波波夫兄弟商会在哈开办，专门供应铁路木材。第一松花江大桥开工架设，亚历山德罗夫是负责铁路大桥的工程师，米奇科夫也参加修筑铁路大桥的工程。俄国人还在江边加速修建工厂，有一座瓦铁的厂房便是木材厂，那时米奇科夫还是木材厂的工长,月薪为 250 卢布。他自己也办了一间小工厂,仅有一间屋子,因为陆续有大批人到来,他的工厂活儿很多。

1900 年春天,这是一个俄国人在哈尔滨忙乱和恐怖的日子。这年5 月份,营口地区出现义和团,号召"扶清灭洋"。6 月 30 日,奉天义和团和清兵烧毁天主教堂。俄国边防独立兵团参谋长萨哈罗夫将军决定将中东铁路护路队扩充至 11000 名。

中东铁路公司原打算在 1902 年将铁路交付使用。不想东北地区的义和团运动蓬勃发展,打乱了俄国的筑路计划。6 月 28 日,总工程师尤格维奇下令全路停工,全体人员迅速撤退。那时候的混乱局面,正如历史学家吕思勉在《中国通史》里所说,历史进入变革时期,"下等社会中人,身受教案切肤之痛,益以洋人之强惟在枪炮,而神力可以御枪炮之说,遂酿成义和团之乱,1901 年的和约,赔款至四百五十兆。"中东铁路遭受的损失达 7100 万卢布,后来这笔损失由北洋政府赔偿了事。

米奇科夫当时没有想到,1900 年受到义和团运动的影响,很多工作停顿下来。这时,他已回到俄国,他想躲避一下风头。看见哈尔滨风平浪静了,他把国内工厂所有车床设备,装了 6 个车皮,带着家人和近30 名工人一同回到哈尔滨。他在创建自家第一个工厂时,向朋友借了款。后来将工厂卖给了雷勒尔金工程师,人家发了大财,一张生铁皮卖10 卢布,而进货时仅为 1 卢布,这令他后悔莫及。

米奇科夫在哈尔滨做的生意很多,他在地段街附近租赁了一家澡堂子,后来改为制作面包,也生产一种面包干,同时也经营澡堂子。面包生意不错,面粉由外阿穆尔军区军需部供应,并同司令部订有磨粉机合同。澡堂子原用蜡烛照明,光线昏暗,空气沉闷,洗浴开始用电灯照明,24 小时营业,每天顾客近 800 人,效益不错。

这时候,米奇科夫准备开办一家电灯公司。他年轻时在乌克兰敖德萨的工厂,曾看到一台涡轮机在运转,发电马力很大。人们告诉他在沃里法用1200卢布便可以买到涡轮机,他决定购买这套设备。通过一番努力,这套设备经海路运到海参崴,再转运来哈尔滨。

这以后,米奇科夫开始寻找客户,他的第一个客户是买卖街上的俄国人弗利德,不知道这人做什么生意,从他这里拉来电线,并提供相应配件,电灯亮了。这应该是哈尔滨的第二盏电灯了。

开始时,米奇科夫让电灯亮起来的业务还是不畅,因为这是新鲜事物,人们缺乏了解不说,而且使用费用昂贵。1902年,科勃采夫和罗巴基泽在中国大街与西十二道街交角处创办第一家电影院之后,他的业务才被接受。这样,他看到了希望,他准备在市内安装路灯,市公议会与他订立安装市内路灯的合同。他去柏林购买德国的发电机。德国人很欢迎他,把发电机售给他的价格较低,一切是用马克支付的。汉堡电业办公室还为他提供了信用贷款,利息为6%,期限为18个月。这样米奇科夫的电灯公司成立了。

米奇科夫雄心勃勃,还要扩大业务,实力不济,有人建议他同日本人合作,他也想与日本人合作扩展业务,就成立了一家股份公司。那时他已同俄侨巴尔斯基合作,他在南岗有一个工厂。他在公司是股东,估价共有资产70万卢布。日本人建议扩展业务,增加公司实力,开展竞争,这样可能获得哈尔滨电车合同,哈尔滨关道想成立电车公司,在傅家甸开办公共交通。但哈尔滨电车合同他与日本人都没有获得,而是被中国人徐鹏志获得,在1927年10月10日,哈尔滨电车公司成立,电车开始在哈尔滨行驶。

米奇科夫在哈尔滨点亮了城市的第一盏电灯,这时候气势已尽,好在衣锦还乡。在1918年4月10日,日本人收买了他和巴尔斯基两处发电所,在透笼街成立北满电气株式会社。他的时代结束了。他后来的情况,我检阅了有关资料,没有找到他后来的下落。

中国人那时候也想着电灯的事儿,是在 1906 年 2 月间,倡导者是当时哈尔滨关道首任道员杜学瀛,他授意下属傅家甸办公所委员熊冕章等人筹资创办,这就是耀滨电灯公司,据说这是哈尔滨首家工业企业,是第一家由中国人经营的发电厂,获得十年了专利权,经理为刘耀甫。后来熊冕章因病告假,德昌源商号执事孙锡五接办,杜道员要求他"赶紧开办",并垫给官股 15 000 卢布。发电厂选址在道外十二道街菜市场,占地面积 3530 平方米,其中建筑面积达 1 040 平方米。最初曾安装直流 86 千瓦和 35 千瓦发电机各 2 台,电压分别为 220 伏和 235 伏,均为德国西门子公司制造,总容量为 242 千瓦。安装锅炉 6 台,冷水池 1 个,圆形铁板烟囱 3 座,储煤场 1 处。1907 年 4 月,投产发电。供给傅家店部分商店和居民照明用电。

后来的哈尔滨电力事业是由徐鹏志完成的。据史料介绍,20 世纪 20 年代初,哈尔滨城市居民用电主要靠中东铁路公司、秋林公司、法商永胜火磨等外商企业自备机组的富余电量来支撑。那时耀滨电灯公司已经发电,但装机容量有限,不能满足市民用电的需求。在这种情况下,市政当局决定建设新的电厂,商人徐鹏志一举中标。1921 年 1 月 21 日,徐鹏志与市董事会筹办哈尔滨电业公司并担任筹备处处长,负责承办市内电业事务。徐鹏志在这期间积极性很高。当时中国还不能生产发电设备,他与美国商人联系,经过多次洽谈,1922 年初在美国驻哈领事馆和华胜公司、百克满林顿公司签订包工合同。后来因为这两家美国公司提出的条件十分苛刻,最终未能履约,他不得不被迫辞职。徐鹏志没有气馁,在他的努力下,哈尔滨电业公司又与德国西门子公司签订了合同,整个工程造价为 253 万元哈大洋,1926 年发电和电车工程终于破土动工了。1927 年发电厂、电车厂终于建成了。当年 10 月 10

日,哈尔滨特地举办了隆重的电厂送电和电车运行庆典活动。这一天,哈尔滨万人空巷,人们不顾初冬的寒冷,不约而同地聚集在摩电道两旁,翘首等待激动人心的时候到来。当十几辆崭新的有轨电车从"摩电头"徐徐开出,沿轨道向前隆隆进发时,围观的人们无不欢呼雀跃。

哈尔滨第一批开通的线路有两条,一条是南岗区教堂街即今文明街至道里区警察街即现兆麟公园北侧,第二条线路是南岗喇嘛台即今省博物馆至大直街中东铁路公司,运营总里程为 8 公里,投入车辆十四台,每间隔 5 分钟发车一班,营运时间是早 4 点至晚 11 点。票价则一直很便宜,一般百姓也可以坐得起。1929 至 1943 年间又开通了哈尔滨火车站至道外景阳街和道里田地街西头两条线。1948 至 1965 年间又先后开通了教堂街至景阳街、景阳街至滨江站、秋林公司至太平桥、教堂街至道外十六道街等五条线路,客运总里程达 41 公里,投入车辆(含牵引车)117 台,最高年份客运总量达 9323 万人次。

那时候,在哈尔滨街上跑的有轨电车都是外国生产的,如德国的西门子、孔士、法国的巴黎、日本的东京、川崎、东芝等品牌。1953 年以后逐步换上国产车。德国、法国、日本的电车可载客 45 至 60 人,国产电车长一些,可载客 80 至 100 人。有轨电车与其他车辆相比,最大的特点就是它前后各有一个驾驶操纵器,车到终点不用调头,司机只要卸下操控机器的扳手,再安到相反方向的机器上就能开行了。

卡嘉,我有些跑题了,还是说米奇科夫吧。关于他的下落,回到了苏联,还是去了澳大利亚,没人知道,他的"米奇科夫大楼"今天还在,在中央大街 32 号,这里一直作为哈尔滨政府机构办公建筑使用。米奇科夫如果知道,这是何等的尊贵和荣耀。

在 1926 年后,"米奇科夫大楼"是南岗、道里两区的最高权力机关,哈尔滨特别市自治委员会和市政局所在地。当时,中国收回哈尔滨市政权后,并没有将四分天下的政权合并,而是成立哈尔滨特别市,接管原中东铁路属地的新城和埠头即现在的南岗、道里两区。直至日伪当局,才把多家政权统一到哈尔滨市公署名下,"米奇科夫大楼"成为哈尔滨市最高权力机关。新中国成立后,"米奇科夫大楼"曾作为哈尔滨市政府办公楼。1947年4月哈尔滨市卫戍司令部道里执法处在此成立,1948年3月哈尔滨特别市公安总局迁入。哈尔滨市公安局20世纪90年代盖起新办公大厦后改为旅馆,大楼被改造,立面、檐口改动极大,或许因为这个原因,这栋具有文物价值的历史建筑并未列入保护建筑名录。

这就是俄侨米奇科夫的故事。

书信之六

　　你现在还在法国的巴黎吗？我现在在哈尔滨街头散步,正走到省博物馆广场东北角,即现在的颐园街 1 号庭院前。当年这里是病院街 1 号,因为在附近有一所中东铁路医院的缘故而得名吧,我在看眼前这座仿法国路易十四时期古典宫殿式的建筑,多少年之前,这是波兰商人葛瓦里斯基的私邸。巴黎与哈尔滨,都是世界浪漫之都,一个在东方,一个在西方,她们之间并不遥远。你说呢?

　　哈尔滨在 20 世纪初的三十年间,是一个真正的冒险家乐园,很多俄侨都将这里比喻为美国西部,一块可以实现黄金梦的处女地。病院街 1 号的主人葛瓦利斯基就是一位这样的冒险家。俄国地理学家阿努钦在其著作《满洲地理概述》中写道:"这里现在称作大桥村(即江边)支起了施德洛夫斯基工程师的帐篷,时间为 1898 年。那时候成千上万的人涌入哈尔滨,其中包括精于计算的各种生意人。这些人在哈尔滨迅速致富。尤其经销修建铁路及附属工程的物资,特别是枕木,使一些人富裕起来了。"

　　葛瓦里斯基也不例外,他安置好在欧洲的生意就举家迁到哈尔滨。当时这里还是一个大村庄,但他执着地爱上这个地方,希望自己在这里保留了一块地皮,准备用来给自己建造别墅。这在当时是不现实的。

十多年之后，他可以这样做的时候，他却踟蹰起来，把别墅建在哪里或建成什么式样，他一时难下决断，直拖到 1919 年，他买下今颐园街 1 号地皮，兴建了占地 3000 平方米的豪华住宅。三年后工程竣工，一时轰动不小。《东省文物研究会会刊》发表了建筑的全景照片，日本人出版的《哈尔滨风光》也刊登其照片和介绍文章。

在世界上有些建筑是永恒的，葛瓦里斯基私邸就是这样的建筑。

我看永恒的那一刻应该在 1950 年 2 月 27 日。毛泽东主席第一次出访苏联回国后在黑龙江视察时曾在此留宿一夜。据说毛泽东当年本打算在哈尔滨休息几个小时，结果在住进这栋房子后改变了主意。一说是因为住处太过引人入胜，另一说是省市领导的衣着太过光鲜，而且招待宴会考究奢侈，于是特意留下来教育他们的"学习""奋斗""学习马列主义""发展生产""不要沾染官僚主义作风"等题词。近七十年过去了，仿佛仍在对我们眼下的社会发出的警示。我想，这段往事应该是永恒的，这幢建筑应该是永恒的。也许，因为这幢富丽堂皇的建筑的永恒，这段往事的永恒更加凝重而强烈！

葛瓦里斯基全名弗拉基米尔·费德拉维茨·葛瓦里斯基。1870年 6 月出生在俄罗斯波多利亚，他的家乡曾是波兰领土的一部分。他的外公曾是波兰起义领导人之一，起义失败后被流放到西伯利亚，最后死在那里。他父亲也是当地独立运动领导人，在他出生后两个月的一天因心脏病突发死亡，死后留下了妻子和 7 个子女。葛瓦里斯基 12 岁那年独自来到了黑海海滨城市敖德萨。他在那里生活、学习了十年。为了生存，从事过他所能从事的所有职业。1896 年，他乘坐"美好愿望号"轮船，从黑海海滨城市敖德萨出发，经过地中海、红海、大西洋、印度洋、马六甲海峡，南海、台湾海峡和日本海峡，最后来到了当时还十分荒凉的海参崴并在这里留下来。他曾经每天步行 100 俄里 (106. 68 公里) 穿梭于海参崴至切尔尼戈夫克之间,有一位工程师介绍给他一份不错的工作,每天可以赚 25 美分。他成了乌苏里铁路工地上的一名工头。

葛瓦里斯基后来在《我在中国创业》里回忆说:"当时的海参崴很荒凉,建筑物很少。记得在鲍洛戈街租下房子,一共住着 6 个人,每月房租两个卢布。海参崴当时是自由港,东西都很便宜,各种食品、蔬菜、水果、鸡蛋都是从日本运来的。来到乌苏里斯克即双城子边区的人们开始寻找工作,我决定实地考察边区。"

当时,西伯利亚铁路已修到伊曼。1895 年德米特里·列奥尼德维奇·霍尔瓦特率领铁路大队来经营乌苏里的铁路。葛瓦里斯基在那里第一次见到霍尔瓦特。在他看来,霍尔瓦特是一位年轻的中校,胡须是全黑的,态度和善,经验丰富而且管理能力强。人们非常喜欢这位来自里海东部的人。

据葛瓦里斯基的女儿回忆,她父亲在海参崴时主要管理中国工人。1896 年,乌苏里铁路建设进入高潮。当时人力短缺,而葛瓦里斯基的施工队却不断壮大。短短两年多的时间,他就成长为远近闻名的铁路工程承包商和木材供应商。1898 年春,他得了一份合同,将中东铁路所需木材、建筑材料和工人从伯力运送到哈尔滨。

在哈尔滨,葛瓦里斯基正式参加了中东铁路的建设,他承包土方工程,完成了包工合同后,甲方十分满意,便给了他一份额外合同,在代马沟与穆棱之间,承包高岭子与石头河子之间的复线土方工程。在这里,葛瓦里斯基遇到了尤格维奇工程师。中东铁路工程局局长兼总工程师尤格维奇要求他必须按合同如期完成,即在 1903 年前结束。因为工期很紧,尤格维奇没命地催促他,这时出现了意外情况,给他造成很大的经济损失,令他难以承受。尤格维奇如愿了,1903 年 11 月 1 日,哈尔滨至海参崴的铁路通车。葛瓦里斯基却损失惨重,将这几年赚的血汗钱几乎全都搭了进去。

中东铁路通车后,葛瓦里斯基与几位合伙人在傅家店四家子即现今道外区北十六道街附近开办了一家火磨厂,其规模为当时哈尔滨之最,日产面粉 114 吨。日俄战争期间,面粉价格暴涨,葛瓦里斯基饱获其利。1906 年日俄战事结束后,他和朋友成立了"满洲火磨股份",成员有索科洛夫、德里金、加拉宁、贝格、米亚赫科夫。

后来葛瓦里斯基又以极大的热情在松花江边买了锯木厂。当时负责中东铁路航运的伊克聂尔,建议他购买锯木厂并向俄国亚洲银行抵押从阿穆尔轮船公司收购的 8 艘轮船运输原木。他在乌苏里江就是靠这个起步的。但是松花江不是乌苏里江。工作开展之后,他便发现了问题,春季水面浅,原木漂不起来,而夏天雨季山洪暴发猛涨,支流河水经常泛滥,落差高的河段,又会冲毁木排,把木材冲得七零八落,使原木四散流失。春天水从山上来,落差很大,难以运输。他只好放弃锯木业和轮船,损失了 20 万卢布。

卡嘉,林业对葛瓦里斯基有着巨大诱惑力,他企望获得一个租让企业。在了解哪里有靠近道路的森林后,他选择了亚布力,并决定亲自考察森林。他有一份军事地图,但是他要去的地方在地图上是空白的。他同翻译杜滨两人进了林区,跋涉在沼泽、林间草地和茂密森林里。

早晨的森林,朝雾弥漫,阳光刚从树梢射进密林。繁茂的小灌木和野花小草,小溪边是倒毙的枯树,而远处是一派参天林木。天上有飞鸟,林间有小黑熊,这使宁静的自然充满生命的活力。在这宁静的大自然中,动物世界也充满了情趣,腐朽的老树上,几只小熊和母熊团聚一起,母熊看着小熊嬉戏玩耍,它揭示了宇宙万物生生不息的规律。

葛瓦里斯基在这天的兴致很高。他完全沉浸在这大自然的诗情之中。

就在这天夜间,他们在林中窝棚里过夜,与土匪相遇。杜滨起夜回来推醒了他,悄声说:"快走! 这里有土匪! 刚才他们还盘问。我告诉他们,您是官员,有俄军跟随,咱们最好离开这里!"这次跑得快,得以逃脱。

令人惊讶的是,这场遭遇不但没有让葛瓦里斯基退却,反而使他对森林诱惑力的感受更加强烈。他实地考察之后,便提出申请。到1919年,他在中东铁路东线路段两侧的亚布力、一面坡、海林、横道河子、穆棱取得 5 处林场的经营权,面积总计约 6000 平方公里。他还建设了长达 120 公里的森林铁路,资产总值达到 400 万卢布。各大林场有铁路专用线。在亚布力还建有大型木材加工厂。在宽城子、奉天设有多个木材仓库。1925 年在香坊创立了哈尔滨胶合板厂,松江胶合板厂前身,所生产的胶合板除在国内销售,还远销欧美,年生产能力达 2000 万平方米。此间,葛瓦里斯基与斯基德尔斯基一道被选举为哈尔滨交易委员会副主席。

富裕后的葛瓦里斯基乐善好施。其中中俄工业大学就是在他的资助下扩建的。他也没忘记先辈遗愿,对波兰独立运动给予了大力支持,波兰政府刚刚成立便授予他一枚荣誉勋章。据俄罗斯学者考证,葛瓦里斯基在其商业成就的鼎盛期,每年向社会的捐助不少于一百万元,他救援的对象不局限于同胞,也有俄国人、犹太人,还包括中国人。有一个证据可以间接证明上述说法,建设哈尔滨文庙的捐助名单中,他是以个人名义捐款最多的人,3000 银币。

自 1924 年以后,葛瓦里斯基就走了下坡路。他在斯基德尔斯基兄弟之后,投资 75 万元创办了一家胶合板厂。产品主要供出口,代理商为上海十大英商企业之一的平和洋行,其老板是一位老谋深算的中国通黎德尔,他还有一个中国的名字李通和。

葛瓦里斯基又与哈尔滨税捐总局续签了 25 年的林场采伐权合同,为此他支付了高达 1232000 元的承包金。不久第二次“直奉战争”爆发,东北各地超量发行货币,五年间通货膨胀率高达 70%,一时间哀鸿遍野,商家倒闭,银行破产。接着 1929 年爆发中苏武装冲突,转道苏联出口的贸易中断。同年美国华尔街“地震”,史上最大的一场金融风暴席卷全球。他的胶合板厂全面亏损,最终以胶合板厂为抵押向黎德尔借款 6 万元大洋。这一步显然走错了,无论如何也不该向觊觎自己的出口代理商求援。果然,出口渠道被彻底关闭了。

据松江胶合板厂厂志记载,黎德尔为了吞并葛瓦利斯基胶合板厂,反而从欧洲进口大量胶合板向哈尔滨倾销。这是损人不利己的做法。这时候,他的邻居斯基德尔斯基兄弟的胶合板厂开始在当地倾销产品。

葛瓦里斯基在 1930 年将病院街 1 号的豪宅转手给南满铁路理事会,也可能是被银行以抵押物的形式收回后出售给南满铁路。日伪时期成为土肥原的住所和办公室。1934 年后,这座建筑曾先后做过地亩管理局、满铁理事会公馆。在此前后,他还找到他的货物运输商日本人近藤繁司请求合作。此刻的近藤繁司刚刚被迫关闭海参崴的航运公司,正在寻找进入哈尔滨的商机。双方一拍即合。除了已抵押给平和洋行的胶合板厂,葛瓦里斯基名下的马家沟储木场、亚布力等地的五处林场等产业一揽子打包转让至近藤繁司名下。转让金额不得其详。

葛瓦里斯基又坚持了大约四年时间,他想再一次站起来,发现已力不从心,便签订了将抵押物转让的协议,75 万元的投资最后以 6 万元价格拱手相让。1935 年,葛瓦里斯基胶合板厂改称平和洋行哈尔滨胶合板厂,新中国成立后改称哈尔滨松江胶合板厂。获得了葛瓦里斯基产业的英国人黎德尔和日本人近藤繁司都没过上几天好日子。随着日本发动全面侵华战争和太平洋战争,这些产业悉数落入日本政府囊中。

葛瓦里斯基看到了这一刻,便对于世界失去了兴趣。1940 年 11 月 22 日,他在哈尔滨去世,终年 70 岁,死后以天主教仪式下葬在现文化公园的墓地。可以说他是靠掠夺我国东北林业资源起家的,使他一夜暴富,建起了这座豪华府邸。

这座豪华府邸成为哈尔滨历史博物馆,记载历史风云和著名人物故事。这里除了伟人毛泽东留下足迹,还有几个有名的人。不说那个臭名昭著的土肥原贤二了吧。1945 年苏联红军出兵东北,苏军元帅马林诺夫斯基曾入住这里,并兼作苏军司令部。

1998 年 12 月 11 日,葛瓦里斯基的女儿维多利亚·卡佛斯卡·米拉在离开故园半个世纪之后,携女儿再次从台北来到哈尔滨。已经 83 岁的她走进哈尔滨颐园街 1 号。这座老宅与她有着太多太多的纠葛。

一切还如原来那般真切,六十年前那斑驳的往事终于在这里浮现出来,儿时各种曾经快乐、伤心的记忆在眼前闪过。她拿着房屋从前的照片,走进每个房间,在这里一一指点,这里曾摆着一台大钢琴,那里曾挂有列宾的油画真品……当她看到自己的房屋的时候,年老的米拉这时禁不住唏嘘不已。米拉如此清晰的记忆和细心,令陪同的人们非常钦佩。

米拉的母亲在俄国生下她之后又返回哈尔滨。父亲决定盖一座全家人居住的房子,请一位在俄国非常有名气的建筑设计师设计。从1919 到 1921 年,历时三年工程才完工。工程竣工时立即引起轰动。该别墅独特的建筑风格、优美的造型和严谨的布局,协调的色泽和典雅华贵的装饰,以及突出的平衡感和透视感,吸引了众多人士慕名参观访问。而那位建筑设计师因倾注了全部心血,在竣工两天之后突发心脏病去世,成为这座建筑唯一的遗憾。

葛瓦里斯基私邸现在被列入哈尔滨历史建筑。知道哈尔滨有关部门要重新按照原貌修缮颐园街 1 号的时候,米拉携女儿从台北来到哈尔滨。1940 年父亲去世后不久,米拉全家去了上海。在上海米拉结婚,1949 年有了女儿茱丽。1951 年又去了日本,至今和女儿在一起生活。她的女婿是瑞典驻外商务参赞,走过许多国家,因此米拉也在世界许多地方居住过。这次哈市之行,是她青年时离开哈尔滨后的第三次回来,第一次是 1985 年,她来到这里,是一个人来的,看着分离了半个世纪的旧宅,米拉指着墙壁和柱子上精致的花果木刻笑着对人们说,这虽是意大利人设计的,但施工都是中国人,中国人的精湛手艺让外国人赞叹。这座房子耗费她父亲很多资财,所有的木头都是从他的五个林场中精选出来,干燥后才使用,所以至今仍色泽鲜艳。房子建好后,全家人在这里过着快乐的时光,然而好景不长。20 世纪 30 年代中期日本占领了哈尔滨。"他们给父亲很少一点钱,就让我们全家都搬了出去。"米拉这样说。

在一百多年前,葛瓦里斯基曾在日历上写道:"我生了一个女儿,5时 45 分。这一刻是永恒的。"可是,在这个世界上有什么东西是永恒的? 虽然多少年后,他的女儿还在,他的府邸还在。永恒的东西总是被人忘却的。现在,连他的坟墓也不存在了,消失在半个多世纪的1958 年。

卡嘉,我想他感到欣慰的是,应该是他的女儿米拉有了那么多的经历,走过那么多的地方,一直怀念着哈尔滨,这是他曾经生活过的土地。米拉一直觉得在中国的那段时光是她生命中最快乐最充实的记忆。她说:"这里是我的家,我的故乡。"

这些年,米拉和女儿在台北居住,她们在夏威夷有一座漂亮的别墅,每年在那里住上几个月,其余时间就和女儿、女婿及外孙们在一起享受天伦之乐。

书信之七

　　卡嘉，我喜欢在哈尔滨的中央大街上散步，因为在那里有一个中央书店。这就像多年前在北京一样，我常常到三联书店看书。有一天，我在中央书店看到《凯恩斯传》，作者是罗伯特·斯基德尔斯基。我对这位罗伯特·斯基德尔斯基发生了兴趣，这个与哈尔滨历史上著名的斯基德尔斯基家族，有没有什么关系？

　　在早年的哈尔滨，居住在现南岗区圣尼古拉教堂附近的地带的就有四位外侨巨商，有人说他们毫无争议地名列工商界前茅，他们是日本人近藤繁司、意大利人吉别洛·索科、波兰人葛瓦里斯基和俄国犹太人斯基德尔斯基家族，他们被称得上远东地区工商业的"航空母舰"，其中翘楚就是斯基德尔斯基家族。我觉得，意大利人吉别洛·索科虽然名列其中，但只是留下一幢漂亮的小楼，现在已经破烂不堪，倒是那位离群索居的住在道里的索斯金兄弟，应该忝列在榜上。索斯金和斯基德尔斯基一样，他们都是大家族，这两个家族在那时的哈尔滨才是并驾齐驱。

　　斯基德尔斯基家族靠建筑业起家，第一代人列昂季·斯基德尔斯基的正式名称为哈伊姆·莱布·西蒙·斯基德尔斯基，他出生于格罗德诺省的瓦夫卡维斯克镇，现属于白俄罗斯，成年后移居到敖德萨，现属于乌克兰，成为一名铁路工程承包商。19世纪末，乌克兰和俄国南部发生大规模反犹行动,加之西伯利亚铁路的吸引,1891年,列昂季·斯基德尔斯基携家人移居到海参崴,创办了斯基德尔斯基父子工程建设公司。1893年,公司获得伯力至海参崴铁路工程建设的承包权,现在海参崴火车站就是当年斯基德尔斯基家族修建的。中东铁路在中国开工后,那条穿过大兴安岭的兴安隧道,就是这个大商人负责开凿的。1896年11月29日,列昂季·斯基德尔斯基被沙皇授予"一等商人"称号。

斯基德尔斯基家族随着中东铁路进入哈尔滨,1903年同清政府签订了5处林场采伐合同,采伐面积超过了葛瓦里斯基,居哈尔滨各林业企业之首。家族主持哈尔滨业务的是列昂季的三儿子所罗门·斯基德尔斯基。

斯基德尔斯基这个俄侨家族,曾经在哈尔滨历史上做过一件惊天动地的大事件。据有关资料记载,1920年5月28日,所罗门·斯基德尔斯基为了方便粮食航运,雇佣500余名中国工人,启动了一项不小的工程。在埠头区与傅家甸交界处的西门脸处挖掘一条宽25丈(约83米)、深2.5丈(约8.3米)、总长度约2.5公里的运河,以连接八区粮库和松花江。当时的西门脸是一片沼泽,属于三不管地区,但是挖掘连通松花江的河道,势必给中国人居住的傅家甸带来水患危险,遭到中国商民反对。因道外地区本就地势低洼,常常遭遇洪水之害,如果将松花江扒开一条口子,引水进市区,一旦发生洪灾,道外地区势必被淹。道外商民们闻讯,引起了一片恐慌之声,"大有群起反抗之势",滨江商会联名上告到铁路督办鲍贵卿处。东省铁路督办鲍贵卿责令吉林铁路交涉局进行交涉。东省铁路督办公所训令哈尔滨警察局,勒令所罗门·斯基德尔斯基开掘河道工程即日停工,静候解决,使道外地区老百姓免去了一桩心头之患。

有意思的是,也就在这一年,所罗门·斯基德尔斯基被民国大总统徐世昌授予两枚勋章,以表彰他为"直鲁豫陕晋五省灾民实达五千万人"组织救济粮的行为。另外,他还因组织松花江漕运而获得奖励。这件事如果是真实的话,这给哈尔滨历史留下一个谜团,与粮食贸易毫无关系的家族为何去挖一条漕运水道?有人说,很有可能所罗门·斯基德尔斯基的运河计划是为了救济中国北方灾民而采取的措施?这让我们非常的尴尬,我们还没有找到这方面的确切资料。

现在说起来,斯基德尔斯基家族这个动作,也是一件惊心动魄的大事业。也许有人会说,斯基德尔斯基家族有如此大的实力吗?真正使斯基德尔斯基家族能够称雄哈尔滨工商界的产业是采矿。1914年,所罗门·斯基德尔斯基与吉林官股合办了穆棱煤矿公司,同时还在现在内蒙古的扎赉诺尔地区开矿。在1920年2月14日,中东铁路公司函请黑龙江铁路交涉局,发给所罗门·斯斯基德尔斯基派把头分赴各省招募9500名扎赉诺尔煤矿工人的执照。可见其家族企业规模之大。当时有哪一个企业有这样兴师动众的魄力?这不仅仅是魄力,还要有实力。当然还有我们不知道的故事。关于竞争穆棱煤矿的开采权,斯基德尔斯基家族后裔透露了一个情节,所罗门·斯基德尔斯基陪着张作霖玩了半年的扑克牌,他每次都故意输给张作霖,这才拿到了穆棱煤矿经营权。据所罗门·斯基德尔斯基自己交代,穆棱煤矿确实是通过张作霖得到少的,但是他未透露玩扑克牌的细节。

20世纪20年代,所罗门·斯基德尔斯基和西蒙·斯基德尔斯基如鱼得水,比起他们的家乡和海参崴,哈尔滨对犹太人没有任何歧视和限制,生意又出奇的好,财源广进。"斯基德尔斯基成品标准材"行销欧洲,在英国市场广受好评。

斯基德尔斯基家族被誉为"黑金王国",他们的企业是产业托拉斯,是从海参崴起步发展起来的。早在 19 世纪后期,这个家族第一代领导人列昂季·斯基德尔斯基在海参崴先后经营房地产开发、水泥生产、海港建设、煤矿开采、石油勘探、精炼等多种实业。最后他的事业还发展到了库页岛石油开发和炼制。

中东铁路修筑后,列昂季·斯基德尔斯基还在海参崴生活,他把几个儿子派到了中国东北。这样斯基德尔斯基家族进入了哈尔滨。他的三儿子所罗门·斯基德尔斯基经营林业和土木工程业务,在 1903 年与清政府签订了 5 处林场采伐权。他的大儿子雅各布·斯基德尔斯基协助他坐镇海参崴总部,小儿子西蒙·斯基德尔斯基跟着两个哥哥来到了哈尔滨,他在松花江上组织航运,航运权被中国政府收回后,他又到扎赉诺尔经营煤矿。在列昂季·斯基德尔斯基的指挥下,到 20 世纪初的时候,斯基德尔斯基家族的托拉斯产业已成规模,垄断了海参崴地区的煤矿经营和石油勘探权,以及哈尔滨地区附近林场采伐权,他们又在伦敦、神户等地开办了办事机构。

斯基德尔斯基家族是俄国大木材商人,列昂季·斯基德尔斯基林业公司在哈尔滨成立,经清政府同意获得帽儿山、乌吉密、一面坡等 5 个林区森林采伐权。他们在黑龙江做木材生意,靠着砍伐东北丰厚的林业资源而发了大财。每天都有巨额的收入源源不断地流进他的腰包。

这时候,列昂季·斯基德尔斯基已经病得很重了,他在 1916 年致电所罗门·斯基德尔斯基,通知哈尔滨犹太宗教、公议会捐献一座会堂,不久他于 1916 年病逝于家乡敖德萨,终年 71 岁。

我检索了一下历史资料,哈尔滨有两所犹太会堂,列昂季·斯基德尔斯基的遗愿是否实现,斯基德尔斯基家族捐献的哪一座会堂?

在 19 世纪末 20 世纪初,到处漂泊的犹太人,纷纷从世界各地涌入哈尔滨,人数最多时曾达到二万余人,使这里一度成为远东地区最大的犹太人聚居区。这些犹太人凭借自己的聪明才智,先后创办了银行、工商贸实业,开办了医院、学校、图书馆、养老院等福利机构。哈尔滨现存有两个犹太会堂,一个是位于通江街的犹太总会堂,也称老会堂,始建于 1907 年,1909 年 1 月落成,1931 年 6 月被焚毁。焚毁后在哈尔滨的犹太人成立了总会堂修复委员会,共同捐款集资重新修复了老会堂。另一个位于经纬街,兴建于 1918 年 9 月 21 日,1921 年竣工。人们习惯地称其为新会堂。我检索到的历史资料语焉不详,终无定论。我想斯基德尔斯基家族捐献的应该是经纬街上的新会堂吧。后来发生的事情,斯基德尔斯基家族捐献的不是会堂,而是一所犹太宗教学校。不过,1920 年建设的哈尔滨塔木德托拉学校,就是斯基德尔斯基家族的雅各布·斯基德尔斯基以父亲名义捐助的。斯基德尔斯基塔木德托拉学校位于道里区东风街,现东风小学校址。斯基德尔斯基塔木德托拉小学是犹太民族宗教学校。

俄国十月革命后,再次掀起俄籍犹太人移居哈尔滨和中东铁路沿线市镇的高潮。20 世纪 20 年代初是哈尔滨犹太人人口最多的时期。1918 年,哈尔滨犹太人社团就着手创办一所犹太学校。该协会在马街现东风街选中一栋旧房,开办了"塔木德托拉"学校。

当时塔木德托拉学校在马街的校舍不大且简陋。随着哈尔滨犹太人人口的增长,学校显然已不适应犹太人宗教文化生活需要,于是提出了兴建新校舍的方案。1920 年,在哈尔滨犹太人社区会议上,斯基德尔斯基兄弟出资了此心愿。同年 12 月,一栋漂亮的二层小楼在原址落成。校长由列文担任,学校校舍与犹太总会堂一道之隔,它们的拱形窗互为呼应,十分和谐。其设计者是列维金。1950 年该校停办。

在列昂季·斯基德尔斯基死后,长子雅各布· 斯基德尔斯基成为家族实际控制人。雅各布·斯基德尔斯基并不出名,似乎也没有他的两个兄弟大名远扬。但是他是英国上院议员、著名传记作家罗伯特·斯基德尔斯基的祖父。不幸的是,一年后雅各布·斯基德尔斯基因心脏病去世,年仅 33 岁,身后留下了四儿一女。其中罗伯特的父亲鲍里斯是长子,当时年仅 10 岁。雅各布的妻子丽萨在丈夫去世后携子再嫁。

雅各布·斯基德尔斯基死后,列昂季·斯基德尔斯基的三儿子所罗门·斯基德尔斯基和四儿子西蒙·斯基德尔斯基共同领导家族企业,而他的二儿子莫赛伊·斯基德尔斯基因不务正业,终生受到排挤,未能染指家族企业,这一点最终却救了他的性命。另外雅各布和莫赛伊的妻子丽萨和吉塔恰好是同胞姐妹,是另一个远东犹太望族奥辛诺夫斯基的女儿,这个家族在 20 世纪 20 年代也移居到了哈尔滨。

哈尔滨的这个显赫的斯基德尔斯基家族终于遭遇了家庭变故。在十月革命后,斯基德尔斯基兄弟为沙皇残余势力以及干预苏联政权的协约国军队提供了巨额物质的支持。1922 年,苏俄红军占领海参崴后,开始实行赎买政策,斯基德尔斯基家族总价值至少 950 万卢布的资产得以兑现了 600 万美金(约合 650 万卢布)。随后,家族成员大部分定居哈尔滨。日伪时期,兄弟俩与日军交往甚密,这些行为都为他们后来的命运埋下伏笔。兄弟俩反苏的原因不难猜测,和多数犹太人一样,无非是为了报复苏维埃对犹太人的镇压,尤其是在他们家乡奥德萨和白俄罗斯屠杀数万名优太人的恶行。

在我看来,斯基德尔斯基哥俩是具有两面性格的人,一方面他们慷慨地向犹太人的学校、医院、教堂捐款,另一方面他们出于仇苏反苏的目的,通过日军大连警备司令柳田元三,此人曾在哈尔滨担任过日本特务机关长,向日本特务机关捐赠巨额款项,关东军特务机关用这笔钱组织起白俄矿警队，由日本特务机关派人对白俄警察进行训练，并时常越境袭扰苏联。这些捐款为他们兄弟日后惹来杀身之祸并埋下了伏笔。1945 年 9 月，当苏联红军进入哈尔滨四天后，即 1945 年 8 月 21 日，哈尔滨的名流们收到了苏军元帅马林诺夫斯基发来的招待会请柬，地点在大和旅馆。结果他们中的大多数人直接被捕，被押送到苏联，其中包括考夫曼医生和斯基德尔斯基兄弟。斯基德尔斯基家族的豪宅也被苏联士兵劫掠一空，食物、酒水、油画、家具等都被抢走，甚至镶嵌地板、门窗合页都卸掉运走了。许多哈尔滨市民都目睹了曾经辉煌一时的斯基德尔斯基宅院变成了一片废墟的经过。

斯基德尔斯基家族在哈尔滨有两栋建筑，其中一栋由所罗门·斯基德尔斯基在 1914 年建造，宅邸在现南岗区颐园街 3 号，现为市一类建筑，设计师为特罗亚诺夫斯基。整栋建筑砖混结构，地上二层，地下一层。平面呈对称式，主立面两侧前凸，中部后凹，形成三开间的柱廊作为入口。两侧不但墙面中部突出，而且开窗亦向前突起。二层楼上有弓形檐，墙上的檐部又用三角形，上部立有带松果的小柱，在轴线上檐部突起。立面装饰考究，构图严谨，典雅而稳重，豪华而不张狂，属于仿古典主义建筑风格。斯基德尔斯基的宅邸也有一个很大的院子，里面除了各种树木外，还有凉亭、木椅、花池、喷泉、甬道，使人置身闹市却又有乡间的感觉。斯基德尔斯基兄弟在这里过着极其奢华的生活。据当年进入过他们豪宅的犹太人考夫曼回忆说："他们在南岗有一所大的豪宅，哥哥所罗门住在一楼，弟弟西蒙住在二楼。两个兄弟都离异了，他们的前妻和子女都住在伦敦。豪宅内，各房间都摆放着意大利的高档家具，室内装修十分华丽，许多著名油画家的作品悬挂于墙壁之上。豪宅前总停泊一辆漂亮的小汽车，地下室存放着大量名牌好酒，其中一些酒已有百年历史。所罗门大概原本打算给老斯基德尔斯基居住，因为父亲身体欠佳不能来哈尔滨，便将房子出租给法国政府用于领事馆。还有一种可能，所罗门想以房产为条件，要求法国政府任命他为哈尔滨领事。计划失败后，他便于1921年同葡萄牙政府达成协议，担任葡萄牙驻哈尔滨领事。

现在，这座豪宅是黑龙江省老干部活动中心。斯基德尔斯基私人豪宅紧靠颐园街1号的格瓦里斯基豪宅，两座楼、两个院落显示出主人的富有，吸引着过往旁观者的眼球。

斯基德尔斯基家族在哈尔滨的另外一栋住宅位于临近大直街的阿什河街39号的原葡萄牙驻哈尔滨领事馆。这是一栋错层式非对称建筑，建成于1912年，据说所罗门的弟弟西蒙·斯基德尔斯基来哈以后也住在这里。在1921年1月，所罗门·斯基德尔斯基未等国民政府批准，便急不可待地在自家设立了葡萄牙领事馆并担任首任领事，一年后获得国民政府许可。后来领事馆迁至几十米外的大直街上，小楼改为斯基德尔斯基兄弟住宅和家族旗下的穆棱煤矿公司办事处。1914年，列昂季·斯基德尔斯基与吉林省合办穆棱煤矿公司，筹备采矿。他的两个儿子所罗门和西蒙看中黑龙江省的煤矿，在穆棱开办了一个很大的煤行，获得了巨大的利润。1928年前后，穆棱煤矿办事处迁至道里新城大街即今尚志大街麦加利银行大楼的侧面。

据他们的后人罗伯特回忆，斯基德尔斯基兄弟生活奢靡，有过多次婚姻，平时很少住在家里，都在马迭尔宾馆包租房间。日伪时期，穆棱煤矿公司由"中苏合办"改为"日苏合办"，全称为"穆棱炭矿株式会社"。苏军占领哈尔滨后，斯基德尔斯基兄弟被苏军逮捕，先后死在监狱和劳改营。小楼内的所有财物均被苏军没收。1954年小楼改用于黑龙江省委第一幼儿园。

2005年，罗伯特回到了出生地哈尔滨并住进了他两位叔叔所罗门和西蒙长期居住的马迭尔宾馆。此间，他去哈尔滨犹太墓地祭拜了叔叔莫赛伊·斯基德尔斯基，又访问了斯基德尔斯基家族留给哈尔滨的两栋建筑，位于颐园街 3 号的省直机关老干部活动中心和位于阿什河街 39 号的省委幼儿园。

罗伯特·斯基德尔斯基 1939 年 4 月 25 日出生在哈尔滨，为家族创始人列昂季·斯基德尔斯基曾孙，他的祖父是家族长子，他的父亲为家族长孙。1941 年 12 月，他随父母移居英国，1967 年出版个人第一部著作。1983 起，先后出版《凯恩斯传》，获得荣誉勋爵，因此成为英国上院议员。2012 年，罗伯特与儿子爱德华共同出版了最新著作《多少是够，金钱与幸福生活》。在谈及写作这本书的目的时，他阐述了这样一个观点，我们面临的最大浪费不是金钱，而是人类的可能性。

我不知道斯基德尔斯基后裔所说"人类的可能性"是什么，我的理解是，或者也是他们的本意，如果没有政治风暴，他们的先人也许成为美国的洛克菲勒家族？我想，这种"可能性"是可能的。

斯基德尔斯基后裔所说的"人类的可能性"终于发生了。苏联解体后，其家族在美国的后裔向俄罗斯政府请求重新审查所罗门和西蒙案件。1991 年，俄罗斯政府为所罗门和西蒙平反。

卡嘉，这就是"人类的可能性"吧？

书信之八

　　卡嘉,关于"船运大王"索斯金兄弟,我还是先说一下松花江的航运历史吧。这样对我们了解索斯金兄弟会有更深的理解。索斯金家民族的历史就是一部松花江的航运史。

　　说到松花江,当然不能不提到太阳岛,那是哈尔滨最有故事的地方,早年间,有许多文人墨客在那里留下足迹和文字。

　　这让我想起朱自清曾于1931年8月24日与友人途经西伯利亚去西欧考察和学习。他由北京抵达哈尔滨做短暂停留,下榻道里新城大街北京旅馆。他游览了哈尔滨道里、道外以及美丽的太阳岛,8月26日去满洲里。他于当年10月在英国伦敦休假时给叶圣陶写信,此信8月31日是在西伯利亚列车中动手写的,直耽搁到伦敦写毕。后这封信编入《西行通讯》,详尽地描述了对哈尔滨的印象。这让人也想起他的传世名篇《桨声灯影里的秦淮河》来。

　　最后我要说松花江,道里道外都在江南,那边叫江北。江中有一太阳岛,夏天人很多,往往有带了一家人去,整日在上面的。岛上最好的玩意自然是游泳,其次许就算划船。我不大喜欢这地方,因为毫不整洁,走着不舒服。我们去的已不是时候,想下水洗浴,因未带衣服而罢。

岛上有一个临时照相人。我和一位徐君同去，我们坐在小般上让他照一个相。岸边穿着游泳衣的俄国妇人孩子共五人，跳跳跑跑地硬挤到我们船边，有的浸在水里，有的趴在船上，一同照在那张相里。这种天真烂漫倒也有些教人感着温暖的。照相的人哈尔滨甚多，中国别的大都市里似未见过，也是外国玩意儿。照片当时可取，足为纪念而已。从太阳岛划了小船上道外去。我是刚起手划船，在北平来过几回；最痛快是这回了。船夫管着方向，他的两桨老是伺候着我的。桨是洋式，长而匀称，支在小铁叉上，又稳，又灵活。桨片是薄薄的，弯弯的。江上又没有什么萍藻，显得宽畅之至。这样不吃力而得讨好。我们过了一个愉快的下午。第二天我们一伙儿便离开哈尔滨了。

松花江、太阳岛，也是尤拉和卡嘉难忘的地方。在一个秋叶飘零的落着微雨的日子，尤拉独自乘船渡过了松花江，来到了太阳岛。他在林中徘徊着，回忆着往事。他曾经和俄侨尼古拉一家在这里游玩。他和卡嘉在林中玩着"藏猫猫"，最后他们玩累了，在一棵大树下睡着了。开始尤拉还坚持着不让自己睡过去，因为卡嘉在他怀里已经睡着了。后来他也坚持不住了。

不知过了多长时间，尼古拉一家找到了他们。看见他们抱在一起香甜地睡着，这时候，附近的小尼古拉教堂的大钟响了起来。他们睁开眼睛，望着他们的亲人笑着。

有一次，尤拉在给卡嘉的一封信中写道："我到太阳岛去了。俄侨人虽然离开了曾经生活过的土地，然而他们心系哈尔滨，将哈尔滨视为第二故乡。在世界各地，哈尔滨俄侨人及其后裔组成了哈尔滨人协会；出版报纸和杂志，宣泄那梦牵魂绕的依恋之情，内心里一遍又一遍地呼唤,哈尔滨,我们永远热爱的哈尔滨!"

卡嘉,他们呼唤的是哈尔滨,这也是我们永远热爱的哈尔滨。不过,一个时代终于结束了。

有一天,尤拉对卡嘉谈起了松花江。

卡嘉,我国北方的嫩江与第二松花江会合后,成为北满的大江——第一松花江,它流经哈尔滨后汇入远东阿穆尔河,即我们所说的黑龙江,经哈巴罗夫斯克即我们说的伯力在尼古拉耶夫斯克,即我们说的庙街进入鞑靼海峡。

当初的松花江处于原始状态,江上没有设置航标,河道从未经过改造,支流更是如此。松花江在依兰设有海关,为照顾船只夜间航行的困难,在江边有人点起了灯笼。松花江对航运的贡献,从嫩江江口至松花江汇入黑龙江,长达 940 公里的江面可供正常航行,一些船只可以达到嫩江上游的齐齐哈尔及第二松花江的吉林。

这就是说,如果你在嫩江或者松花江的某一个地方乘船,你都会漂向大海。可是,我们看到的历史记载,多是俄国轮船进入松花江,而没有中国船的影子。在 1858 年 6 月 28 日俄国轮船"阿穆尔号"秘密进入过松花江,这是俄国人船只进入松花江的开端。1864 年春天,有一艘俄国轮船"移民号"进入松花江纵深达 100 俄里,因为江水变窄而返回。这一年俄政府制订了对松花江的商业、地质的研究计划。根据这个研究计划,俄国考察队乘"乌苏里号",还携带驳船于 7 月 21 日进入松花江口,于 8 月 9 日抵达吉林。俄国人的收获颇多。1866 年"乌苏里号"又进入松花江,到达扶余。1869 年,俄国的"电报号"轮船载着商业考察团进入松花江,沿呼兰河上溯到达呼兰。1872 年"电报号"又满载着哈巴罗夫斯克及布拉戈维申斯克的商人到达扶余,又沿嫩江上溯到齐齐哈尔。1878 年,俄国的"别维聂茨号"轮船又抵达巴彦城。俄国人在 1858 年 6 月 28 日前,到 1878 年后,数次乘船来到齐齐哈尔、巴彦、扶余和吉林等地。历史资料显示,属于观察、了解和研究范畴,没有实际经济意义。大概因为当时中俄双方建立贸易的条件还不成熟,这之后的 17 年里,俄国人没再进入松花江。直到 1895 年,哈巴罗夫斯克的商人又组成商业考察团,乘"电报号"及驳船"父子号"进入松花江。同年,"幸运号"和"无赖号"也进入了松花江,形成轮船参加的商业活动。1895 年"斯考别列夫号""西拉奇号"陆续进入松花江。1897 年之后,俄国"阿穆尔分会"制定了在松花江经常性的考察任务。在修建中东铁路的时候,松花江水上运输由俄国交通部负责。铁路当局决定建立自己的船队,1897 年从英国购到 15 艘同型号的火轮及 40 艘铜壳的驳船,又从法国购得 2 艘江上挖泥船。这些不同的船只,为整个中东铁路的修建发挥了极为重要的作用。中东铁路建成后,这些船只一部分用来辅助铁路的经管,另一部分作为江上运输之用。1904 至 1905 年间,在松花江上航行的俄国船达 80 余只,此时,松花江上安装了航标、航道上的水下礁石也已经清除。1907 年交给中东铁路管理局负责。1909 年之后,中国海关接管。

那时在松花江上航行的还有俄国几家大公司如阿穆尔轮船及商业联合公司、阿穆尔轮船联合公司、捷尤科夫商业洋行、阿列克谢耶夫父子商业洋行、勃斯金公司、奥帕林、马尔克斯商业公司。

日俄战争后,哈尔滨俄侨谢苗·索斯金和他的兄弟又重新启动了不景气的航运业,并与阿穆尔商船公司组建阿穆尔轮船总公司,使船舶的数量、总吨位、航线居于黑龙江省水系各航运公司的首位,不但垄断了船运市场,还利用船舶运输的优势开拓国际市场。他们又在加拿大注册了谢苗·索斯金股份公司,将公司总部设在哈尔滨,然后在伦敦、温哥华、大连、海参崴开办了分公司,在中东铁路沿线各车站和松花江沿岸各主要码头设立办事处。索斯金公司由家族老大谢苗·索斯金担任董事长兼总经理,老三伊萨克·索斯金担任常务董事兼执行经理,纳乌姆·索斯金担任董事、经理,总资本达 100 万美元,年贸易额达 2500 万日元以上,粮食交易额排哈尔滨第一名。

索斯金家族是哈尔滨俄侨中的大家族,其代表人物是谢苗·哈里托诺维奇·索斯金,1880 年出生于克里米亚半岛的离雅尔塔不太远的刻赤城的一个富裕家庭。现在这里属于乌克兰。1903 年,年仅 23 岁的谢苗·索斯金与葛瓦里斯基一样,只身来到了哈尔滨。在《画说哈尔滨》与《哈尔滨犹太人》一书里我看过他的老照片,因为历史的久远,已经看不清楚,但在我看来,他在哈尔滨的故事却愈加清晰。1923 年,索斯金家族在哈尔滨经纬四道街的家族宅邸前拍摄这一张合家欢,有14 个人之多,其中 3 个孩子。隔了九十年之后,这张合家欢又开始在一些关于哈尔滨的文章与画册中露面。许多看到它的人都回想起现在仍旧矗立那条街上的这座宅邸。出乎意外的是,它没有像大多老房子尘封破败,和仅留下来衰草的屋前草坪,是一家机关办公房。对照着老相片,方才发现,从前它是这样气派过。当时犹太人的企业在哈尔滨几乎无所不包,油坊、糖厂、制粉厂、啤酒厂、洋行、煤矿及金融机构。哈尔滨的美国信济银行、法国万国储金会、犹太国民银行、远东犹太银行等金融机构的创办人和经营者都是犹太人。同样,修建中东铁路的华俄道胜银行在哈尔滨的经理加布里埃尔也是犹太人。

当年谢苗·索斯金来到哈尔滨,看见这里大兴土木,正在进行城市建设,对木材的需求量很大,就在埠头开办了一家木材商店,生意很不好。当时葛瓦里斯基、斯基德尔斯基这些大木材商人把哈尔滨周围的林场都垄断了。

　　还在1901年8月14日,有一个俄国政治犯罗文斯基逃到哈尔滨,创办了俄文《哈尔滨每日电讯广告报》,但该报出版时间不到一年,1902年5月10日出版了最后一期后便停刊了。这是哈尔滨有史以来的第一份报纸。罗文斯基是政治流放者,后来是哈尔滨俄国社会革命党领导人。1906年4月,罗文斯基被捕,被以"侵害国家罪"受审,判处数年苦役。

　　就是这样的一份短命的报纸,让谢苗·索斯金碰上了。有一天,他在中国大街上,一副兴致阑珊的样子,有报童向他跑来,他随手买了一份《哈尔滨每日电讯广告报》。他看到报纸上有一则消息,日俄两国在中国大连旅顺口地区交火。很有商业头脑的他知道,战争爆发,就会有大批俄国军队调来参战,除枪支弹药外,最重要的物资就是粮食了。他立即关掉木材商店,挂牌成立了谢苗·索斯金公司,并筹集资金大批采购粮食,然后租用仓库囤积起来。战争起来后,俄国军队四处采购军粮。谢苗·索斯金自然就成了俄军粮食的重要供应商。战争打了近一年,他的腰包也迅速地鼓了起来,成为哈尔滨颇有名气的商人。在战争结束时,以其名字命名的很有规模的"索斯金商场"也在哈尔滨开办了起来。

　　日俄战争结束后,俄国经济出现了危机,因无暇顾及航运,使国内生产的木材、煤炭、粮食和其他物资运不出去,造成货物的积压。头脑灵活的谢苗·索斯金在这时候开始了航运业商业活动,投入巨资购买了俄国轮船公司的 4 艘轮船、12 只驳船,他的这些轮船和驳船从此在黑龙江和松花江上航行。他当时是最大的运营商。

谢苗·索斯金在 1911 年开始向国际市场进军,先后与德国汉堡、英国伦敦建立业务往来,因为人手不够,弟弟纳乌姆·索斯金来到哈尔滨帮他打理生意。但市场变幻莫测,1914 年,正当索斯金兄弟沉浸在财源广进的喜悦之中时,第一次世界大战爆发,货币贬值,汇率不稳,使索斯金家族产业遭受重创。

正当危难之时,索斯金家族的金融专家伊萨克·索斯金驰援哈尔滨,帮助两位哥哥重整江山。他的到来不但使索斯金家族得以渡过难关,而且事业又有了新的发展。他们在哈尔滨又先后投资开办了制粉厂、榨油厂,仅榨油厂一个月就生产豆饼 170 车皮、豆油 22 个油罐。

卡嘉,在 20 世纪初,北满已初步形成了以松嫩平原、三江平原、松花江中游和牡丹江流域为中心的几个主要产粮区,生产大豆、小麦等农产品。中东铁路使哈尔滨成为沟通欧洲、东北亚和太平洋之间里程最短的大陆桥枢纽,通过这里向俄国出口的主要商品,大多经由海参崴转口输往日本及欧洲国家。因为对外粮食出口有着较大的利润,所以竞争十分激烈。清末民初之际,哈尔滨专营大豆粮谷出口贸易的大商行有 17 家之多,日本的三井、三菱、日清等榜上有名,谢苗·索斯金的粮食出口企业亦在其中。

还在 1895 年的时候,沙俄政府筹措资金 200 万卢布,成立了阿穆尔商船公司,每年由官方补贴 25 万卢布经费,这个商船公司把松花江和黑龙江定为它的固定航线。谢苗·索斯金轮船公司的出现,与阿穆尔商船公司成为分庭抗礼之势。他的轮船公司也开始运输粮食,自己也经营粮食,自己运输,他在哈尔滨赚了许多钱。

这时候,谢苗·索斯金轮船公司走到了终点。因为第一次世界大战及 1917 年十月革命,在哈尔滨的一部分俄国轮船公司倒闭后卖给了中国人。1918 年 7 月 21 日,由中国商人梁士贻、陈陶怡、孟昭常与黑龙江官股在哈尔滨组织航运公司,即戊通轮船公司,取戊午年通航之意,船旗为"午"字,戊通轮船公司属半官方性质。购进了俄国索斯金、奥帕林、捷尤科夫等公司的轮船 31 艘,驳船 20 艘。

1924 年 1 月 24 日,中国东三省保安总司令张作霖电令中东铁路公司王景春督办、滨江道尹蔡运升,电令中说,松花江为中国内江,外国船舶均无航行之权。铁路之船只原为运输筑路材料,铁路既经修成"理应早予收束,严禁东铁船只行驶"。

1 月 26 日,哈尔滨铁路交涉局以第 123 号公函致中东铁路管理局路警处,转达张作霖电令,严禁俄轮在松花江航行。至此,结束了俄苏在松花江及其支流的航运历史。这些支流包括嫩江、牡丹江、呼兰河、汤旺河、拉林河。虽然禁止了俄国人在松花江商业航运,但是从呼兰河口至呼兰却是例外。

谢苗·索斯金在哈尔滨资本积累逐步完成后,除建立了谢苗·索斯金航运公司外,还成立谢苗·索斯金制粉厂、油坊等围绕着粮食外运及加工企业。他的两个弟弟分别于 1911 至 1916 年间来到哈尔滨。索斯金兄弟们在哈尔滨又先后投资开办了榨油厂,谢苗·索斯金和他的兄弟企业成为名副其实的家族企业。

索斯金家族三兄弟经三十多年的打拼,靠着犹太人善经商的天赋智慧,积累了上亿家产,成为哈尔滨犹太人群体中的佼佼者。伊萨克·索斯金当选哈尔滨董事会董事、哈尔滨交易会副主席、哈尔滨犹太宗教公会会长等职。索斯金兄弟先后在哈尔滨创办及与人合办的工商企业金融机构有索斯金商场、索斯金航运公司、阿穆尔轮船公司、索斯金股份公司、索斯金制粉厂、索斯金榨油厂、远东犹太商业银行、哈尔滨犹太国民银行等。

早在 1919 年,哈尔滨犹太人中的一些社会活动家便开始筹划成立一所犹太人银行。但鉴于时局等多种因素,银行迟迟未能成立。1922 年,哈尔滨发生了经济危机,很多中小企业因资金短缺而难以为继,很多商号因亏损而破产,成立银行扶助工商成了犹太社团的当务之急。

1922 年 1 月 10 日,伊萨克·索斯金又发起成立犹太国民银行并出任第一任董事长。哈尔滨犹太国民银行是 20 世纪 20 年代初由俄籍犹太人出资创办的一家民营银行。1922 年 2 月,哈尔滨犹太国民银行创办发起人贝霍夫斯基、德里金、索斯金、考夫曼等 13 人召开第一次会议,选举临时委员会,制订章程,筹办银行。1923 年 5 月 12 日,召开股东会议,通过章程,确立机构,成立了管理委员会、董事会和监事会。选出董事 5 人,参议 15 人,监事 2 人。董事长是卡干,经理是莫尔达霍维奇。犹太国民银行位于道里区中央大街 61 号与西十一道街交角处。1923 年 6 月 3 日,犹太国民银行开业。哈尔滨犹太国民银行是 20 世纪 20 年代初由俄籍犹太人出资创办的一家民营银行。从创办到结束中间经过旧中国、日伪统治、新中国三个历史时期,也是哈尔滨历史上存在时间较长、结束最晚的一家民营银行。1959 年,哈尔滨的犹太人只剩下 130 人,犹太国民银行报请废业,同年改为哈尔滨市人民银行外侨储蓄所。再后,房舍改用于商铺。2005 年 3 月,拆屋留墙,原样重建。

伊萨克·索斯金曾于 1923 年担任哈尔滨公议会议员,哈尔滨交易协会副会长。哈尔滨交易委员会是在哈俄国商人的重要商会组织,

1907年5月15日,由哈尔滨俄商别尔格、加勃里埃尔等发起,经俄国财政大臣批准,哈尔滨交易委员会在商务俱乐部召开成立大会。第一届委员会委员9人,候补委员3人。加勃里埃尔当选主席、别尔格当选副主席。在其成立后的三十余年中,它在扩大俄国在中国东北的工商业权益方面,从事了比其他同类在华俄国商人组织多得多的各种政治经济活动。1917年沙皇政府被推翻后,哈尔滨俄国交易委员会的活动受到其他资本主义国家商人竞争的不利影响。1938年,交易会被日本控制下的伪满当局强行关闭。1946年苏联红军进驻哈尔滨期间,曾一度恢复了哈尔滨俄国交易会的活动。

有历史资料显示,索斯金家族三兄弟在哈尔滨三十余年经商,相继投入资金4000万卢布,在给家族创造巨大利润的同时,也为哈尔滨经济社会发展繁荣做出了努力。

在2004年召开的"哈尔滨犹太历史文化国际研讨会"上,美国加利福尼亚伯克利大学的格里高利·格罗斯曼教授在《构建东北:1900—1940年间满洲的犹太人企业》一文中提到:"70年后,一曲小调仍然萦绕在我的耳畔,没有女人的男人,像军官没有军衔,像索斯金没有豆子。"这曲小调让七十年后的人们仍能记起,可见其当年的影响力有多大。

索斯金兄弟在哈尔滨的旧居还在,现道里区经纬四道街24号哈尔滨土木建筑协会址。当年索斯金积攒下殷实的家底,他选在埠头盖起了这座豪宅,现在看起来,不过房子漂亮一些罢了,仅仅是一幢比较大点的平房。

这幢豪宅说起来有些故事,据住在附近的老者讲,这栋房子原是一栋二层楼,因四周盖了一圈楼房,把这座小洋楼围在了中央,为了不遮挡一、二层居民的光，就把这栋楼的二层拆除了。其实，这幢豪宅本来就是一所平房，有好事人为了增加面积又加盖了一层，后因为这是历史建筑，出于保护之意，又把二层拆除了。

卡嘉，有一年，我特意去看索斯金兄弟豪宅。顺着经纬四道街向西走，30 号是一个小区，一栋八层高的圈楼。平面为"口"字形，面向经纬四道街处有一个门洞，顺门洞进去就能看见天井处有一栋气度不凡的平房，这就是哈尔滨市一类保护建筑，现哈尔滨市土木建筑协会，犹太巨商索斯金故居，门牌为经纬街四道街 24 号。

那天是星期天，守门人让我们进去看了一下。我感觉真是阔气。不过在被一圈高楼围在中心，深处不见楼。这种法子是当年日本人的发明，在哈尔滨并不新鲜，凡是拆不掉、炸不塌、烧不垮的建筑，在外面盖上一圈民宅，把它围起来，圣伊维尔教堂、圣索菲亚教堂，也是在外面盖起一圈民宅，把它们围困起来。

我在《犹太人在哈尔滨》画册一书里看见有这样的一张照片，大概是 1930 年拍摄。哈尔滨犹太公会在马迭尔举行宴会，欢送伊萨克·索斯金，场面宏大，气氛热烈，三张长条桌坐满了人，想必都是哈埠有头有脸的犹太人，七八十人的样子。我想，莫非伊萨克·索斯金有什么事情要远行，或者离开哈尔滨？我没有找到有关资料，不知道这次宴会何为。不过当年索斯金家族确实迎来了不好的消息。

在松花江上航行的俄国大公司有阿穆尔轮船及商业联合公司、阿穆尔轮船联合公司、捷尤科夫商业洋行、阿列克谢耶夫父子商业洋行、索斯金公司、奥帕林、马尔克斯商业公司。因为第一次世界大战及 1917 年俄国布尔什维克革命，在哈尔滨的一部分俄国轮船公司倒闭后，船只卖给了中国人。戊通轮船公司购进了索斯金的船只，还有奥帕林、捷尤科夫等公司的轮船,共31艘,驳船20艘。这样,"船运大王"的美誉也就不存在了。

1924年1月26日,哈尔滨铁路交涉局以第123号公函致中东铁路管理局路警处,转达张作霖电令,严禁俄轮在松花江航行。至此,结束了苏俄在松花江及其支流的航运历史。这些支流包括嫩江、牡丹江、呼兰河、汤旺河、拉林河。俄国人的轮船在松花江上的航行历史终于终结了。

第三章
渔火旁的风景

  远离中原的东北一个偏僻的小渔村,曾经被人认为的文化的沙漠,那一年终于在远方出现一抹绿意。这里出现了一批远离故乡的俄国人,他们的文学、绘画、音乐等艺术联翩而来,俄罗斯文化成为中国文化国土的绿洲……大学者胡适来了,看到了这里的一切,说:"哈尔滨是中西文化的交汇处。"是的,在这古老渔火旁,出现了一片异国风景。

  当年的俄侨说:"谁都没有想到,哈尔滨不是穷乡僻壤,这个神奇的地方将会成为我们的第二故乡。"

  这是尤拉喜欢的哈尔滨的夏日,是一个令人凉爽舒适的地方。

书信之九

卡嘉,你还记得吗? 那年你父亲带我们到郊区亚布力去过礼拜天,那里是俄侨的后花园,在俄语中是"苹果园"的意思。他们喜欢在夏天去那里度假和打猎。你父亲走在我们大家前面,没有多久就不见了,后来他回来了,脸上有着隐隐的微笑。你父亲说在附近有一片林子,那里有丰富的宝藏。那一次,我们跑到那片树林里玩儿,走到了一块林间空地上,那里长着很多蘑菇。我们在蘑菇底下发现一件东西,有的是一块包着锡纸的巧克力,有的是一个苹果,有的是一束蜡制的小花,有的是一条丝带,我们还发现有一本《铁木儿和他的队伍》的书。啊,在每一株蘑菇底下,我们都找到了惊喜。我们相信,这些都是上天藏在这里留给我们的。我们将一生都记得这件事。现在回过头来说,我想像你父亲那样,给人们一些稀罕的东西,当然是俄侨在哈尔滨生活的故事。

你看过那本《寂静的春天》的书吧? 现在,这本书原来在我的书架上,现在我已经把它放在我的写字台上了,我经常拿起来读。有关资料说,作品在《纽约客》杂志上连载时就引发 50 多家报纸针对它发表社论和文章。1962 年 9 月,霍顿·米夫林出版公司刊印出版《寂静的春天》,时任美国总统约翰·肯尼迪读过此书后,责成总统科学顾问委员会对书中提到的化学物质进行试验,以验证卡尔森的结论准确与否。

该委员会后来发表在《科学》杂志上的报告,证实了卡尔森论题的正确性。《寂静的春天》中提出的警告,唤醒了广大民众,激发了一系列民众运动,迫使美国国内禁止生产 DDT。因其对现代环境保护思想和观点的开创性贡献,卡尔森被誉为"现代环境运动之母"。作为一部用文学形式写成的生态伦理学著作,优美的文学语言和灵活的写作风格给《寂静的春天》注入了独特的艺术魅力。

卡嘉,我想对你说,卡尔森被誉为"现代环境运动之母",这并不过誉。可是有谁知道,在多少年之前,在我们的故乡哈尔滨就已经出现了一位伟大的生态文学作家,那是一个哈尔滨俄侨,他就是拜科夫。如果说卡尔森为"现代环境运动之母"的话,那么拜科夫可以说是"现代生态文学之父"。

有一天,在马迭尔西餐厅,尤拉对我说:"我很早就读了《寂静的春天》。这个世界太可怕了,如果没有鸟声,鸟儿不知道飞到哪里去了,这个世界的春天也是太寂寞了。如果没有了老虎,这个世界还是我们熟悉的世界吗?"

我想,是啊,没有了老虎这个山大王,这个世界就太没有趣味了。尤拉拿出一本很陈旧的书,是俄文版,他说了一句俄语:"这是俄语,是大王的意思。"

尤拉很高兴,说:"这书应该说是孤本,1936 年在哈尔滨出版的,我是在一个垃圾站淘来的这个世界太荒诞了,怎么会把这些书随随便便处理掉? 是因为苏联不存在了吗?"

过了一会儿,尤拉又说:"我们不知道的事情太多了。现在人们都知道美国小说《寂静的春天》,其实更应该知道的是哈尔滨俄侨作家拜科夫的《大王》,他却在我们这个世界失踪了,我们把他找回来吧。"

但是，俄侨作家拜科夫是谁？小说《大王》是部什么样的作品？无论是作家本人还是作家的作品，对于我们今天的普通读者来说，都是非常陌生的。

尼古拉·阿波隆诺维奇·拜科夫，是哈尔滨俄侨文学的代表人物，他曾经获得世界声誉，被文学评论家誉为有史以来最优秀的自然生态小说家之一。他1872年11月29日出生于基辅，毕业于圣彼得堡第一古典中学，考入齐夫利斯军官学校。后到圣彼得堡大学自然史系学习。1900年毕业后从军又加入阿穆尔军区国境警备队。1902年作为中东铁路的一名军官来到了哈尔滨。从此开始了在这里的侨民生活，并且作为一名自然生态学者和作家，进行生物学研究与文学创作的活动。他创作出具有世界声誉的《大王》。

"1902年的冬天，我从茫茫的西伯利亚雪原踏上了前往中国远东的神秘东方之路，这是多年来让我难以自抑的诱惑之路，这条路改变了我的一生。"在一百多年前，有一位叫拜科夫的俄国人，在自己的一篇《难忘1902年的哈尔滨》的文章中这样写道。

尤拉沉默了一会儿突然说道："我应该给卡嘉好好说一下拜科夫的事情。

卡嘉，你不会想到，当年哈尔滨有一位老作家还写过他的故事呢。"

后来，他果然这样做了。

卡嘉，我们还是多讲一讲俄侨作家拜科夫，还有他的《大王》吧。拜科夫，这位俄侨当年来到哈尔滨定居下来，并且在这里生活了43年之久。他是一位军官，也是一位作家，一位自然生态科学家。他多年在北满密林中观察老虎的活动，终于创作出一部《大王》的作品，这部作品成为世界生态文学的奠基之作，而他也成为世界生态文学的奠基人之一。

拜科夫本是一名中东铁路护路军的军官,但他的大部分时间不在外阿穆尔军区司令部工作,而是在哈尔滨周围地区与中东铁路附属沿线的森林里,长时期对东北进行科学考察和研究活动。他根据自己的自然研究与狩猎生活经验,著有一系列关于中国东北自然风光和居民生活的随笔作品,1903年开始在俄国地理杂志上发表。1914年,他的第一部书《满洲的山林》在圣彼得堡问世,受到欢迎,一年后再版。《我们的朋友》1914年在哈尔滨出版,他自己绘制插图,由当时著名的扎伊拉采夫出版社出版。第一次世界大战爆发,拜科夫随部队赴欧洲参加战争,在战斗中曾经负伤。俄国十月革命时投效白卫军邓尼金将军,失败后于1920至1922年间旅居非洲及印度等地,1923年流亡来到了哈尔滨。

拜科夫最终在哈尔滨定居。他仍然在进行大自然研究与狩猎生活,并积极参与东省文物研究会的工作。1924—1932年,他陆续撰写了《1924年冬季对原始森林的考察》《关于帽儿山——五常府地区的考察》《牡丹江谷地的考察》等科学考察报告。他的许多科学著作都在东省特区文物研究会出版,如《满洲虎》(1924年)、《马鹿及其饲养》(1924年)、《生命的根(人参)》(1924年)、《远东棕熊》(1925年)、《东北虎》(1925年,带有插图本)、《人参》(1926年)、《满洲狩猎》(1927年)、《远东棕熊》(1928年,带有插图本,东省文物研究会出版)等,他还在《亚细亚时报》《东省杂志》《北满农业》等刊物发表大量论文。在20世纪30年代初,他曾经在伪满洲国国民教育局第四处任自然科学编外教师。

拜科夫从1934开始从事文学创作,写作小说和散文在哈尔滨俄侨刊物上发表。为了进行文学创作,他常年生活在北满的森林之中,老爷岭林区和张广才岭南部林区。哈尔滨附近的横道河子一带也有他的足迹。有资料说他常在完达山脉的森林里活动，完达山脉位于北满东部，起自乌苏里江下游饶河附近，向西南蜿蜒，那里重峦叠嶂，群山连绵，人迹罕至。山脉下的虎林过去是老虎现在是群狼出没的地方。之所以出现虎林这个地名，不是没有缘由的。从1934到1943年，他共出版了12部作品。哈尔滨布尔苏克胶版印刷出版社出版了他的随笔和小说集《在满洲的密林中》（1934年）。其他作品有《白光》（1935年第一版、1938年第二版，带插图，扎伊采夫出版社出版）等。

拜科夫的代表作《大王》，也有翻译为《伟大的王》。《大王》在哈尔滨引起轰动，当时被翻译成英、法、意、捷、德、日、中等多语。小说获得了世界声誉，被认为是世界生态文学的开山之作。这一年是1936年，比美国人卡尔森的《寂静的春天》早26年。

在20世纪的二三十年代，拜科夫是当时活跃在哈尔滨俄侨作家群中的代表人物，他的小说《大王》是这些俄侨作家作品中最著名的一部。《大王》这部作品在哈尔滨俄侨文学中比较特殊，它不是描写流亡者在异国他乡的苦难，而是描写了关于人类、动物和大自然的和谐，展示了其自然生态思想和对人与大自然关系的理解。小说通过对一只野生雄性东北虎的生命历程的描写，展示了因为人类的过度开发使得人与自然的关系由和谐走向危机的过程。这个过程中，动物由原始森林中的主人逐渐变成人类的猎物，丧失了栖息地。人类之间因为利益和信仰的差异，成为生态的保护者和破坏者，最终破坏者的力量成为主宰，也预示了自然的命运。

《大王》是以北满的大秃顶子山为创作背景，描写一个雄性山大王在大秃顶子山，从山大王在这里出生、漫游、生子乃至衰老，最后也在这里死去的故事。小说开篇即以原始森林春天的景象吸引着读者，早春的原始森林在其灰褐色的背景上透出了新叶的嫩绿和幼芽的翠色。长在河谷和山坡的稠李子和苹果树纷纷开出花来。幽暗的密林深处已经出现一串串小铃铛似的白色的铃兰花。山里的空气像水晶一般洁净，充溢着花香。小说的主人公就生活在这唯美的大自然中。作品充满浪漫主义色彩，采用拟人化的手法，描绘了一个童话般的动物世界。

大秃顶子山位于东北大兴安岭和长白山之间，这里有著名的张广才岭和老爷岭等山脉，大秃顶子山是张广才岭的主峰，这里山清水秀，森林密布，湖光山色，风光旖旎。大秃顶子山也是黑龙江省的最高峰，海拔1690米，属东北山林风景之最，也属温带山林风景之最。这里有龙江天险第一峡，还有千尺瀑布等等。《大王》的故事就发生在这里。

拜科夫在《大王》里描绘了张广才岭、老爷岭、小兴安岭和长白山美丽的四季景致。夏天在云雾之中的黄昏的山峰，夜里一轮泛红的月亮从山脊后出来，给山林洒下一片银光。秋天的松树是绿意盎然的，黑的稠李树，黄的杨树，白的桦树，红的枫树，真是五彩斑斓。冬天山峰白雪皑皑与蓝天晶莹相辉映。同时还描写了山林中许多其他飞禽走兽，花草树木，如满洲虎、朝鲜虎、喜马拉雅貂、胡獾、鼯鼠、马鹿、驼鹿、鲜卑鼬、水獭、红狼等动物，鸥、山鹰、山雀、旋木雀、蓝雀、乌鸦、灰鸦、鹭等鸟类，蜜蜂、萤火虫、蟋蟀、蜘蛛等昆虫，稠李树、雪松、橡树、胡桃木、落叶松、椴树、枞树、冷杉、白桦、人参等植物王国。

拜科夫是一个与自然融为一体的作家。他写自然，其实也是在写人，把对人类的情感投射到了自然，甚至是在动物和植物中发现属于自己的东西。他总是能在动物的身上看到人类的影子，他能感觉到"动物的智慧"。

拜科夫与自然融为一体，天地人和谐共生的创作动机，是他为我们展示出的一幅诱人前景。任何一个读者都会被拜科夫在《大王》中深情描绘的原始森林生活情景所震撼,那是一个绚丽多彩的世界,那是一个动物作为主人的和谐社会,一个个物种在那里和谐地共同生活着。难怪有人说,《大王》是一部大自然史诗。这部史诗极其生动地展示了20世纪初东北大自然的生态和谐。《大王》还是一部关于中国东北生态和谐的自然史诗。也可以说,《大王》是俄罗斯浪漫主义文学的体现。

拜科夫这位俄侨作家的生活经历确实有些传奇,他在哈尔滨究竟生活了多少年? 他是什么时候离开哈尔滨的? 日伪当局在他创作了《大王》这样的作品的情况下为什么还那么器重他? 1945年为什么苏联红军没有把他逮捕押回国内? 甚至更为离奇的是,苏联红军在1945年8月进入哈尔滨,把在这里生活的270名俄侨文化界人士,以宴请的名义请到日本驻哈尔滨领事馆逮捕,然后把他们押往苏联。在这种情况下,拜科夫不但没有被逮捕,还到苏联红军驻哈尔滨司令部工作,于1946年4月随苏军回国。

卡嘉,说到拜科夫,这也让我想起另外一个俄侨阿尔谢尼耶夫。我在哈尔滨俄侨历史研究中,对他是非常感兴趣的,主要是他是一位作家,他的文学作品《乌苏里斯克之旅》《德尔苏·乌扎勒》和《在锡霍特山脉》亦是描写自然生态的优秀作品。

阿尔谢尼耶夫1872年出生于圣彼得堡。他是一位勘探家,本质上却是一位作家。父亲是农奴的私生子,但他凭着坚强的毅力和倔强的性格,从一个小职员而晋升为莫斯科环城铁路运输部门负责人。因为他没有考上大学,父亲决定自费送他到军队。在彼得堡陆军士官学校的两年军队生活,对他的人生起了很好的作用。在那里他的地理老师格鲁姆中尉对他的影响很大。格鲁姆中尉是个与众不同的人,他曾跟随其兄攀上了帕米尔和天山山脉。地理老师的讲课唤起了他对探险的兴趣,很快探险就成为他生命中的主要目标。他怀着浓厚的兴趣广泛阅读描写探险的书,尤其是普尔热瓦利斯基写的书。1896 年 1 月毕业后,阿尔谢尼耶夫决定继续从军。他没有放弃探险的理想,想首先考察普尔热瓦利斯基书中描写的西伯利亚和乌苏里地区。他坚决要求调到远东,终于如愿以偿。

让我感兴趣的是,在阿尔谢尼耶夫和拜科夫活动地方的附近,是哈巴罗夫斯克滨海和锡霍特山脉。还在 1902 年冬天,在拜科夫从茫茫的西伯利亚雪原踏上了中国东北的第二年即 1903 年 1 月,阿尔谢尼耶夫被任命为海参崴要塞骑兵侦察队的长官。他的侦察队的任务是考察远东边区的军事地理情况,统计分析这个地区的战略特点。他积累了丰富经验,具备了今后考察原始森林的条件。1906 年,阿尔谢尼耶夫勘探用了整整半年,在考察锡霍特山脉时,他写的日记整理而成的《乌苏里斯克之旅》一书。

1908 至 1910 年,阿尔谢尼耶夫率领一支新的探险队在乌苏里斯克北部一带活动。这支队伍走过气候寒冷、荒无人烟的野地,极度疲乏地穿越没有任何栈道的山岭,在湍急的山间河道的小船上颠簸,甚至有时面临给养也极度缺乏的困境。很多队员迫不得已离开勘探队,最后只剩下自己和两名射手。寒冷的冬天来临了,气温低至零下四十度,阿尔谢尼耶夫和他的随行人员滑行了二十六天,拉雪橇的狗被冻死了,他们只好自己用窄长雪橇拖着行囊和采集物,途中队员们只能在灌满雪的破帐篷里休息和过夜。阿尔谢尼耶夫似乎不知疲乏,在勘探时,每天坚持写日记。他在日记中不仅记录了乌苏里斯克区的生活情况,还抒发了自己的一些感受。

1906 年 8 月 9 日,阿尔谢尼耶夫遇到了一位叫德尔苏·乌扎拉的果尔特人,后者此后成了这支勘探队的向导。恐怕当时他自己也没想到,德尔苏·乌扎拉成为他书中的主人公。1921年当他任符拉迪沃斯托克师范大学地方志和民族学教研室教授时,他仍旧在苏联许多城市的各种学校讲课。然而一些阴谋家并没放过他,给他带来各种新的打击。阿尔谢尼耶夫的"敌人"还是没有停止攻击,新的"罪名"又传到了执行委员会,1926年10月的一天,他终于被赶出苏联人民委员会国家政治保安总局,在阿尔谢尼耶夫经历危机的关头,马克西姆·高尔基起了非常重要的作用。他在评价《德尔苏·乌扎勒》一书时这样写道:"它的科学价值是毋庸置疑的,使我感兴趣和着迷的是它的形象生动。您笔下优秀的果尔特人,给我的印象是活生生的,不是一个只会辨识踪迹的人,很具艺术性。相信这是很好的赞美,衷心祝贺您。"1929年,高尔基约阿尔谢尼耶夫为《我们的成就》杂志撰稿,出版关于远东的专门文集。

在1930年,阿尔谢尼耶夫带领四支勘探队考察原始林区,目的是要修建新的铁路支线。7月中旬,他们从符拉迪沃斯托克向阿穆尔下游地带进发。8月26日,他刚回到家几个小时后就开始发烧,医生诊断是哮喘性肺炎,病情急剧恶化。9月4日他离开了人世。他真正的死因至今仍是个谜。人们在海参崴厚葬了阿尔谢尼耶夫。在滨海边区有一座以阿尔谢尼耶夫命名的城市,但在远东边区对这位杰出的探险家的纪念已渐渐成为过去。

卡嘉,在最后我还是要说到拜科夫的事情的。老作家关沫南在他1984年创作的小说集《流逝的恋情》中的《虎影人踪》里,就提及俄侨作家拜科夫,不过他在小说里把拜科夫写为别果夫。

小说《虎影人踪》描写的故事是这样的。

抗联三军宣传科长朱盛与抗联交通员李海去哈尔滨寻找党组织，他们在途中遭遇敌人袭击，朱盛背着负重伤的老交通员李海，躲进暴风雪弥漫的横道河子密林深处。在雪崩时老交通员李海牺牲了，朱盛也因为饥寒交加昏厥在雪地上。就在这时候，有一个猎人救起了他，这个人就是别果夫，也就是拜科夫。拜科夫认出了朱盛。原来十几年前，拜科夫在哈尔滨郊区居住的时候，还是孩子的朱盛到他的庭院里偷马林果，还拜科夫的女儿莲娜产生的爱情。

　　老作家关沫南在《虎影人踪》中这样写道："朱盛四外望望，松林是黑黝黝的，雪地发出深蓝色的光，什么东西都找不见，这中间又听到一声虎叫，声音离得很远。在一阵静默之后，朱盛继续朝前爬去。不久他又听到方才那种声音，松树枝风吹得嚓拉拉响，而且这些声音离得越来越近，终于，前面的雪地上照出一个影子。朱盛猛一抬头，看见在一棵大树后闪出一个人来。这人穿半截黑皮袄，戴一顶长毛帽子，看不清脸。只见他手里端着一支步枪，枪口对准自己慢慢走来。是敌人，朱盛脑海闪出这个念头，就从地上站起来，伸手去抓头上的树枝。他想撅段树干做抵抗的武器。可他饿得虚弱昏迷，还没等脚跟站稳，一下栽到跟前一棵大树上去，头撞着树昏倒了。"

　　朱盛被拜科夫放在雪橇上，拉回到自己在密林深处的帐篷里。朱盛看见救他的是个俄国老人，头上戴着长毛帽子，身上穿着黑皮袄，正是林中那人。一张红白色长满黄胡须的脸正望着他。对方满是皱纹的深眼窝里是一对蓝色的眼睛，惊讶而疑惑地盯住他。他迟疑片刻，竟说出一句中国话来，是你？

　　朱盛与拜科夫认识，而和他的女儿莲娜还是恋人。怎么认识的这个俄国老人呢？故事温馨而浪漫，很有乡愁感。朱盛十几岁在哈尔滨市郊读书时，"他上学总要路过一处由木栅栏围成的院落，里面种着马林果。那长圆形红红的果肉让人垂涎欲滴。有一次,他索性跳进院去,坐在一棵马林树底下,摘马林果想吃个痛快。突然一只纤细白嫩的小手扶到栅栏上,他抬起头看见,外面站着一个比自己的年龄小一点的俄国姑娘,一双浅蓝色的大眼睛正向自己望着。朱盛的脸马上红起来,以为姑娘会喊人,他跳出栅栏拔腿就要走。姑娘挡住他的路,竟用两手捧着一捧红红的马林果,一声不响地递到朱盛面前来。那美丽的眼睛和小红嘴,与其说是露着嗔怪,莫如说是浮着友好的微笑。朱盛记住了她的腮旁有颗好看的黑痣,没接她手里的马林果,羞得转身跑了。"

后来,朱盛进入了俄侨青年学校。那年夏天的一个中午,他走在大门的石阶时,一个俄国姑娘从上面往下来。两人擦身过去了,朱盛觉得后背给人轻轻弹了一下,转过身发现,这是个美丽的少女,浮着并不陌生的微笑向他望着,似乎是想让他认出自己。看朱盛半天想不起来,姑娘举起手用指头比起一个小圆形,竟用语音不太准的中国话说:"怎么,想不起来了?"

朱盛在她腮旁一下认出了那颗熟悉的黑痣,想起那一捧红红的马林果,他止不住激动地上去握住对方的手。姑娘圆润的胸脯剧烈地起伏着,显然是一样地兴奋。以后她让朱盛叫她莲娜,跟她练习说俄语,莲娜向朱盛进一步学中国话。两人虽然同校不同班,童年的邂逅却使他们成了比别的同学远为亲近的密友。朱盛登门拜望时,他发现莲娜的父亲别果夫,竟是他幼年一个同学的家庭俄语教师,说得一口流畅的中国话。过去朱盛常常看见他,只是别果夫并不知道。别果夫红白色的脸上留着络腮胡须,一双眼睛流露着悲哀和沉思的神情,衬着他那非常宽阔的前额。他有点像个思想家。

老作家关沫南在他的作品中,这样描写朱盛在拜科夫家做客的情景和看见的一切:"第一次见面,在莲娜卧室外面的客厅,三个人围坐在一张圆桌前,吃了一餐火腿冷肉、果酱和奶油面包。室内桌椅和橱柜都很笨重,盛红茶的杯子也是大大的,但质地色泽却很考究。朱盛以为别果夫还在做家庭教师,生活竟也显得比较富裕。"以后有两次去,他看见通向客厅的另一扇屋门开着,"别果夫在里面背朝外,坐着一个舒适的椅子,伏在一张大写字台上在写什么。墙壁上有一幅很大的俄国作家托尔斯泰的油画像,墙的另一边,挂着一支双筒猎枪"。这时他知道莲娜的父母是沙皇俄国贵族,是十月革命后逃亡到哈尔滨来的。莲娜说她父亲早年从事过文学工作,现在写小说,是个托尔斯泰主义者。

因为俄国作家托尔斯泰,朱盛与拜科夫有过一次争论,老作家关沫南描绘得十分生动,朱盛是个喜欢文学的人,当他发觉莲娜竟是这样熟悉和热爱俄罗斯文学时,他高兴极了。老作家关沫南在《虎影人踪》中还写道,他认为托尔斯泰是一位人道主义者,他的小说《复活》虽然写了政治犯,却没有反映1905年的俄国革命。"应该说,他一方面无情地批判资本主义,另方面却又痴呆地鼓吹不用暴力去抵抗恶。要知道,俄国人民欢迎艺术家的他,却不欢迎哲学家的他!"

别果夫反对他们的爱情。自那以后莲娜好些天没到学校,听说她病了。朱盛去看她,别果夫端着双筒猎枪出来,堵在门口,怒容满面地对朱盛喝道:"赤色分子,你再来找莲娜,我要给你报告警察……"

朱盛痛苦极了。后来他响应中国共产党哈尔滨地下市委的号召,投身到珠河游击区,入党后来到抗联三军宣传科。

在朱盛几乎要死于暴风雪的这个夜晚,他竟在这荒山野林里遇见了别果夫。"这个奇怪的白俄老人,不在哈尔滨写他的小说,这种时候他在此地干什么呢?难道他变成了日本人的密探?还是背着猎枪在这儿打猎?"朱盛有些迷惑不解。后来才知道一切。在横道河子小街上,像有些俄侨和犹太人在这有别墅那样,别果夫在这里也有个住处。别果夫到这里不单纯是为了打猎,他是为自己,他在写一部小说,来这里和老虎打交道的。记得有一次莲娜告诉朱盛,她的父亲先后有十几年的时间,都消磨在横道河子密林里,跟踪一群老虎,观察和熟悉它们。她说:"我也离不开父亲,若是不结婚,就永远和父亲在一起。"

两年之后,朱盛再去哈尔滨,为了使敌人不致从脚印上发觉曾有人从密林通过,他还是选择了飞雪天。在他过去和别果夫相遇的地方,他找不到那小小的帐篷了。进入横道河子小街,他在夜色中看见,别果夫木屋的门上着锁,外面挂了个铁路小单位的木牌。他想起上次临离哈尔滨时,莲娜那充满泪光的眼睛,一阵惆怅的情绪不禁袭上心头。

朱盛在哈尔滨办完事,还是来到道里离松花江不远的莲娜的家,想看看这父女两年来生活得怎样。使他惊奇的是,他们房间里的一切东西都不见了,包括别果夫的藏书和那些质量考究的家具。悬挂过托尔斯泰油画像的墙壁,只剩下一片鲜明的白印。别果夫和莲娜都有些消瘦,他们坐在客厅的两只木箱上,在吃一个盒子里的点心。两人都盛装束裹,旁边放着随身携带的提包,很像是即将远行的样子。莲娜看见朱盛来到,先是有些惊喜,随后脸色阴郁起来说,我们要离开哈尔滨了,一切东西都邮走了。原来别果夫的长篇小说《虎》正在哈尔滨俄文日报连载,日本宪兵队说书中的虎是隐晦地歌颂山林匪,也就是抗日力量,因此命令停止发表了。而且限期让他们父女离开东北,别果夫不得不带女儿去澳大利亚。

朱盛到火车站为他们送行,别果夫在人声嘈杂的站台上,紧紧握住朱盛的手说:"看来你们的思想也许是对的,我一向不问政治,因此才不写人类,而写老虎,末了我的老虎也离不开政治。"

老作家关沫南的小说《虎影人踪》的故事凄美动人。俄侨作家拜科夫的形象跃然纸上,无论主人公的相貌、眼神、动作,还是衣着、表情、语言,抑或思想,感情,情绪,无一不展现在我们面前。当然这是小说创作,有想象、虚构、形容,甚至夸张,自然不能当作史料看待。但是,关沫南是在20世纪30年代走上文坛的,与俄侨作家拜科夫在哈尔滨的文学创作活动同步,况且拜科夫在文学界有着"虎王"的美名,他的作品还在当时的俄文报刊上连载,并且被翻译成中文,作为同行不会不关注的。遗憾的是,我与老作家关沫南接触的时候,我并不知道拜科夫是谁,他的《大王》当然也无所闻,自然没有与老作家交流他创作《虎影人踪》及俄侨作家拜科夫的情况。当然,现在我们可以当作纪实文学来看,因为小说毕竟来自现实生活,也应该有纪实的成分在里面。这至少让我们对于拜科夫多少有些了解,弥补我们在研究这位俄侨作家时的资料上的不足。

有人评论说,拜科夫是人类有史以来最伟大、最杰出的生态文学家,我不知道是否过誉。所谓的"生态文学"是在拜科夫去世之后才逐渐流行起来的,但我们在他的《大王》中却不难感觉到"生态"等概念的影子在大王和其他动物身上闪现。当环境污染和环境破坏,正悄悄而又快速地席卷全世界时,我们更应该怀念他的事业、他的生活和活动。

拜科夫终于离开了哈尔滨。有资料说,1956年,他带着全家离开苏联迁往澳大利亚。1958年,因动脉粥样硬化于布里斯班去世,当时正是暮色苍茫的黄昏,布里斯班上空的苍穹深处升起了第一颗星星,满是黄色尘土的叶丛披上了一片落日的余晖。那时正是哈尔滨的七月间,丁香花仍在盛开,它那沉甸甸的枝叶挤满了房前的花圃,树叶和丁香的气味飘散着。我看见尤拉正在他的家里欣赏墙上的列维坦的油画。

书信之十

卡嘉,对漂泊在异国他乡的大多数俄侨来说,生活是不幸的。在当年的哈尔滨,很多俄侨生活是非常贫困的,甚至许多新闻记者也大多是这样。有个俄侨彼得雷茨,他是一个专业的新闻工作者,学识渊博,年轻时写过诗,为人正直。他曾顽固地反对过苏维埃政权,可是到了后来就改变了自己的政治立场。20世纪30年代初他从哈尔滨来到上海,在一家俄侨报社工作。因与该报业主不和,便离开了这家报社,后来成为《新生活报》主编。

俄侨作家伊利英娜到过他当年的住处,她有这样的描述:"他住在一个可怜的小房间里。灯上没有灯罩,落满了灰尘。地板是脏兮兮的,角落里挂着蜘蛛网。单人床上是他随便扔着的破衣烂衫。他读者书,很少抬头。他的窗子的厚窗幔外面,是寒冬的夜晚,冰雪打着窗玻璃,发出沙沙声。"因为贫困和疾病,彼得雷茨去世时还不到40岁。

与俄侨新闻记者彼得雷茨相反,在俄国逃亡者中间,同样是俄侨新闻记者的连比奇,似乎幸运一些。他是这样一位著名的报人,他的生活没有那样贫困,事业上却蒸蒸日上,成为流亡在中国最成功的人。他在中国创办了《霞光报》及其横跨哈尔滨、上海与天津的《霞光报》报业托拉斯,在俄国侨民中有着很大的影响,远东俄侨领袖德米特里·霍尔瓦特中将也经常在他的报纸发表文章。这个连比奇是幸运的,也是一个传奇的故事。

　　1922 年 9 月的一天，彼得格勒即今日的彼得堡涅瓦河的一个码头上，"普鲁士号"和"哈根市长号"这两艘轮船即将起航离开彼得格勒开往德国。这是两艘普通的客轮，但乘坐的不是普通的乘客，而是 160 多位即将被撵出苏联的知识分子精英，其中有哲学家、文艺理论家、教授、作家、诗人、画家、歌唱家，还有博物馆学家、工程师、农艺学家等，因为苏维埃当局认为这些人留在俄罗斯对苏维埃国家不利、甚至是有害的，因此他们被"装上"这两艘轮船，离开了自己的祖国。这次事件被一些俄罗斯文化史学家称为 20 世纪俄罗斯历史上的"哲学船"事件。之所以称那艘客船为"哲学船"，是因为船上载着一批 20 世纪著名的哲学家，其中有别尔嘉耶夫、布尔加科夫、洛斯基、弗兰克、卡尔萨文等人。

　　乘坐"哲学船"的这批知识分子从此离开了俄罗斯浪迹天涯，甚至客死异国他乡。当时，俄罗斯知识分子是带着无限的遗憾和伤感离开自己的祖国的。生活中的这次重大转折是他们的一场人生悲剧，可是从后来事件发展的客观结果来看，他们被放逐到国外反倒因祸得福，坏事变成了好事。他们离开苏维埃，在国外能够自由地生活和工作，逃脱了 20 世纪 30 年代苏联国内的政治大清洗，避免了被捕、流放、处决或惨死在古拉格集中营的厄运。更需要指出的是，这批被驱逐的知识分子以及后来通过各种渠道流亡国外的其他俄罗斯知识分子俄罗斯侨民文化精英，他们把俄罗斯文化带到世界各地，在国外继续自己的文化创作活动，促成了俄罗斯侨民文化现象的产生和发展。因此，从传播俄罗斯文化和产生俄罗斯侨民文化的角度来看，"哲学船"事件引出了始料不及的结果。

　　卡嘉，我们还是说一下连比奇吧。连比奇全名梅奇斯拉夫·斯坦尼斯拉沃维奇，1891 年出生于宾杰里一个世袭贵族家庭，1910 年中学毕业后,年仅19岁的连比奇投身于俄国报界,开始在莫斯科的《俄国言论报》报社工作。《俄国言论报》是俄国作家契诃夫倡议创办的,创办者瑟京是当时俄国著名报人,在瑟京的领导下,《俄国言论报》逐渐发展成一家大众报纸,发行量最大时超过100万份。当时著名的作家和记者,我国读者熟悉的蒲宁、库普林、布留索夫、安德烈耶夫等人经常为《俄国言论报》撰稿。第一次世界大战时,连比奇是《俄国言论报》战地记者,前往华沙前线发回了大量报道,因而在俄国报坛声名鹊起,在作家圈子里和读者受众中享有盛名。

尤拉从书架上拿出一本书给我看,这是赵永华的《在华俄文新闻传播活动史》。下面这个故事就是书中讲述的。

当德国人占领华沙的时候,连比奇主动向时任责任主编的布拉戈夫请战赴前线。"请允许我立刻去那儿,在德国人眼皮底下待上一两个月,我会带来最丰富的报道。"连比奇这样说道。

"我不想让你冒生命危险,我不能承担这样的责任。"布拉戈夫回答说。

"冒险是我的事,请您给我点儿盘缠。"

"问题不在钱,而是我不能让你出差,我不能承担道义上的责任。你很难从华沙生还,德国人会发现你的,会把你逮捕。"

"在华沙有一百多万人,德国人干吗单单就注意我哪?我很容易隐藏在人海中。我要去,现在就是钱的事了。"

"这是次要的,你可以在任何时候拿到钱。你要好好想想,你在做什么。你要三思呀!"

谈话的当天,连比奇就乘坐当晚的火车去了华沙。在接下来的日子里，连比奇不断从前线发回的战地新闻，让《俄国言论报》一时"洛阳纸贵"，这为前线报道增色不少。可是，连比奇在一次报道之后，突然消失了。

两个半月过去了，连比奇还是没有消息。突然有一天，编辑部收到了一封电报，是来自西南前线的急电。上面写道："哥萨克侦察兵潜入明斯克（白俄罗斯南部城市）地区时，在敌人后方的森林中，发现一个自称是《俄国言论报》记者的陌生人，他叫连比奇。侦察兵们闯过德国人的防线，把此人带到指挥部。前线指挥部要求编辑部核实是否确有其人。"几天后，连比奇在《俄国言论报》上开辟了《从柏林到莫斯科》的专栏，连续发表了连比奇的特写《在敌人的后方》，这给他带来了"优秀战地记者"的荣誉，军部授予连比奇一枚乔治勋章。连比奇在新闻界的名声越来越大。他的最后一次轰动性的报道是关于前线溃败的消息，连比奇是第一个报道里加陷落的俄国记者。

十月革命后，《俄国言论报》被苏维埃政权查封。在《俄国言论报》工作的人，大部分人流亡到巴黎、贝尔格莱德、基辅、敖德萨等地，有少数人留在了《消息报》工作，而一些年轻人则参加了沙俄科尔尼洛夫将军组织的白卫"志愿军"，连比奇就是其中的一个。1918年年底，科尔尼洛夫将军在战场上被红军击毙，连比奇投奔了在南方的邓尼金将军的军队，在白卫军部队中继续办报。

连比奇在白卫军的工作很有鼓动性，歌颂了白卫军英勇作战。有一天，他被叫到邓尼金将军的司令部，邓尼金将军说："年轻人，你知道我为什么把你叫到我的司令部吗？"

连比奇没有动，仍然在原地站着："我准备接受将军的命令，随时到前线去！"

邓尼金将军没有把他派往前线，而是授予他极高的奖赏，圣乔治十字勋章。他走到这个年轻人跟前，说："你是一个不拿枪的战士，报纸就是你的武器。我认为这个武器是神圣的，它更有力量，是不可战胜的。你会成为掌握着这个武器的将军。"

"将军，我没有想过。"连比奇说。

"年轻人，应该有自己的梦想……"邓尼金说着，把圣乔治十字勋章挂在连比奇的胸前说："去吧，年轻人，我知道你会成为将军，不拿武器的将军。"

1919 年 5 月的一天，连比奇接受邓尼金将军的指示，作为顿河白卫军的代表，穿过已被苏俄红军控制的南方地区的大草原，越过乌拉尔山，到达西伯利亚的鄂木斯克，投奔高尔察克海军上将。他留在西伯利亚继续从事报刊活动，创办了《罗斯报》，把自己一切力量为高尔察克政府效力竭尽自己所能。1919 年 11 月 14 日，红军占领高尔察克政府所在地鄂木斯克。1920 年 1 月 4 日，高尔察克海军上将宣布下台，指定邓尼金将军继任"最高执政"。1 月 15 日，高尔察克在伊尔库茨克被红军捕获，2 月 7 日被处决。这时候，连比奇跟随着溃散的白卫军部队，经历了漫长的艰险的旅途之后来到哈尔滨，终于有了一个落脚的居所。他已经身无分文，是一个流亡者，从此在这里开始了他的侨民生活。

当时哈尔滨成了远东最大的俄国流亡者聚集地。连比奇根据当时的政治局势，机敏地判定俄国不可能很快恢复原来的制度，俄侨要在中国待上很长一段时间。他决定在这里重新开始办报活动。1920 年 4 月 15 日，他与记者希普科夫在哈尔滨共同创办《霞光报》。那时大概"朝霞"一词象征着希望，所以成了那个时代媒体的关键词，这有点像苏联和现在俄罗斯偏爱用"真理"来作为报纸的名称一样。俄文以朝霞一词和出版业联系特别紧密，除了《朝霞报》外，后来还有天津的《俄文霞报》、上海的《上海朝霞报》和哈尔滨的文学幽默杂志《启明星》，这几份出版物均是连比奇领导下的"朝霞"出版公司属下媒体。《霞光报》地址在埠头,即今道里区今中央大街5号。《霞光报》社址在今中央大街和透笼街的交叉处。该楼在20世纪90年代后期被拆除。

连比奇作为一个政治逃亡的新闻记者,他始终不能忘记号召俄侨与布尔什维克斗争到底。在《霞光报》的版面上,他呼吁哈尔滨的俄国侨民团结一致,在异国他乡开辟自己的幸福之路。他对当地的文化状况和政治局势做出正确的估计后,勇敢地决定创办一份"城市"报纸,或者说是"通俗"报纸。从现存的俄文档案判断,连比奇出版公司所辖的媒体能提供当时最先进的排版技术,印刷出当时最精美的报纸。这些媒体向大众提供人们关心的政治、经济方面的资讯。

在俄侨漂泊异国他乡和生活困顿的情况下,连比奇怎么能够成功创办《霞光报》呢? 根据谢列布连尼科夫的记载,《霞光报》之所以能创办是因为接受了原鄂木斯克政府财政部长米哈伊洛夫的资助。

谢列布连尼科夫·伊万·因诺肯季耶维奇,哈尔滨俄侨、记者、方志专家、西伯利亚社会政治家、书商,笔名老哈尔滨人。他当年是高尔察克政权粮食部部长。1920年偕妻子谢列布连尼科娃来到哈尔滨。1920年秋出版了《西伯利亚学》。在哈尔滨举办的合作讲座上讲授西伯利亚学。他与《俄罗斯之声》和《霞光报》等报纸有过合作。不久后迁往北京和天津,担任天津社会商业学校校长,是俄国侨民社团奠基人之一。后迁居至日本、美国。曾在哈尔滨出版《中国经济地理纲要》(1926)和《1919－1923年俄国白军亚洲大撤离》(1936)等著作。当《霞光报》从一份小报逐渐变成具有一定社会影响的,旨在为俄侨服务的大报时,连比奇把目光投向了上海和天津,在那里又分别创办了两份报纸。他断定,在大批俄侨来华避难的情况下,除哈尔滨以外,主要的俄侨聚居地将是上海和天津。

连比奇在 1925 年迁居上海后，在这座旧中国报业最发达的城市，当年 7 月 3 日《上海霞光报》报社筹备人员向公共租界提出了办报申请，获批准后于 10 月 25 日正式在沪创办了《上海霞光报》，当时社址在公共租界百老汇路，即今大名路 125 号。中国报业史学家戈公振称其为哈尔滨《霞光报》之分支。王文彬编著的《中国现代报史资料汇辑》一书中称"《上海霞光早报》和哈尔滨《霞光报》是两家姊妹报"。在 1927 年底，连比奇从哈尔滨返回上海，萌发了在天津办报的念头。这样《俄文霞报》诞生在天津英租界河坝 302—4 号。行销华北，覆盖北京、天津、沈阳等地，日发行量 1500 份左右。天津《俄文霞报》的创办标志着连比奇霞光报系的最终形成。在报纸的最后，横线下面写着"连比奇出版公司，哈尔滨——天津——上海"。至此，连比奇在中国的办报事业进入全盛时期，成立了同时拥有三大俄文报纸的远东俄侨报业托拉斯。这是迄今为止我们知道的外侨在华办报历史中唯一的一个跨地区跨行业的报业集团。

不幸的事情还是在连比奇身上发生了。1925 年，他随着《上海霞光报》的创办而移居上海七年之后，1932 年 11 月 19 日，他因肺炎客死上海，年仅 41 岁。在连比奇去世的第二天，下午四点钟，在哈尔滨的昏暗的圣索菲亚教堂，人们为他举行了哀悼仪式。整个城市笼罩上了一层暮色，为葬礼更增添了哀伤。

圣索菲亚教堂对于连比奇来说很亲切。据说圣索菲亚教堂与连比奇在哈尔滨的住所都在透笼街，相距约不过二百米。连比奇生前经常去圣索菲亚教堂，每月都要捐赠。他的婚礼也是在这个教堂里举行的。虽然他在生命的最后几年主要生活在上海，但他的报刊出版活动一刻也没有中断与哈尔滨的联系，常年往来穿梭于哈、津、沪三地。如果恰逢复活节,他必定要到圣索菲亚教堂做晨祷。所以,《霞光报》全体成员对他的悼念活动也就选择了这里。以后,在每年的 11 月 29 日的连比奇的逝世纪念日,中午 12 点,《霞光报》报社都会为连比奇在圣索菲亚教堂举行哀悼仪式。

连比奇成功地创办跨越哈沪津的《霞光报》报业托拉斯。

连比奇死后,由他的妻子奥莉加·维克托罗夫娜·连比奇出任"霞光"报系的业主和发行人,聘请连比奇生前好友叶·萨·考夫曼为经理,接管报务。奥莉加于 1901 年 6 月 10 日出生在西伯利亚的上乌金斯克,今乌兰乌德。与连比奇结合后,于 1921 年 8 月 29 日在哈尔滨生了一个女儿,取名奥莉加。1925 年,她随丈夫到上海生活。若干年后移居美国,把家庭图书馆的全部收藏都捐赠给了在纽约的托尔斯泰女儿创办的托尔斯泰基金会。这是一家美国俄侨的民间救济组织,1939年 4 月 15 日正式成立于纽约,发起人和第一任会长是列夫·托尔斯泰的女儿亚历山德拉·利沃芙娜·托尔斯塔娅。该基金会曾经帮助无数陷于困境的散落在世界各地的俄侨。

连比奇逝世一周年的时候,在上海,人们在他的墓地上树立了纪念碑。墓碑的造型是一张展开的报纸,上面写着"霞光",在"霞光"下面标注着"哈尔滨—上海—天津"字样。

这是哈尔滨俄侨在上海留下的最美的墓碑。

书信十一

　　卡嘉,你现在在什么地方呢? 旅行是一件很有趣味的事情,常常会遇到一些意外的事情。你还记得吗? 那年你回哈尔滨见我。你走时去机场的时候,我们在吉林街上一家饭馆吃饭,我看你是依依不舍的样子。吉林街东头就是省委大楼,大楼前面的那条大街就是著名的花园街。街上还有两个重要机构,在与红军街交口处是省人大,在街的西口,则是花园邨,那是一个很大的院落,树木繁茂,别墅掩在其中,很是神秘,那是接待高级领导和外宾的地方。当年我在哈尔滨第七中学,即现在改为萧红中学读书的时候,上学和放学常常从门前路过,从来就没有想进去,那时候不敢有这个想法。花园村附近还有两幢高大的建筑,一是北方大厦,一个是红太阳展览馆,这都是哈尔滨著名建筑。

　　每当尤拉回忆少年往事,情不自禁想起花园村墙外面那片茂盛的丁香树丛。"那一年的夏天,我与卡嘉去一个同学家。同学父亲是作家,是文联主席,那时候我是多么爱文学,我是向同学父亲讨教文学。我们去的时候,路过这片丁香树丛,卡嘉这时停下来,仰头望着树上的花簇。回来的时候,我们也是路过片丁香树丛,她也停下来,还是仰起头,望着树上的花簇,闭上了眼睛,嘴里在默默地念着什么。我问她在做什么,她笑着说,我不告诉你,你以后就会知道了,我说,你不告诉我我也知道,你以后会成为我的媳妇儿,说着,我哈哈大笑,她羞红了脸跑开了。那时候,我记得,这片丁香树丛开得很好,香气浓郁,阵阵扑来,花园街我永远记忆的地方。"尤拉这样对我说。

　　许多年之前,也是在哈尔滨这条街上,在接近果戈里大街的地方,与花园小学比邻的343号浦发银行址,是一幢欧式折中主义风格的三层大楼,原为俄国设计师斯维利多夫所建造。这是对哈尔滨俄侨文学史感兴趣的人应该永远记忆的地方。我回想起在那个时代,在这里出现了盛大的文学宴会,俄侨诗人的圣诞之夜。高莽记得在大礼堂举行的一次最隆重的集会,是1937年纪念诗人普希金逝世100周年。哈尔滨的俄侨全力筹备了那次纪念活动,当然包括"丘拉耶夫卡"成员,有六七百人出席,高莽那时还为班上临摹了一幅普希金肖像,挂在课堂里。这是俄侨们最后的晚餐。那位俄侨阿恰伊尔与他的"丘拉耶夫卡"们,永远离开了哈尔滨。

　　在道里、南岗或者道外的旧城区,你刚拐过一条老街,就会置身于另一条繁华的街道,墙上挂着黑色的大理石街牌,介绍说这是什么历史建筑。但我总是觉得语焉不详,如果像在巴黎的老城区那样就好了,每次走过这里,我都要看上几眼,觉得这样一个老建筑,应该有它的故事,却不知道它的来历。后来在有关哈尔滨的历史资料上看到,这里原是花园街59号,历史上曾是哈尔滨青年基督教联盟学校所在地。知道它的历史后,我想了许久,这是一座很有纪念意义的建筑,人们应该在这幢大楼的墙壁上,镶嵌这样一个铭牌:"俄侨丘拉耶夫卡文学会址,远东俄侨文学的摇篮。"这是当年流亡在哈尔滨的俄侨作家与诗人活动的地方。

　　俄罗斯民族有着酷爱文学的传统。尤其是 19 世纪的俄罗斯文学，
群星荟萃，光芒四射，达到辉煌的顶点，史称俄罗斯文学的"黄金时
代"。19 世纪末 20 世纪初，俄罗斯文学以诗歌为主要创作形式，被称
作"白银时代"。十月革命后流亡到世界各地的文学家继承了"白银时
代"的传统，以诗歌创作为主。在中国的哈尔滨和上海，俄侨人数最多，
拥有广泛的读者和大型的出版机构，以及强大的编辑力量和作家队伍，
是俄侨文学活动最活跃的地方。
　　哈尔滨俄侨的文学创作群是俄罗斯文学在远东的重要分支。中国
的俄侨文学保留了原来的俄罗斯民族风格，又吸收了东方的手法，是东
西方交融汇合的结果。其中很多侨民文学家是移居中国之后才成名
的，或者是在中国才开始文学创作活动的，是中国为他们提供了施展文
学才能的舞台。俄侨诗人的创作也可以说明这一点。许多俄侨诗人对
中国极有感情，中国是给予他们心灵慰藉的国度。侨民诗人帕尔乌申
认为中国，认为哈尔滨是他的庇护神："多少次遇到艰难的考验，多少次
面临生死的难关，每每是你为流亡者提供庇护，保护了俄罗斯灵魂。"
　　1926 年，在这所基督教"联盟"的学校里，阿恰伊尔成立了"丘拉耶
夫卡"文学会，从此这里出现了以其为代表的一批优秀俄侨作家与诗人
群，构成流亡国外的远东文学的重要组成部分。《俄罗斯侨民文学史》
主编阿格诺索夫曾经说："他们可以被写进任何一部俄罗斯文学史，他
们的作品可以被列入任何一部 20 世纪俄语诗歌选集。"哈尔滨"丘拉耶
夫卡"文学会对这座城市以及上海俄侨文学的发展与繁荣产生了重大
的影响。
　　我国著名学者、画家、翻译家、作家高莽，当年就曾经在这所学校

读书。

高莽在《哈尔滨——我成长的摇篮》一书中说："我们的教务主任格雷佐夫（笔名阿恰伊尔）是当地一位著名的诗人，他发起组织的丘拉耶夫卡文学会，在俄罗斯侨民当中颇有影响。文学会团结了一批文学爱好者，组织各种活动，地点就在我们学校。我们有的语文老师就是那个文学会的成员。那时我还不能理解俄罗斯文学艺术拷问人生的重大课题，但小说中的故事、诗歌中的音乐旋律、绘画中的感人场面，却把我带进一个梦幻的世界。"

阿恰伊尔·阿列克谢，哈尔滨"丘拉耶夫卡"的创始人，也是流亡在哈尔滨的俄侨著名诗人。他原名为格雷佐夫·阿列克谢·阿列克谢维奇。1896 年出生在鄂木斯克阿恰伊尔镇的一个哥萨克家庭，从小爱好写诗。1914 年毕业于鄂木斯克的西伯利亚哥萨克军队的军事寄宿学校亚历山大一世西伯利亚第一武备军官学校。1914 年至 1917 年在莫斯科彼得罗夫·拉祖莫夫科学院学习。1918 年加入了高尔察克海军上将的白卫军，参与国内战争受伤。曾在海参崴《最新消息报》任编辑。1919 年底，苏俄红军攻占了鄂木斯克，格雷佐夫与父亲一起跟随部队撤往海参崴，后于 1922 年来到哈尔滨，在哈尔滨青年基督教"联盟"开办的中学里工作。他在侨居哈尔滨期间，20 世纪 20 年代中期以后，他开始了以自己家乡"阿恰伊尔"为笔名，从事文学和教育活动，经常在俄侨杂志上发表作品，先后出版了《第一本书》(1925 年)、《简洁》(1937 年)、《艾蒿和太阳》(1938 年)、《小路》(1939 年)、《在金色的天空下》(1943 年) 等 5 本诗集和没有发表的叙事诗《看不见的花园》(1945 年)。

在阿恰伊尔的诗歌中弥漫着浓浓的中国情怀，充满了中国的生活气息。他经常描写风景、台风、巫师、神像、骆驼商队、帆船和杂货铺等等,他的诗富有音乐感,读起来轻松、细腻、悦耳。他擅长描写远东的自然风光,在他的笔下,松花江和广袤的满洲平原都透出一股淡淡的哀伤。他的脍炙人口的代表作,有抒情诗《小鸟》《忧愁》《炽热的晚霞沐浴在薄雾中》《山路的微风是我快活的带路人》等,具有很大的吸引力,形象地勾画出为作者所陶醉中的远东大自然画面。他还赞赏俄罗斯美丽的大自然,在思念祖国的伤感中透着乐观的希望。

阿恰伊尔在哈尔滨《边界》杂志还发表过他的一些小说。他也经常在《上海霞光报》上发表自己的作品,如 1931 年 10 月 8 日的文章《世界的旗帜》和诗歌《黑色的》,1932 年 11 月 8 日的诗《你好,西伯利亚的土地》,1936 年 1 月 7 日的《关于未来祖国的诗》等。哈尔滨另外一位著名诗人涅斯梅洛夫在《上海霞光报》上发表的作品,有 1933 年 1 月 1 日的小说《银谷的野兽》,1935 年 4 月 18 日的诗歌《献给后代》等。1931 年阿恰伊尔编辑了文集《七个》,1933 年任哈尔滨立宪民主党协会出版委员会主席。1936 年诗作被收录在侨民文选《锚》中,出版了诗集《第一个》(1925),《简洁》(1937),《艾蒿和太阳》(1938),《小路》(1939),《在金色的天空下》(1943)等。

哈尔滨俄侨"丘拉耶夫卡"文学社团聚会活动方式,继承了俄罗斯人特有的那种沙龙传统,作为流亡者的俄侨把自己的民族沙龙情结带到了哈尔滨。他们每周活动两次,这些人中有很多是崭露头角的年轻诗人,也有早已成名的作家与诗人,也请一些有名的学者参加。活动内容是举办报告会或文学晚会。

在"丘拉耶夫卡"文学社团十余年的活动时间里,先后有著名学者来此做报告。其中有著名画家、作家寥里赫,著名的俄罗斯语文学家普提亚托和著名记者韦谢洛夫斯基等。哈尔滨"丘拉耶夫卡"文学社团成员的作品多发表在当时的俄文文学杂志《边界》上。为了鼓励青年人发表作品,1932 年 7 月 3 日,他们创办了自己的刊物《丘拉耶夫卡报》文学周报,以哈尔滨《每日新闻》晚报的周末副刊形式出版,但仅出版了 6 期,于 8 月 6 日停刊。12 月 27 日由基督教"联盟"文学培训班主办的《丘拉耶夫卡报》问世,月报,共八版。

哈尔滨俄侨的"丘拉耶夫卡"就当时的名气,早已超出了哈尔滨这座北方城市地域的局限,在中国所有生活着俄侨的城市里,都能捕获到"丘拉耶夫卡"的声音并感受到其深远的影响。后来这种影响远及上海,这是后面的故事了。

参加哈尔滨的"丘拉耶夫卡"文学社团的主要诗人有 40 多人,他们是涅斯梅洛夫、安德森、沃林、格拉宁、拉比肯、奥布霍夫、别雷列申、拉辛斯卡娅、列兹尼科娃、萨托夫斯基、斯维特罗夫、斯洛博奇科夫、捷利托夫特、晓戈列夫等人。

哈英德罗娃是哈尔滨侨民圈中的著名女诗人和资深记者,是"丘拉耶夫卡"最坚定的追随者。她的青春时代是在哈尔滨度过的,在她的诗作当中能感受到她对中国大地的热爱和对俄罗斯祖国的眷恋。诗人是《边界》《帆》《星期一》杂志及《丘拉耶夫卡报》的固定撰稿人。1940年,哈英德罗娃移居大连,担任了当地文学小组的负责人。在大连生活期间,她出版了诗集《阶梯》(1939 年)、《翅膀》(1941 年)和《歧路彷徨》(1943 年)。

哈尔滨俄侨文学的发展离不开"丘拉耶夫卡"文学社团,当然也不能离开《边界》文学杂志,甚至可以这样说,没有"丘拉耶夫卡"文学社团,没有《边界》这个发表园地,就没有俄侨文学在这里所留下的精彩篇章。

这里特别值得一提的是,俄罗斯妇女在文学领域,具体来说是诗歌创作领域,同样取得了不俗的成绩。她们以俄罗斯女性特有的激情和细腻描述了客居他乡的孤独和生活的困苦。文学社团"丘拉耶夫卡"是这些女诗人和女作家走向成功的起点。

1932年哈尔滨沦陷后，日伪统治下的哈尔滨已丧失了昔日的文化环境与创作氛围，这里的俄侨作家、诗人、记者、编辑陆续涌到上海。上海是仅次于哈尔滨的俄侨聚集城市，俄侨文学也很活跃。在当时的上海也曾出现俄侨文学活动小组。成立于1929年10月的"星期一"联合会在上海俄侨中很有影响，每星期一聚会一次。1934年，俄国著名作家蒲宁担任该会的名誉会长。

上海"东方"文学艺术联合会成立于1933年，下设文学部和音乐部。1933年，来自哈尔滨的俄侨作家、诗人、记者、编辑组织了上海"丘拉耶夫卡"文学团体。第一次活动只有五六人参加，后来增加到几十人，甚至达几百人。他们每星期五举行一次活动，形式与哈尔滨"丘拉耶夫卡"相似。1935年，该组织并入上海俄侨文艺团体"东方"，壮大了上海俄侨的文学的力量。

在20世纪三四十年代，上海最有影响的俄侨文艺团体是"赫拉姆"联谊会，全称是"俄国艺术家、文学家、演员与音乐家联谊会"，该组织每星期三聚会一次，举办各种文艺演出，还开展文艺专题讨论和交流，组织诗歌比赛。1934年的诗歌比赛中，优胜者就是《上海霞光报》的小品文作家、俄侨诗人希洛夫，还有女诗人拉宾娜。希洛夫，著名俄侨诗人、小品文作家，1918年在满洲里主编《东亚报》，1932年移居上海，任《上海霞光报》编辑及专栏作者，并在诗歌比赛中摘取了"诗王"桂冠。

当年在哈尔滨与"丘拉耶夫卡"与《霞光报》有着密切联系的俄侨作家、诗人、编辑和记者，成为上海俄侨文学的重要力量。值得说明的是，《上海霞光报》是1920年4月15日创办于哈尔滨的《霞光报》的托拉斯，是上海影响最大的俄文日报，有许多知名的俄侨文人都曾在编辑部任职或兼职。老记者、著名汉学家阿诺尔多夫出任该报主笔。

阿诺尔多夫是哈尔滨著名俄侨报人、汉学家,高尔察克海军上将的部下。他从在托木斯克大学毕业后即从事新闻工作。1918 年 10 月曾任鄂木斯克政府出版局处长,随后又在高尔察克政府担任过出版局局长。1920 年底逃亡哈尔滨,参加《霞光报》编辑工作。阿诺尔多夫经常有文章在报刊上发表,并有多部著作出版。他 1925 年移居上海,任《上海霞光报》主笔。

俄侨女作家伊利英娜,其父为白卫军军官。1920 年和母亲及弟弟逃亡到哈尔滨,毕业于哈尔滨青年基督教联盟学校和哈尔滨东方商业专科学院,是"丘拉耶夫卡"成员,她于 1936 年移居上海,并开始为《上海霞光报》和《我们的生活报》等媒体撰稿,就职于《上海报》,发表的作品基本上都是关于她在哈尔滨的生活。

安德森·拉丽莎·尼古拉耶夫娜,哈尔滨俄侨、女诗人、新闻工作者、芭蕾舞演员。她出生于伯力,1922 年随父亲安德森从海参崴来到哈尔滨,在奥克萨科夫斯大卡娅古典中学完成学业,后成为哈尔滨文艺社团"丘拉耶夫卡"的成员。1931 年她的诗作被收录到该文艺社团的诗集《七个》中。她曾在《边界》《丘拉耶夫卡》等杂志社工作。1933 年她迁居到上海任《斯罗沃报》的编辑并在《上海霞光报》发表作品。1940 年在沪出版作品集《在草地上》。1956 年离开中国,辗转于印度、非洲、印度尼西亚等地,1960 年定居法国。

哈尔滨俄侨、"丘拉耶夫卡"文学会的创始人,著名诗人阿恰伊尔也经常在《上海霞光报》上发表自己的作品,如 1931 年 10 月 8 日的文章《世界的旗帜》和诗歌《黑色的》,1932 年 11 月 8 日的诗《你好,西伯利亚的土地》,1936 年 1 月 7 日的《关于未来祖国的诗》等。

在中国的俄侨诗人不但在诗作里表达出对中国的友好感激之情,

而且他们的诗歌作品中也融入了中国文化的成分。中国的社会风貌、风土人情、地域山水、生活习俗都成为他们诗作的内容,他们还把中国人和中国大地上的山山水水、一草一木看作审美对象加以描述。在这方面,俄侨作家伊万诺夫就是一个著名的例子。

卡嘉,在苏联作家中有几个名为伊万诺夫的人,看见这个名字,许多中国老读者会想起他的小说《铁甲列车》,这部作品曾经在中国风靡一时,脍炙人口。开始我也以为是这个伊万诺夫,很是兴奋,创作《铁甲列车》的伊万诺夫还在哈尔滨生活过? 找来了有关的材料,发现此伊万诺夫非彼伊万诺夫。需要说一句,他也是哈尔滨"丘拉耶夫卡"成员。

这位伊万诺夫是谁呢? 有关著作是这样介绍他的,弗谢沃罗德·尼卡诺洛维奇·伊万诺夫,沙皇军队的军官。在高尔察克海军上将崩溃的时候,他从海参崴来到中国,开始了他在哈尔滨和上海等地的侨民生涯。

伊万诺夫是一个具有世界声誉的作家和哲学家,他对中国怀有赤子般的情感,在《奇妙中国》和《中国的文化风俗》两篇随笔中,他以深情的笔调向俄罗斯人介绍了中国文化的深奥与伟大,在他以后的哲学和文学作品中都体现出对中国文化的尊敬。

1897 年至 1906 年,伊万诺夫居住在俄国卡斯特拉马,他在这里接受了小学教育。之后,在市里一所教授古希腊语和拉丁语的学校学习,师从著名的德国哲学家威廉·文德尔班教授和亨利·里克尔特教授。1933 年他在哈尔滨出版的《人的事业:文化哲学的经验》一书的扉页上,表达了对两位教授的感激之情:"献给尊敬的老师海德堡大学教授威廉·文德尔班,亨利·里克尔特。"1912 他完成了彼得堡大学历史语文系的学业并参加了沙皇军队。这段军旅生活给他日后的人生留下了难以磨灭的印象,其中的很多经历都成了他后来的创作素材。1922年他离开了祖国,开始了漂泊的生活,先从海参崴去了釜山,之后到了奉天,1923年来到了上海,1924年又到了哈尔滨。

多少年之后,20世纪60年代末,在去世的前几年,伊万诺夫在回忆自己丰富而传奇的经历时写道:"真是奇事,在几所大学里逛了几圈,听了数千次不同教研室的大课,可是它们都没能给予我军营所给予的东西,对生活的宏观和深刻的理解。不要拼死捍卫某些理想,而要为充满生机的大地和活生生的人,为活生生的国家而奋斗。"

在哈尔滨期间,伊万诺夫成为"丘拉耶夫卡"会员,与当地俄侨创办的《光明报》《俄罗斯言语报》合作,也为上海俄侨创办的《星期一》撰稿。他曾任哈尔滨俄侨报纸《公报》的主编。1925年,他向苏联驻哈尔滨领事馆递交了"苏联国籍申请书",取得苏联国籍,开始为苏联使馆发行的《上海赫勒尔德》(英俄文)工作。这期间他经常在《真理报》《消息报》上发表有关中国的文章,例如《满洲里和中东铁路》《中国和它的第24次革命》《中国·俄罗斯·中东铁路·满洲里》等作品。

我稍微梳理了一下,我认为伊万诺夫是喜欢中国文化的俄国人,他醉心于东方和东方文化。中国大地给了他自由遐想的空间,在这里他成为一名作家和哲学家。他对中国文化和历史产生了浓厚的兴趣,研读了大量的相关文献,另一方面,他开始认真审视祖国的历史和文化。在中国所受到的文化熏陶为他日后成为著名的历史小说家做了铺垫。在他出版的《喇叭花》文学艺术文集里,发表了特写《北京》,反映出对北京生活的喜爱。在这篇作品中他把博物馆藏画中所表现的历史与现实生活中所观察到的画面融合在一起,勾勒出一个具有非凡精神魅力的整体。当然他也喜欢哈尔滨,曾在这里生活了许多年,在这里写作了许多著作,自然也有回忆录在其中。生活在哈尔滨期间,他出版了自己的最初的具有诗化特征的历史哲学著作,《在国内战争中·自鄂木斯克记者的札记》(1921)、长诗《流亡者之诗》(1926)、《我们·俄罗斯国家体制的文化历史基础》(1926)、《母亲》(1935)等多部作品。

　　哈尔滨的"丘拉耶夫卡"的诗人们在欢度俄侨文学圣诞之夜,享用了自己的最后晚餐后,阿恰伊尔1945年8月被苏联红军逮捕,并被遣送回苏联,在西伯利亚监狱被关押了十年,1956年释放后生活在新西伯利亚。这位当年哈尔滨基督教青年联盟学校的音乐教师,仍然教授声乐课程。1960年的一天,他给学生正上课时,突然感到身体不适。学生们围了过来,他悲哀地说:"同学们,祖国把我们赶出了家门,我们却把她带往世界各地。"他倒在了讲台上。这是他给世界留下的最后一句话。

　　阿恰伊尔被苏联红军逮捕,并被遣送回苏联后,他的妻子阿恰伊尔·多布罗特沃尔斯卡雅·加利·阿波洛诺夫娜留在了哈尔滨,她是一位很优秀的歌唱家,培养了许多中国学生。这是我将在后面讲给你的故事了。

书信十二

　　"这里的一切都生机勃勃，热闹非凡。群英荟萃于此。这里有名门望族、达官显贵、社会名流、上层人物、专家学者，其中许多人精通数门外语。这里有热情的会面，有激烈的冲突，也有类似屠格涅夫笔下的旅途爱情。这里的一切就像晨曦中满是露水的花园……"这是哈尔滨俄侨作家弗·尼·伊万诺夫在自己的回忆录里的话，充满着艺术的芬芳。

　　卡嘉，哈尔滨就是这样的有着艺术氛围的城市，就说她的建筑吧。在南岗区圣尼古拉大教堂原址，现红博广场东南侧，有一栋奶黄色的建筑，与博物馆正面呼应的一座三层建筑，旧称"梅耶洛维奇大楼"，文艺复兴风格，形态优雅又不失庄重。1921 年，犹太人鲍利斯·达尼洛维奇·梅耶洛维奇在哈尔滨修建。在这幢大楼的三层，当年有一个名为"荷花"的艺术学校，创办于 1952 年。当时的《哈尔滨傅家甸工商与铁路指南》曾刊登过这所艺术学校的一则广告："荷花艺术学校招生，开设素描和写生班、钢琴、小提琴、朗诵和哑剧表演班、音乐理论和视唱练班、艺术史班等。"这《哈尔滨傅家甸工商与铁路指南》今天还保存在哈尔滨档案馆里。当我抚摩着它发黄的报纸页的时候，我感到这所学校发出的久远的浓郁的艺术芳菲。

　　当年俄侨女作家叶莲娜·塔斯金娜称其为"梅耶洛维奇之家"。她无数次路过这里，却不知道大楼顶层，曾有一所"荷花"艺术学校在那里。在十月革命后逃到哈尔滨的俄国知识分子,不仅有极富天赋的画家、才华横溢的雕塑家,还有著名的钢琴家、舞蹈家、音乐家等,在他们中间的一些艺术家,成为哈尔滨这个当时艺术沙漠的绿洲,在它的上面生发的花,即颇具影响力的"荷花"艺术学校的教师,因为他们的艺术教育活动,学校被誉为哈埠"艺术家的摇篮",培养出了一大批中俄艺术学生,后来活跃于世界各地。

说起"梅耶洛维奇大楼",在20世纪二三十年代,曾与莫斯科商场、吉别洛·索科楼、中东铁路高级官邸、新哈尔滨旅馆等多幢各种风格的建筑,形成了一组环绕圣·尼古拉大教堂的优美建筑群,成为哈尔滨南岗地区的中心广场。在这个中心广场上,有着最美的城市天际线和最美的景观,也有人们最美的回忆。那个时候,是平和、宁静而舒缓的,没有现在的尘世的喧闹、拥挤和浮躁。"梅耶洛维奇大楼"留给人们的回忆,大概是"荷花"艺术学校这个故事了。

在遥远的俄罗斯,1989年的时候,有位库兹涅佐娃老人,她当年在哈尔滨出生,但在1928年就离开了。现在生活在亚罗斯拉夫尔。她在当地艺术博物馆举办了一个以"荷花"为名字的别开生面的东方题材的画展。在当地引起了不小的轰动。俄罗斯——中国,亚罗斯拉夫尔——哈尔滨,有着怎样的故事?

在展出了作品,中国名山大川之宏伟,小桥流水之恬静,庭院园林之隽秀,农民车夫之朴质尽入眼帘,令人流连忘返。这些精品的作者几乎都是哈尔滨"荷花"艺术学校的师生。这里包括库兹涅佐娃本人和她的丈夫基齐金的旅行作品。库兹涅佐娃以水彩、水粉创作为主,她的创作风格受到了中国文化影响,具有浓郁的东方风情和装饰风格。逝世前,库兹涅佐娃把夫妇二人的作品以及收藏捐献给了雅罗斯拉夫尔艺术博物馆。库兹涅佐娃 2005 年去世。她恐怕是当年哈尔滨"荷花"艺术学校的最后一名学生了。

维拉·叶梅利亚诺夫娜·库兹涅佐娃,1908 年出生在哈尔滨,她父亲库兹涅佐夫·叶米扬诺维奇出生在白俄罗斯,当兵时来到中国。库兹涅佐夫当时参加了镇压义和团运动,战后退役,成为一名花匠。库兹涅佐夫在哈尔滨遇到了谢洛娃。谢洛娃一家是从克拉斯诺达尔边区来到哈尔滨的,当时中东铁路急需技术人员,谢洛娃的父亲恰好是一名建筑师。后来谢洛娃成为库兹涅佐娃的母亲。

库兹涅佐娃的父亲虽然是个花匠,他一直坚持孩子接受教育,即使在生活最拮据的时候,她和姐姐也能继续学业。她毕业于市立女子中学,还在奥克萨科夫斯卡娅学校学习芭蕾,接受了几年专业训练,但她对芭蕾舞始终提不起兴趣,倒是喜欢绘画。她记得自己总是随时随地地涂鸦,在家里的墙上,在好友的笔记本上。几年后开始临摹瓦斯涅佐夫和列宾等大家的作品,一直想找个名师系统学习。

库兹涅佐娃在荷花艺术学校里遇到了学校创始人基齐金。米哈伊尔·亚历山德罗维奇·基齐金是素描和色彩课的老师,虽然哈尔滨有很多艺术家,但是还没有谁的作品能让人如此的倾慕激动。

就是这样,库兹涅佐娃崇拜基齐金并爱上了他。我查找了许久,这是"荷花艺术学校"的爱情故事。

有一天下午,基齐金和库兹涅佐娃一道去松花江对面的太阳岛散步,他们带了画夹,准备写生。一会儿穿过树林,一会儿走在堤岸上。他们观赏周围的美景,尤其是想从对岸看看城市的气派。眼下他俩正从一处走到另一处。库兹涅佐娃走累了,便坐在一棵枝叶婆娑的大树下。基齐金站在对面,背靠着一根树干。

这当儿,蓦地从密林深处传来喜鹊的啼叫,基齐金心中猛然一惊:

此情此景当初不已有过吗？"咱们去采蘑菇吗？"他问。

"还不到采蘑菇的时候，应该在下雨天。"她回答。库兹涅佐娃摇摇头，缄默无言，随后她站起身，两人又继续漫步。她这样走在他身旁，他的眼睛一次又一次地转过来看着她。她的步态太轻盈啦，宛如被衣裙拖着往前飘去似的，他情不自禁地常常落后一步，以便把她的美姿全部摄入眼帘。他们走到一片长满野草的空地上，眼前的视界变得十分开阔了。基齐金不停地采摘着地上生长的野花，一次当他再抬起头来时，脸上突然流露出强烈的痛楚。"我们在这里停下来吧。"他说。库兹涅佐娃不解地望着他。

"我在家乡有一个习惯，喜欢在郊外写生，今天，你就做我的模特可好？"

她点点头，眼睛却垂下去，一动不动地凝视着他拿在手里的那朵野花。他把那朵野花戴在她头上，两人就这么站了很长时间。当她再抬起眼来望他时，他发现她的两眼充满微笑。库兹涅佐娃走到草地上，拉着衣裙做出各种姿态来。"我这样好吗？"她问。

他说："你做什么样的姿态都是美的，我都喜欢。我要在这草地上，留下咱们的青春，以后我们会共同回忆的。"

两人都笑了。空气变得闷热起来，西天升起一片黑云。"要下雨了。"库兹涅佐娃说。

基齐金说："啊，真是不凑巧，我想这样画你一辈子呢。"他们肩并肩，向着江边走去。

渡江时，库兹涅佐娃把一只手抚在船舷上。基齐金一边划桨，一边偷看她。她的目光却避开基齐金，脸色绯红地望着远方。基齐金的视线于是滑下来，停在她那只手上，这只苍白的小手，向他泄露了她不肯告诉他的秘密。这时候库兹涅佐娃觉出他在看她的手，便慢慢地让手滑到了舷外的水中。

他们之间产生了爱情。

1928 年 1 月，基齐金去了上海，不久寄来一封信，邀请库兹涅佐娃也去上海。她的睫毛轻微在颤动。她的脸色绯红，库兹涅佐娃很快赶到基齐金的身边，这以后，他们开始了相濡以沫的生活。他们在上海时，在杜邦大道上租了一间非常好的画室，前后租了七年。这是一个真正的画室，宽敞明亮，有丰富的光线，就像伦勃朗的画室一样，人可以舒心地画画。这个愿望在这里得以部分实现。画室在一楼，有一面墙那么大的窗户，用屏风当作隔断，既有卧室又有工作间。他们过得非常简朴，只购置生活必需品，其余的钱都用来旅行和购买画具。

在中国最大的城市上海，有着这么一间"真正的画室"，这是令人羡慕的。这一年，他们温暖的家，从哈尔滨来了一位朋友，这是荷花艺术学校的雕塑课教师阿·卡米尔斯基，经常造访他们夫妻的画室，他那时已经在杭州中国艺术学院任教。他与基齐金是在莫斯科绘画雕塑建筑艺术学校的同学。

有一天，库兹涅佐娃说："卡米尔斯基是一个可怜的人。"基齐金沉默了好一阵，说："是啊，我们都是可怜的人，没有自己的祖国。"过去了好长日子，他们都没有见到卡米尔斯基。他们知道，他已经死了。因为从他侨居的法国传来消息，他生活得非常艰难。"

基齐金 1883 年出生在彼尔姆一个农民家庭，1901 年接受专业美术教育，1917 年毕业于莫斯科绘画雕塑建筑艺术学校。1918 年，俄罗斯发生了严重的经济危机和饥荒，基齐金回到了乌拉尔的父母身边，作品留在了莫斯科。国内战争爆发他无法返回，就在当地一所学校做教师。高尔察克撤退时，命令学校搬到赤塔，于是他到了赤塔，之后又被派往海参崴运送油画颜料和画布。1920 年移居哈尔滨。

基齐金留在了中国，这一住就是二十七年。20世纪40年代，上海俄侨的艺术圈非常关注苏联的事情，他们与苏联领事馆多次合作过，负责组织苏联俱乐部，画板报，都是无偿的。1947年，俄侨可以回国了，他们有了离开上海的机会。当时法国、英国、比利时的外交官都希望基齐金去他们的国家，美国大都会艺术博物馆也找过他洽谈画展的事情。但是他选择了回国的道路。本来苏联领事馆代表和塔斯社驻上海站的负责人都建议基齐金晚些时候回国，并答应在去莫斯科的列车上给他预备一节包厢。但是基齐金等不下去，他们加入了回国大军。

基齐金于1947年回到苏联，先后在夏塔·吉尔艺术学校、雅罗斯拉夫尔艺术学校任教。1948年起，他们生活在雅罗斯拉夫尔，人们热情地接纳了他们。1954年，基齐金终于第一次在祖国举办了个人画展，随后他在1958年于莫斯科又举办了一次联合画展。不过回到苏联期间，他的创作几乎停止了。1967年基齐金在雅罗斯拉夫尔逝世。

基齐金的创作风格保持了俄罗斯传统，存世作品不多，但是凭借"俄罗斯人在国外"的个性主题，部分作品被特列季亚科夫画廊、国家历史博物馆、叶卡捷琳堡美术博物馆、雷宾斯克博物馆收藏。

库兹涅佐娃从事水彩画创作。她回苏联后很不幸，在1951年被逮捕，囚禁在哈萨克斯坦杰兹卡兹甘的集中营，1956年被释放，1990年恢复名誉。她在丈夫去世后继续美术创作，并相继访问了美国、格鲁吉亚、亚美尼亚、克里米亚以及中亚各国。

俄侨女作家塔斯金娜回到苏联后，有一年去看艺术学校画展，她见了库兹涅佐娃。一走进展厅，一股浓郁的东方之风扑面而来，阳光下的中国风景，佛教僧侣，以及贩夫走卒，这一幅幅鲜活的画面把画展的女主人维拉·叶梅利亚诺芙娜拉回到20世纪20年代的哈尔滨。

那天晚上，她们聊起往事，聊了很久，翻看了画册，回忆她们共同生活的城市哈尔滨和那所艺术的摇篮"荷花",还有她和她丈夫的足以写成一本书的曲折命运,就像许许多多的流浪者一样。

哈尔滨"荷花"的学子们现在遍布世界各地,例如维克多·米哈伊洛维奇·阿尔纳乌托夫。米哈伊洛维奇离开哈尔滨后去了上海,1938年定居美国并加入共产党。二战期间,参加了援助苏联反法西斯运动,后移居墨西哥。他一生耕耘不辍,直到生命的最后时刻还保持着旺盛的创作精力。在日丹诺夫和彼得堡举办过个人画展。例如帕诺夫、维尤诺夫、皮亚内舍夫等。他们都是不同时期侨居在中国的艺术家。他们用画布记录了一个特殊的时代,记录了一个被俄罗斯异化了的中国城市哈尔滨,其中有喜怒哀乐的小人物,有摄人心魄的风光,还有迥然的风俗。这些历史的烙印现已散落世界各地,只有少数作品回到了俄罗斯,如舍施明采夫的作品是随着他的魂魄回到祖国的。1978年他在美国逝世,生前他留下遗嘱,把画作和书籍捐献给家乡库尔干。

21世纪后,随着俄罗斯重新评价流亡白俄的历史地位,"荷花"的历史作用和存世作品在俄罗斯国内得到肯定,"荷花"作品展、"荷花"人的回忆录受到了广泛的关注,梅耶洛维奇大楼作为"荷花"遗址也吸引了当代俄罗斯人的目光。当年"荷花"艺术学校师生创作的融合了中俄文化、具有地域特色的艺术精品,被一些国际著名博物馆收藏。

"荷花"何在?基齐金何在?库兹涅佐娃何在?那些曾经的哈尔滨"荷花"的艺术家们凋谢了,只有"梅耶洛维奇大楼"尚在,但因为圣尼古拉大教堂的消失,看上去那么孤独,很是寂寞。梅耶洛维奇大楼在哈尔滨的文化史上占有重要的一页,但是在这里却难以寻觅当年"荷花"师生创作的艺术作品,而且也鲜有相关内容的艺术展。

书信十三

卡嘉，在老哈尔滨人的记忆中，哈尔滨作为音乐之城可谓是声名远播。我国俄苏文学翻译家高莽在其《高贵的苦难》一书中的《哈尔滨——我成长的摇篮》里有着美好的回忆。如今漫步于哈尔滨的大街小巷，典雅的建筑、异国的风情、美妙的音乐装点着整个城市，闪耀着现代化大都市的绚丽色彩。

20 世纪上半叶，哈尔滨从音乐学校的创办，到音乐乐团的组建，以及著名歌唱家进行巡回演出，俄侨艺术家用半个世纪的时间推动了俄罗斯与西方古典音乐在哈尔滨的产生、发展和繁荣，使这座城市成为闻名远东的音乐之城。大批俄侨音乐家也从哈尔滨走向世界，日本东京新交响乐团首席小提琴希费尔布拉特，美国新英格兰音乐学院大提琴教授施贝尔曼，被美国媒体誉为"伟大钢琴家"的科兹洛夫，德国爱乐乐团的首席小提琴、室内乐团创始人赫尔穆特·斯特恩，美国南加州大学教授彼得·伯尔顿，白俄罗斯功勋演员、明斯克广播电视乐团指挥拉伊斯基，新西伯利亚音乐学院教授别洛乌索娃，鄂木斯克音乐学院教授希多罗夫，莫斯科音乐学院教授舒什林等等，俄侨音乐家使哈尔滨这座音乐之城誉满全世界。

1925 年 7 月 1 日，俄侨小提琴家戈尔德施京和他的夫人、钢琴家迪龙在哈尔滨创建了以俄罗斯著名艺术家格拉祖诺夫为名的高等音乐学校格拉祖诺夫音乐学校。

格拉祖诺夫是俄国著名音乐家,被人们誉为"拯救俄罗斯音乐"的大师级人物,40岁就出任世界著名的俄国圣彼得堡音乐学院的院长,曾被苏联政府授予"人民艺术家"的称号。学校校长是戈尔德施京,他早年毕业于圣彼得堡音乐学院小提琴专业,又赴德国留学。他的夫人迪龙毕业于德国莱比锡音乐学院。20世纪初,他们一起在德国组织音乐艺术家演出团,并先后到高加索基斯沃德斯克、皮亚蒂戈尔斯克、叶欣图克等地巡回演出,并被邀请到南高加索的巴库创办音乐学院,成为著名音乐演奏家、音乐教育家。在他们的旗下很快聚集了一大批声乐教育家、器乐教育家。在学校里担任专业教师的音乐家有小提琴教师希费尔布拉特、尤拉、希多罗夫,大提琴教师乌利什捷因、施贝尔曼、斯图宾,合唱教师拉伊斯基,重唱、音乐理论等方面的教师。学校开设了钢琴、小提琴、大提琴、巴松、黑管、手风琴、双簧管、小号、圆号、打击乐、歌剧、音乐史、音乐理论等专业。

学校成立之初,经费不宽裕。犹太商人所罗门·斯基德尔斯基慷慨给予了财力支持。学校位于哈尔滨道里区通江街犹太建筑风格的犹太教会学校,现在朝鲜第二中学址。因为学校校舍好、教育水平高,受到了学生和家长的欢迎。到1928年,这所学校就已有各种专业学生200多名。学校的教学特点是注重实践和个人基本功的训练,排练一些柴可夫斯基、贝多芬、莫扎特的乐曲经常到商务俱乐部、铁路俱乐部演出。为解决贫困学生的学费来源问题,他们还组织募捐演出活动,后来又在犹太商人所罗门·斯基德尔斯基的资助下,格拉祖诺夫高等音乐学校组织了一个弦乐四重奏,犹太音乐家戈尔德施京教授和施贝尔曼教授参加组成了师生12人的重奏班,排练了柴可夫斯基、贝多芬、莫扎特等音乐家的室内乐经典曲目,举办系列音乐会,丰富了学生的艺术实践。《霞光报》曾报道了"1931 年 11 月 5 日在铁路俱乐部举办了第一届哈尔滨格拉祖诺夫高等音乐学校音乐会"的消息。1936 年不满意日伪统治的戈尔德施京、迪龙夫妇率领一批俄侨音乐家离开了哈尔滨，去欧洲发展，哈尔滨格拉祖诺夫高等音乐学校也随之停办。

当年，格拉祖诺夫高等音乐学校还有几名著名教师，譬如阿克萨科夫·谢尔盖·谢尔盖耶维奇（1892—1968）哈尔滨俄侨、钢琴家、音乐理论家，生于萨马拉，曾祖父为作家阿克萨科夫，1902 至 1911 年师从伊古姆诺夫、格列恰尼诺夫、恩格尔、利亚普诺夫等人，1914 年毕业于皇村中学，1916 至 1918 年在红十字会工作。1918 年侨居哈尔滨，任哈尔滨格拉祖诺夫高等音乐学校音乐史课程教师。1928 年后到上海音乐专科学校任钢琴教授，1935 年任上海第一俄国音乐学校艺术委员会主席，兼任音乐理论课教师，1946 年回到苏联明斯克。

鲍斯特列姆·格尔曼·格尔马诺维奇（1911 - ?），哈尔滨俄侨、大提琴教育家，为瑞典裔俄国人。1931 年毕业于哈尔滨格拉祖诺夫高等音乐学校大提琴班，1952 年到东北音乐专科学校即现沈阳音乐学院任教，1955 年任乌兹别克斯坦共和国塔什干音乐学院大提琴教授。

鲍斯特列姆·尼娜·格尔马诺夫娜，其生卒年不详，哈尔滨俄侨、钢琴教育家。为瑞典裔俄国人。1931 年毕业于哈尔滨格拉祖诺夫高等音乐学校钢琴班，20 世纪 30 年代末在哈尔滨从事钢琴教学。

在老哈尔滨人的记忆中，"空中云雀"舒什林的歌声是美妙的，永远荡漾在城市的上空。可是当年的俄侨，还有谁能够听到？你说呢？舒什林·弗拉基米尔，哈尔滨俄侨、犹太人、男低音歌唱家、声乐教育家。8 岁时即驰名圣彼得堡，他有一副好嗓音，被称为"空中云雀"。15 岁毕业于圣彼得堡皇家音乐学院小提琴主科。19 岁拜意大利籍声乐教授埃弗拉迪为师，专攻声学，兼学歌剧。毕业后曾与世界男低音歌王夏里亚宾合演歌剧。1924 年起侨居哈尔滨,在歌剧院当演员,同时在格拉祖诺夫音乐学院任教。1929 年末转赴上海,从事音乐教育和表演,后入苏联国籍,1956 年 5 月 27 日至 30 日,举办 4 次告别音乐会后,与夫人周慕西回苏联定居。执教于莫斯科音乐学院直至去世。舒什林被贺绿汀评价为"中国声乐的奠基人"。

俄侨声乐教育家舒什林是格拉祖诺夫高等音乐学校的声乐教授,是俄罗斯优秀的男低音歌唱家,曾任基洛夫歌剧院的独唱演员,是歌王夏里亚宾的艺术搭档。1924 年初,苏联音乐家协会组织了一个音乐演出团,到中国东北慰问当时属于苏联的中东铁路的工作人员,慰问结束后,舒什林留在哈尔滨。在哈尔滨侨居期间,舒什林从事教学工作的同时还活跃于音乐舞台,参加了《卡门》《阿依达》《沙皇的新娘》《萨特阔》《浮士德》《霍夫曼的故事》《塞维利亚的理发师》《叶甫盖尼·奥涅金》等歌剧的演出。1927 年随哈尔滨歌剧团到爪哇、菲律宾的马尼拉等地巡回演出。20 世纪 20 年代末,他从哈尔滨出发到国外巡演,途经上海时被中国著名音乐教育家、作曲家萧友梅先生发现。萧友梅是位大学问家,早年留学日本,后远赴德国留学,在留德期间心系祖国,关心国家命运,积极支持辛亥革命,是位有见识、有理想、有抱负的艺术家,他邀请了以舒什林为代表的一批哈尔滨俄侨音乐家赴上海音乐学院任教,从此拉开了西洋音乐在中国"西学东渐"的具体实施历程。

这样,舒什林在 1930 年秋天离开哈尔滨赴上海定居,担任上海音乐专科学校声乐教授。他在这里从事长达 26 年的音乐活动,为中国声乐教学做出了巨大贡献,培养出中国众多声乐艺术家,如周小燕、黄友葵、沈湘、温可铮、满福民、胡然、杜矢甲、斯义桂、曹岑、郎毓秀、唐荣枚、魏鸣泉、高芝兰、李志曙、周慕西、张仁清、张光华、周仲南、谢绍曾、喻宜萱、张昊、胡然、杜刚、易开基、巫一舟等著名声乐家。后来他的学生沈湘、黄友葵、郎毓秀、高芝兰、喻宜萱、斯义桂又培养出中国新一代的歌唱家中有张权、李双江、金铁霖等人。可以说，他是中国美声艺术的先驱者。

卡嘉，我在这里还要介绍一位哈尔滨俄侨"丘拉耶夫卡"创始人阿恰伊尔的妻子，阿恰伊尔—多布罗特沃尔斯卡雅·加利·阿波洛诺夫娜，她是一位抒情花腔女高音歌唱家、钢琴家、歌剧表演艺术家，毕业于格拉祖诺夫高等音乐学校。在这所学校教师中，有著名声乐教育家奥西波娃·扎克热夫斯卡娅、马楚列维奇·索洛维耶娃，均是俄国皇家音乐学院教授，师从意大利美声名师。她初次登台时表演夏尔·古诺的代表作《浮士德》，还主演了《茶花女》《蝴蝶夫人》《阿伊达》等意大利歌剧。她后来在亚洲各地进行巡回演出。1957 年回到哈尔滨从事音乐教育工作。在 1961 年第一届哈尔滨之夏音乐会上出现的歌唱家郭颂、王双印、周琪华、郝淑琴、金浪等歌唱家，都是她在哈尔滨的学生。

多布罗特沃尔斯卡雅·加利·阿波洛诺夫娜在 1935 年与阿恰伊尔·阿列克谢结婚，1945 年离婚。1964 年前后赴澳大利亚定居，1997 年去世。

卡嘉，我再给你讲一个故事吧，这是关于俄侨歌唱家们拍摄的艺术电影《我的夜莺》，电影的外景就是在哈尔滨拍摄的。我在这里给你讲一点有关他们的逸事。

事情是这样的。1943 年 11 月 10 日，哈尔滨芭蕾舞团来东京演出《哈尔滨歌女》。有意思的是，这个芭蕾舞团是俄国人的，原作却是日本人大佛次郎。日本导演兼编剧岛津保次郎看后激动万分，连夜和好友岩崎昶商量，决定把《哈尔滨歌女》改编成一部艺术片的电影。岩崎昶是日本著名左翼电影评论家，他曾因反对日本军国主义的"电影法"而以"违反治安维持法"之名遭逮捕。从这点上来说，人们很难相信岩崎昶会参与《我的夜莺》电影的制作。岩崎昶非常赞同岛津保次郎的想法。岛津保次郎很快完成了脚本，他是用日文写成的，马上就译成了俄语。剧组还起用了会讲俄语、日语、汉语的李雨时。此外，还雇用了两名白俄分子专门当翻译。这样，这部日本艺术电影《我的夜莺》开始拍了。这是一个凄美的故事。俄国十月革命爆发后，皇家剧院的歌唱家们逃出彼得堡，从西伯利亚流亡满洲，饥寒交迫中在一个小镇上被日本商人隅田搭救。不料那个小镇遭遇土匪袭击，歌唱家们和隅田一家乘上几辆马车一起逃走。途中隅田的马车掉队，与妻子和幼女玛丽娅以及歌唱家们乘坐的马车走散了。隅田走遍中国各地，寻找下落不明的妻子和女儿玛丽娅，却一无所获。15年过去了，妻子已经病死，女儿玛利娅做了俄国歌唱家迪米特里的养女，住在哈尔滨。迪米特里在哈尔滨歌剧院演出，同时教玛利娅声乐。玛利娅在俄罗斯人的音乐会上演唱《我的夜莺》，从此成名。正在这时九一八事变爆发，哈尔滨一片混乱。歌唱家迪米特里病倒也失了工作。玛利娅做了歌女，在夜总会以唱歌维持生活。这天隅田发现在夜总会唱《黑眸子》的玛利娅是朋友丢失的女儿玛利娅，便将她引见给隅田。父女二人相逢，但隅田考虑到迪米特里的心情，没有把玛利娅留在自己身边。

哈尔滨局势平静下来，迪米特里重返歌剧院舞台。玛利娅也和日本青年画家上野结婚，一家又迎来了春天。可是，迪米特里在舞台上唱完歌剧《浮士德》却倒在舞台上。隅田、上野和玛利娅来到俄国人墓地参加葬礼。玛利娅在迪米特里的墓前唱起了《我的夜莺》。

电影《我的夜莺》1944年3月24日在哈尔滨拍竣。这部影片从形式到内容都具有欧洲特点，不仅以哈尔滨这座由沙俄建设起来的国际城市为舞台，而且登场人物全部来自哈尔滨的俄侨艺术家，道白全是俄语，歌曲用俄语演唱。整个影片的音乐全部是俄罗斯音乐。若是不知内情的人，一定会认为这是一部从欧洲进口到日本的影片。这部影片主演也是"满映"的李香兰。摄影福岛宏，音乐设计服部良一，舞蹈编导白井铁造。制片时间为 16 个月，制片费用去 25 万日元左右，相当于普通电影的 5 倍，胶片长度为 1.1 万米，放映时间为两小时。《我的夜莺》的主演李香兰生于抚顺，在奉天和北京长大，成名后扮成中国人活跃于当时电影界和音乐界。她扮演一个俄国人养女，究竟应该怎样去演呢？她与主人公玛利娅的境遇相似。她想出了一个办法，她在奉天有个好友柳芭，她决心按柳芭的举止动作、行为方式、心理状态等来塑造角色，就是一个地道的俄罗斯少女。

给李香兰配角的全部是俄侨歌唱家。哈尔滨是一座具有俄罗斯与欧洲风情的城市，被称为"东方小巴黎"，正因为如此，这里是沙俄舞台艺术的荟萃之地。这荟萃又全部体现在《我的夜莺》之中。许多白俄艺术家流亡哈尔滨从事艺术活动。在《我的夜莺》电影里，扮演玛利娅养父迪米特里的萨亚平·格里戈里·谢尔盖耶维奇是世界知名的男高音歌唱家。曾就读于莫斯科音乐学院，20 世纪 20 年代初侨居哈尔滨，任哈尔滨萨亚平歌剧团团长。20 世纪 30 年代后迁居上海，为当时歌剧团主要演员，20 世纪 40 年代重返哈尔滨。1952 年离开哈尔滨赴东北音乐专科学校即现沈阳音乐学院任教，病逝于沈阳。

扮演影片里的安娜·斯德帕诺娃米鲁斯卡娅夫人的尼娜英格尔嘉特是哈尔滨英格尔嘉特歌剧团团长。扮演伯爵弗拉基米尔维奇拉茨莫夫斯基的瓦西里·托姆斯基是哈尔滨托姆斯基剧团团长。此外，哈尔滨白俄艺术家联盟、哈尔滨芭蕾舞团，以及哈尔滨交响乐团也参加拍片。

卡嘉，我还想向你说的是俄侨歌唱家瓦西里·托姆斯基，他闻名于哈尔滨歌剧舞台，早年毕业于圣彼得堡工程技术学院，同时兼修戏剧学校的全部课程,后又进入伊尔库茨克军事学校学习,参加过第一次世界大战。1938 年 5 月 24 日,他作为著名话剧演员和导演离开苏联来到哈尔滨。这是一个多才多艺的人,虽然生活坎坷并没有影响他对戏剧艺术强烈的爱。他创办了哈尔滨俄侨话剧团。在动荡不安的 20 世纪三四十年代,他所导演的经典剧目在马迭尔剧场演出成功。侨居哈尔滨期间,他总共执导了 70 多部剧目,到 1941 年,该剧团演出 600 余场,观众达 30 万人次。他甚至到过许多中国人都未曾去过的偏远地区为俄侨和当地中国人演出。俄国侨民事务局授予托姆斯基"功勋演员"称号。

当尤拉把这些讲给卡嘉的故事再讲给我时,我是很有兴趣的,像李香兰这位在日本和中国走红的影歌明星,她当年曾在奉天跟俄侨勃多列索夫夫人学习音乐,后在上海随犹太人、俄侨拉·玛塞尔女士学习声乐。这就是说,无论是"空中云雀"舒什林,还是创立哈尔滨格拉祖诺夫音乐学校的著名小提琴演奏家戈尔德施京,抑或是在日本艺术电影《我的夜莺》出演的萨亚平、尼娜英格尔嘉特和托姆斯基等等,这些俄侨艺术家为哈尔滨增添了丰富多彩的文化生活,虽然更有些光怪陆离的色彩。

第四章

不平静的岁月

北风把暴风雪吹进了这座城市。阴森可怕、不可思议、不可理解。这是哈尔滨苦难的日子。一个渔火闪烁的寂静的地方,怎么遭遇这样的劫难?格尔恩格罗斯上校率领哥萨克"护路队"来了,搞得乌烟瘴气。霍尔瓦特中将"白毛将军府"庄园里,充斥着俄国来的各种政客,留金准尉掀起哈尔滨的"十月革命"风暴,各派政治力量和他们的争斗,加拉罕对华发表苏俄政府宣言……这里是不平静的城市,这里有多少我们并不知道的惊心动魄的故事。

这是哈尔滨的冬季,弥漫着暴风雪的日子。

书信十四

卡嘉,那一年,就是 1892 年,圣彼得堡一间宽大敞亮的办公室,财政大臣维特从办公桌后面突然站了起来。他很激动,不住地摇头,他正听着秘书汇报,是否要派往遥远的哈尔滨一支保护修建铁路的部队?

维特是俄国伯爵,曾任御前大臣,俄国杰出的国务活动家,他是对华政策的制定者。他出生于第比利斯一个破落的贵族家庭,祖先是荷兰移民。他的童年和少年是在舅舅,高加索总督的副官法捷耶夫将军家里度过的。他的才华首先是在铁路管理方面。大学毕业后,他到敖得萨总督办公厅任职,从事铁路运输核算工作,随后被任命为敖得萨国有铁路运行站站长。1889 年 3 月,他因才能出众为沙皇亚历山大二世赏识,被任命为财政部铁路司司长。1891 年,他积极参西伯利亚大铁路的修建工作,有机会接近皇太子尼古拉即后来的沙皇尼古拉二世。1892 年 2 月被任命交通大臣,同年 9 月又被任命为财政大臣。他是沙俄远东政策的积极拥护者,他老谋深算,献计献策,总是被沙皇所采纳。

维特与李鸿章在圣彼得堡签订《中俄密约》后,对于沙俄政府来说是解决了"借地筑路"问题,但随之他们又认为出现了新的困难,"即如何抵御'红胡子和当地居民可能的敌对行动、保护铁路职工的安全、保障铁路工程及将来的铁路运务问题"。因为清政府严禁沙俄向满洲地区派驻军队,这迫使俄国变换手法,以"中东铁路护路队"的名义共分 5

个梯队,调入哈尔滨及中东铁路沿线各地。

在中东铁路动工前夕,即1897年5月,中东铁路公司决定成立"护路队",受俄国财政大臣维特的直接管辖。1897年7月,护路队成立,人数为750人。1897年8月1日,中东铁路公司114号决议,任命第四步兵旅旅长格尔恩格罗斯上校为中东铁路护路队司令官,组建首批护路队。护路队是由俄国骑兵和步兵连队两部分共5个连组成,由俄国欧洲部分的志愿哥萨克编成,因为他们效忠沙皇的"天赋素质",充当护路队员比其他人员更为合适。而且,其中许多人曾在中亚边境和外高加索的部队中服过现役,对当前的服役特点并不陌生。首批护路队分别来自不同地区,一个连队来自捷列克河流域的哥萨克部队,两个连队来自库班哥萨克部队,一个连队来自奥伦堡哥萨克部队,还有一个是混合连队,其中一部分是奥伦堡哥萨克,一部分是里海步兵营预备役军士。

这样,格尔恩格罗斯上校率领第一批哥萨克人来到了哈尔滨。在俄国的历史上,哥萨克人自从越过乌拉尔山来到黑龙江边后第一次进入了中国最纵深处的领土。哥萨克人受过严格的训练,又有驰骋疆场的经验,所以在18至19世纪俄国对外战争中都是主力部队之一。他们又屡次充当沙皇的殖民主义工具,最初只是伺机袭击,迫使土著臣服纳贡,随即撤离。后来改为广建碉堡线和哥萨克村,步步为营,向前推进,直至完全占领其地。例如1581年左右,顿河哥萨克统领叶尔马克指挥一支以540名哥萨克为骨干的队伍,越过乌拉尔山脉向东扩张,从西伯利亚原住民手中夺取了大片土地。17世纪中叶,由哈巴罗夫、斯捷潘诺夫和帕什科夫分别带领的哥萨克部队,先后窜入我国黑龙江流域大肆掳掠,侵占了尼布楚、雅克萨等地。

在中东铁路护路队司令官格尔恩格罗斯上校率领下,在1897年10

月底,首批护路队的 5 个骑兵连和步兵连到达敖得萨,然后乘"沃罗涅什号"军舰,于当年 12 月 26 日到达海参崴。经过一段休整后,陆续开入我国东北。1898 年下半年,沙俄又从外阿穆尔军区中抽调了 250 名士兵组成一个步兵连。同年 12 月初,这个步兵连队从乌苏里斯克出发抵达哈尔滨。以后这样的步兵连队又组建了 7 个连队。这是俄国护路队第一梯队。

1899 年初,沙俄着手组建有 10 个骑兵连队的第二梯队,总人数为 1390 人,其中 1 个捷列克连队、2 个库班连队、3 个顿河连队、3 个奥伦堡连队和 1 个乌拉尔连队,于 1899 年 3 月底在敖得萨集结,当年 4 月 8 日登上法国"阿尔卑斯号"轮船出发,同行的还有一个刚刚组建的军乐队。这支部队于 5 月 18 日抵达海参崴,在那里受到了第一梯队留守军官们的欢迎。稍事休整后,便"开赴"中国东北,散布在中东铁路沿线各地。

1899 年中东铁路护路队又补充了在俄国组建的第三个梯队。第三梯队有 4 个步兵连,在海参崴集结后,其中第二步兵连队经海路派往旅顺口,驻守正在修筑中的铁路沿线各哨所。其余的三个步兵连队从尼科列斯克—乌苏里斯克向哈尔滨进发。途中,第四步兵连队留在绥芬河东站,驻守中东铁路东线各哨所。第三和第五步兵连队直奔哈尔滨。第四梯队包括第六、第七、第八三个步兵连队,在米先科上校的率领下准备"开赴"中国东北。其中第六步兵连队仍由海路到旅顺口登陆,第七、第八步兵连队经海参崴行军抵达哈尔滨。

1899 年 11 月底,沙俄又组建了最后一个梯队即第五梯队,这个梯队包括第十六、第十七、第十八、第十九 4 个哥萨克骑兵连,其中第十六与第十九骑兵连队是在顿河招募的。第五梯队中的第十六骑兵连队去了旅顺口,第十七骑兵连队在行军途中留在了绥芬河,第十八、第十九骑兵连队进入哈尔滨。到1900年初,中东铁路护路队已有了8个步兵连队和19个哥萨克骑兵连队。沙俄中东铁路护路队的连队建制为:骑兵连队是连长1名、尉官若干名、司号员2名、骑兵司务长1名、哥萨克军士12名、士兵120名、兽医1名;步兵连队是官兵250名。如按其编制满员计算,应有2000名步兵和2527名骑兵在1900年前后进入了中国东北。

当年7月21日,沙俄政府派遣萨哈罗夫将军的哥萨克"救援哈尔滨兵团"由伯力沿松花江向哈尔滨进犯,途经三姓、巴彦通要塞时遭到义和团和爱国清兵的拦截打击,文尼科夫阵亡。8月3日,"救援哈尔滨兵团"抵达哈尔滨。

这是哈尔滨一个特殊的日子。沙俄的哥萨克人又一次大批地来到这里。他们甚至在这里留下了一条叫"哥萨克"的街道。

萨哈罗夫兵团部队在8月18日占领阿城。俄军枪杀无辜居民千余人,"商民旗户全行逃避",铺商民房"多被俄军焚毁占住",烧毁房屋1904间,"疮痍满目,实为可悯"。10月12日,萨哈罗夫率马队攻陷呼兰城,搜索署库,抢劫军械,奸淫妇女,枪杀居民,焚烧民宅,并向县署提出苛约六条。俄军在哈尔滨"所到村屯,悉行焚烧,凡华人不论男女大小,尽行屠戮,遭害者不下数千村,被烧者不下万户"。

在《中东铁路大画册》一书里我看到一些被俄国人称为红胡子的人。事实上他们并非土匪,而是当时被俘虏的爱国清军与各地义民组成的东北义和团。显然,镇压破坏铁路工程的义和团被侵略者当成了巨大的功绩编入画册向沙皇汇报。

现在哈尔滨还留有萨哈罗夫"救援哈尔滨兵团"的痕迹。当年,"救援哈尔滨兵团"抵哈后曾受到设在炮队街口的清军炮台十几名官兵殊死抵抗。清军寡不敌众全部阵亡,他们的身躯化作十里大堤的一部分,他们的英姿如同街口那座力士赤手缚苍龙的雕塑永垂不朽。炮兵部队驻扎的营地,后称"炮队街",即现通江街。哥萨克部队所驻营地,后称"哥萨克街",即现高谊街。

哥萨克兵团开进九站附近的一条小路,这条小路被炮车碾压成的路,成为炮队街今通江街。不久,"救援哈尔滨兵团"在攻打呼兰和其他的战斗中战死的几十个士兵埋在了哥萨克街和炮队街北头大水泡子东侧(现友谊宫宾馆)附近新开辟的墓地里。

哥萨克人曾经两次大批来到哈尔滨,这使我想起俄国大画家列宾笔下的哥萨克,他的《查波罗什人给土耳其苏丹写回信》是关于历史和历史风俗的绘画作品,作品给人粗犷、豁达、睿智、任性、自由的印象,它表现了查波罗什人,这些武装的哥萨克自由流民的生活中生趣盎然和幽默豪迈的场面。

"哥萨克"一词源出突厥语,本义为"自由人"或者"勇士"。在14世纪时,这个词通过属于突厥语系的鞑靼人传入俄罗斯,此后三四百年间,其含义一直不甚明确,既指那些不承担国家赋税和劳役、主要在各种手工业中当雇工的自由民,也被用来称呼在国境线一带服兵役的人群,基本上是俄罗斯和乌克兰逃亡农民构成的。到了18世纪至十月革命初期,"哥萨克"则专指俄国一个特殊的军人阶层。

在众多的哥萨克公社中,乌克兰的扎波罗热公社知名度最高。16世纪上半期,该社在第聂伯河下游石滩附近的岛屿上兴建了一座壁垒森严、组织严密的扎波罗热营寨。营寨成员住在用干树枝搭成的窝棚里,棚顶铺着马皮。平时夏季可达三千人,战时更多。入冬便分散到乌克兰各城镇,只留少数人看守。

扎波罗热人按东正教的法规持斋和举行宗教仪式,自愿为维护基督教信仰效命沙场。到16世纪90年代,他们已成为一支强大的军事力量。在莫斯科国的"混乱时期",他们曾趁火打劫,甚至短期占领过莫斯科。普加乔夫起义时,寨内也发生骚动,叶卡捷琳娜二世便下令解散了这座营寨和扎波罗热军。不过俄国其他各地的哥萨克公社或哥萨克军依然存在。从16到18世纪,这些哥萨克的自由流民就把自己武装起来,在乌克兰成立了自治组织"查波罗什契卡",自由是这个组织的最高原则。

在哈尔滨早期历史上也有过哥萨克组织。哥萨克组织成立于沙俄时代,是维护沙皇统治的一支武装力量。十月革命后,其部分成员流亡中国东北,于1924年在哈尔滨恢复重建了这一组织。哥萨克骑兵联盟机构设在中国大街,今中央大街8号,以巴克什耶夫为负责人,曾为原白卫军中将,1873年生于外贝加尔省阿塔马诺夫卡村,做过海拉尔白俄事务局局长,其组织原则为凡是哥萨克骑兵均可加入该团体,并将其划分为部落编制。在每一部落中选出正副首领、书记、出纳各1人,计有库班、敖连布尔、西伯利亚、叶尼塞河、伊尔库茨克、贝加尔、阿穆尔、乌苏里等8个部落。这8个部落分别在哈尔滨、三河、海拉尔等地进行反苏活动,内容包括培养训练破坏者与间谍,然后潜回苏联境内从事活动。哈尔滨沦陷后,日本人对哥萨克骑兵联盟进行改组,将他们中的一些人编在"浅野部队"和森林警察队,其中少数优秀者成为对苏开展秘密战的谍报人员。日本投降后,他们中的一些人被捕回苏联关入西伯利亚的集中营。

这些从哈尔滨及中国内地城市抓捕回去的白俄,绝大部分被关入了伏罗希洛夫、伯力和赤塔的监狱,在那里要逐一审问后再予以判决。而对一些重要的首脑人物则是直接押往莫斯科的卢布莱扬卡监狱,在那里要对他们进行公开审判。

历史是个复仇女神,她记住的每一个人都不会逃掉。在1946年8

月 26 日至 30 日,苏联最高法院军事委员会主持在莫斯科进行"最后审判",当年活动在哈尔滨的 8 名俄侨在卢布莱扬卡监狱被处决与服刑。阿列克赛·普罗克洛维奇·巴克谢耶夫,因犯有间谍、反苏恐怖活动、反苏破坏、宣传煽动反苏、反苏准备行动罪,被判处枪决。

　　莫斯科"最后审判",标志着曾在哈尔滨及其他地方活动了多年的反对布尔什维克的俄侨命运的悲惨结局。而绝大部分俄侨或继续留在哈尔滨,或返回祖国,或移居世界各地,仍然在奋斗、生活,有些甚至生活得很富裕。他们的不同经历如同在人生一幕结束了,一些人消失了,而另一些人则可能转换了角色,直至全剧的终结。

　　"卢布莱扬卡监狱!"尤拉这时突然对我说:"这个监狱在列宁山下,俄国的弗拉基米尔小路就是从这里出发,一直伸向西伯利亚,那里是一个没有房顶的俄国大监狱。"

　　就在我们的昨天,我们能够听到的是《列宁山》的旋律:"我们都爱列宁山,那里是俄罗斯的心脏!"

　　卡嘉,你听过吧?

书信十五

卡嘉,如果你回到哈尔滨,仅仅看一下圣索菲亚教堂和中央大街,仅仅看一下老建筑和太阳岛,那你对故乡的了解还是远远不够的,你对哈尔滨的历史还远远未知,你在亲人和朋友面前依然是一个一知半解的人。这对于一个普通的观光客也就罢了,但对你来说,是多么的惭愧!我认为在我们中国人的字眼里,如果有谁不知道自己民族的悠久历史,不能把祖国优秀文化传承下去,这是数典忘祖。现在,我们中间有些人已经对自己民族和国家的历史非常淡漠了。当然,这不是我们的错误,我们有些人在刻意地回避自己国家与民族的历史,他们甚至希望自己的下一代人忘记这一切,好掩盖自己对这个国家和民族所做的讳莫如深的事情。可是,历史是不会被永远地掩盖下去的。

卡嘉,无论如何,你都应该回来看看故乡,别的也许你不感兴趣,了解在哈尔滨这里的俄侨还是必要的,这不是我们对故纸堆感兴趣,而是对历史给予我们的经验非常重视,因为在哈尔滨的每一个俄侨都有一个完整的故事,在他们的故事里你会看到哈尔滨这座城市的诞生与成长,繁荣与富饶,在短短二十年间内由小渔村迅速发展成为近代大城市,并且是国际著名都市。这里的个中缘由,你只有了解了他们,你才会知道,哈尔滨为什么会成为近代的哈尔滨。这不是仅仅因为哈尔滨是中国和欧洲的交会点,历史给了它一次脱颖而出的机遇,是社会发展环境的宽松,俄侨与中国人民创造了哈尔滨历史,就是这么简单。

这世界上一个普通人对一座城市的影响到底有多大,有时候真很难说。彼得大帝使圣彼得堡大出风头,英国工程师爱德华让欧洲的许多城市变得美丽舒适。但那种对于一座城市所必需的深远的文化和经济影响力,以及一种可以代代相传的风气,却是尽一个普通人最大的能力也无法做到的。对于霍尔瓦特这样一个有权威的人对这座城市的影响能有多远能有多深,不是随便几句话就可以说透的。不过,哈尔滨还是留下了他的印痕。现代历史证明,一个城市的诞生,总会有一个人在后面推动着。在哈尔滨的后面,这个人就是霍尔瓦特!

在光绪二十九年的一天,也就是1903年7月1日,俄历7月14日,中东铁路工程局总工程师尤格维奇通电全路,宣布中东铁路工程全线竣工,同时将全路移交中东铁路管理局。从这一天起,它开始了正常运营。中东铁路管理局正式成立,管理局由办公室、法律处、商务部、总会计、医务处、材料处、工务处、运输处、机务处、财务处、民政部、军事部等12个部门组成。以后随着中东铁路势力的扩大,又陆续增设矿业部、航运处、地亩处、教育处、进款处、对华交涉部等十多个部门。

在当年6月中旬,新上任的霍尔瓦特上校从俄国首都圣彼得堡出发了。根据俄国财政大臣、交通大臣、国防大臣所达成的协议,任命曾经是扎卡斯皮斯克铁路长官的霍尔瓦特为中东铁路管理局局长。7月初的一天,霍尔瓦特所乘坐的火车进入满洲里。阳光下的山脉、丘陵和平原都是那么亲切而生动,这让他沉醉,对他有着深深的吸引力。在火车上,他或凭窗看远处的景色,或在独守中,或与部属畅谈如何在他即将赴任的局长位置上施展抱负。他的心情愉快,他像一片落叶飘飘悠悠地飞向了哈尔滨。

霍尔瓦特全名德米特里·列奥尼德维奇·霍尔瓦特,1859年8月

7日出生于乌克兰的波尔塔瓦省克列明楚格市的一个塞尔维亚族旧贵族家庭，父亲是大庄园主，母亲出身名门望族，是俄国著名统帅库图佐夫的后裔。他1878年4月于尼古拉耶夫斯克工程学校毕业，获得少尉军衔。当时俄国青年考入大学兼有预备役军人身份，可以授予军衔。他在当时青年中属于非常出色的人，他被派到作战部队工作，随后参加了俄土战争，以勇敢和智慧荣升为近卫军中尉军官。1885年他又被派到中亚地区修筑外里海铁路，后任中亚和乌苏里铁路局局长。在沙皇俄国像霍尔瓦特这样优秀的年轻人一定很多，应该说他是一个在俄国社会中的得势的人。他因其岳母一家显贵的社会地位，又与沙皇尼古拉二世皇后亚历山德拉有着亲戚关系，受到沙皇的重用。中东铁路正式通车后，他被任命为中东铁路管理局局长，开始为上校军衔，后晋升为中将。中东铁路历史的就是哈尔滨的历史的一部分，哈尔滨的历史一部分就是霍尔瓦特的历史。

霍尔瓦特抵达哈尔滨的时候已经进入了夏天，松花江上的风也带着丝丝的暖意。他率领的铁路管理局各部门官员，在当地清政府衙门官员的迎接下踏上了哈尔滨的土地。此时的哈尔滨人并没有意识到这个中东铁路管理局局长的到来对于他们来说有着怎样的意义。但历史却向我们展示了它真实的情景，当踌躇满志的霍尔瓦特抬腿进入尤格维奇总工程师的宅邸的时候，这个小小的渔村便注定了它命运的改变。因为霍尔瓦特长着大白胡子，所以人们习惯上称他为"白毛将军"，他的官邸自然也成为"白毛将军府"了。

我看过一篇资料，霍尔瓦特来哈尔滨的时候才46岁出头，留着大把的胡子，在担任中东铁路局长的十七年里，他经过多少大事。他上任后就经历了日俄战争，繁忙的军事运输让他日夜操劳，日俄战争，国内就闹起了1905年革命，竟然波及哈尔滨，新建的铁路大楼接一连着了5

次大火,也没有找出纵火者,大家都知道这是从俄国来的社会革命党和布尔什维克搞的鬼!没有办法,他把人们揶揄的"火烧楼"建成了"大石头房子",这下大楼稳固多了,不怕谁来放火了。可还没有消停几年,又来了第一次世界大战,他忙得焦头烂额,好在这世界大战发生在遥远的欧洲,他没有想到,真正的灾难终于急风暴雨地般袭来了,俄国国内爆发了二月革命,接着又是十月革命,他的胡子这下全白了。

有人说霍尔瓦特在十多年后,当他不得不离开哈尔滨的时候,小小的渔村已成为一个国际大都市,他的功劳功不可没。作为一个商业企业的中东铁路局局长,他却有着无限的政治权力,把持着当时哈尔滨的行政、立法和司法等大权。而对他有着抗衡作用的中方督办许景澄,于1900年在北京被杀后一直空置着17年,直到1918年2月,北京政府才委派吉林省长郭宗熙兼任督办。即使是这样,对于飞扬跋扈的霍尔瓦特,约束力也是有限的。他的所作所为对于哈尔滨产生着深刻的影响。他对于城市的管理和发展持理智、务实而开明政策,这种行为起到了重要作用。他允许犹太人从俄国的栅栏区来哈尔滨进行经济活动。他让俄国的少数民族在哈尔滨自由生活,他的文化政策是宽容多元的。他在哈尔滨任职期间,在中东铁路附属地内建立民事行政机构,即实行俄国国内自治市制,在哈尔滨成立了自治会和董事会。这种"自治"政治制度对哈尔滨的发展有着深刻的影响。至今我们也没有对于这些很好地加以研究。我们很难想象,一个腐败的清政府,一个鞭长莫及的北洋军阀,一个自以为是的东北地方政权,会对哈尔滨的崛起会有什么作用?它们唯一的作用就是把主权拱手相让,使霍尔瓦特操纵哈尔滨的一切。霍尔瓦特对哈尔滨的作用不能小觑。这交给我们的后代人去评价吧。

霍尔瓦特1920年被驱逐出哈尔滨后,官邸被中国护路军租用,这里原是中东铁路工程局总工程师尤格维奇的住宅。当时中东铁路曾为他在秦家岗的要紧街修建一幢花木幽深的官邸，现耀景街 22 号即原省文联大院，但他没有去住，一直住在这里，直到他离开哈尔滨逃亡北京。这是一座具有欧洲风格的两层俄式建筑，在 20 世纪初堪称一流的建筑，被称为"哈尔滨白宫"。资料上说，是一个占地面积 5000 平方米的大院落，官邸建筑面积 500 平方米，设有办公室、会议室、会客厅、警卫室、地道、厨房、餐厅、仓库等等。官邸驻扎一个哥萨克中队，以守卫他和这座"哈尔滨白宫"。其实，这个"哈尔滨白宫"，当地的老百姓并不以为然，称它是"白毛将军府"。

1918 年夏，近百万协约国军队与高尔察克海军上将军队东西夹击、海陆并举、浩浩荡荡直逼莫斯科。苏联红军节节败退，苏维埃政府危在旦夕。这时候，活动在中东铁路沿线的布尔什维克为了挽救苏联红军的被动局面，组织中东铁路全线员工举行大罢工。哈尔滨铁路机务段、香坊铁路印刷厂、哈尔滨火车站、香坊火车站、电信电话局、材料厂、八区粮库、铁路运行系统等工人纷纷罢工。一个月的罢工，切断了哈尔滨至满洲里、哈尔滨至绥芬河、哈尔滨至长春的铁路运输，造成中东铁路全线瘫痪。协约国及远东的前线军队不能得到哈尔滨运来的军火、粮食和援兵，进攻无法再继续。苏维埃政权组织红军进行战略大反攻，乘势收复了赤塔、哈巴罗夫斯克及远东的海参崴等城市，协约国军队和远东军败退。1920 年初，高尔察克海军上将的白俄临时政府垮台。

在远离俄国的哈尔滨，霍尔瓦特于 1920 年 1 月 14 日以中东铁路界内俄国机关最高长官的名义发布命令，自称"对中东路界内俄人有国家统治权"26 日，他发布第 10 号命令，宣称中东路界内一切军事、行政权均由他统辖。

面对哈尔滨局势,中国外交部在29日发表边防护路办法三条,强调"中东路属我国领土主权,不容第二国施行统治权","霍尔瓦特仅为铁路坐办,无担负国家统治之权能","公司俄员及侨居沿线。中外人民应由我国完全保护"的声明。

这时候,从3月12日开始,哈尔滨铁路工人和各界群众展开了大规模的"驱逐霍尔瓦特"运动,30多个工人组织联合向霍尔瓦特发出最后通牒,"限其在24小时内必须辞职,否则举行全路大罢工",喊出了"霍氏一日不去,路工一日不开"的口号,得到全市人民的支持。

在"驱逐霍尔瓦特"运动推动下,黑龙江督军兼中东铁路督办、中东铁路护路军总司令鲍贵卿积极进行收回路权活动。这时他接到国际间谍意大利人范斯白的情报,霍尔瓦特要与日本人勾结欲将中东铁路的主权有偿转让给日本人。得知这一消息后,北京政府感到事态严重,必须收回铁路的管理权,指示采取行动。鲍贵卿督军派兵缴下了霍尔瓦特的护路军,阿穆尔军区士官的武器,占领了宪兵总部和警察局并且接管了中东铁路管理局大楼。3月15日,哈尔滨中国地方当局接管了外阿穆尔军区司令部和司令官邸。3月16日,中国派兵进驻中东路沿线,解除俄军警武装。

1920年3月16日,霍尔瓦特被迫辞职,他统治中东铁路的时代结束了。下台后,他已经无法返回自己的祖国。为顾及他的颜面,当时的民国政府将他请到北京,聘为铁道部及交通部的高等顾问。当他离开哈尔滨的时候,有很多人送行。马车沿着铺砌的道路驶去。霍尔瓦特向窗外望去。除了那些悬在微微发绿的天空中的乌黑的树梢,什么也看不见。

"再见了,哈尔滨!"霍尔瓦特说。

"这里我没有待够。"卡米拉说。

"我也是，没有办法。"最后，霍尔瓦特："天亮了。我们走吧。"

在风沙很大的北京，霍尔瓦特作为客人不免有些寂寥无聊。他在北京住了十七年，他早已感到异国他乡的枯寂了。

霍尔瓦特在哈尔滨留下了几处与他有关的建筑、学校和街道。他在1920年3月被驱逐出哈尔滨后，中东铁路管理权落在白俄分子沃斯特罗乌莫夫手里，他接任霍尔瓦特成为中东铁路管理局第二任局长。1921年4月5日，在沃斯特罗乌莫夫把持下的哈尔滨市公议会推举霍尔瓦特为"荣誉公民"。

还在1914年时，中东铁路管理局就曾在西大直街铁路俱乐部附近为霍尔瓦特立碑，碑高2米，宽1.7米，碑文用中俄文刻写。我检索了哈尔滨历史资料，没有找到有关史料，不知道在碑上都写了什么。

在哈尔滨早期的历史上，还曾经出现一条以霍尔瓦特名字命名的大街。当时在上号现香坊地区霍尔瓦特庄园的北面，有一条通往秦家岗即现南岗的小路，后改为通道大街，这就是今天的中山路，横跨南岗和香坊两区。此路形成于1890年，那时还是草莽小路。1898年6月9日，中东铁路筑路工程人员开始在哥萨克骑兵护卫下，用马驮着筑路器材，从埠头出发奔向田家烧锅。关于这条通道大街，当年钱三强的母亲单士厘女士在她的《癸卯旅行记》里记载了沿路风光。

在哈尔滨还有一所以霍尔瓦特名字命名的"霍尔瓦特中学"学校，现位于南岗区中山路226号，这是一栋三层的欧式建筑。这栋楼房始建于1906年，是当年中东铁路局投资建设的一所俄侨学校。日伪时改名为花园初极小学。

在霍尔瓦特来哈尔滨任中东铁路局长期间，铁路当局曾在秦家岗要紧街，现南岗区耀景街22号原省文联大院处，为他建造了一幢俄国风格的白黄相间的典雅的私邸。这幢私邸建于1907年，但他一直没来这里居住。后这幢私邸被铁路当局改为中东铁路中央图书馆,1911年后,又为沙俄驻哈尔滨领事馆。

霍尔瓦特在中东铁路管理局长任期达十七年。他盘踞最久的地方就是中东铁路办公大楼,现为哈尔滨铁路局所在地,位于南岗区西大直街167号。此栋大楼始建于1902年5月12日,1904年落成,始为砖木结构,以壁炉取暖,曾经几次烧毁,被称"火烧楼",1906年重建改为钢混结构,外墙又加贴一层很厚的石材,又称"大石头房子"。建筑师为中东铁路德尼索夫工程师,其设计方案在圣彼得堡举行的设计大赛中获得大奖。这是当时东北最大的一栋建筑,现在也是哈尔滨最负盛名的一栋宏伟的新艺术风格的建筑。

1937年5月16日,霍尔瓦特病死在北京一家德国人的医院里。他死后埋葬什么地方,这成为一个历史之谜。有资料称,霍尔瓦特死后埋葬在北京西城区西什库大街上的西什库教堂墓地。这一点不可信,霍尔瓦特是俄国的东正教徒,西什库教堂是天主教堂,他在那里安葬的可能性不大。2004年,我在北京工作期间,曾经到过西什库教堂探访,没有结果。

多年前有一家电视媒体报道说,霍尔瓦特埋葬地在哈尔滨,埋葬地点就在他自己的庄园里。该报道称,当地有一位老人知道坟墓的具体位置,因为动迁老人搬走了,也就没有了下文。从逻辑上看,霍尔瓦特这位中东铁路管理局长埋葬在哈尔滨还是有道理的。不管怎么说,他是位迷失在与他有着渊源的哈尔滨历史中的人物。1928年,他在哈尔滨出版了自己的回忆录《哈尔滨旧事:霍尔瓦特中将回忆录》,仅仅84页。这是研究哈尔滨历史的珍贵史料,大概是因为在北京生活困顿的缘故,他出售了回忆录的手稿,据说被美国哈佛大学图书馆收藏。

卡嘉,如果你去美国旅游的话,希望你去哈佛大学图书馆查一下霍尔瓦特的《哈尔滨旧事:霍尔瓦特中将回忆录》,那样,我们哈尔滨历史也许就有了新鲜的东西,或者改变了历史的片断,或者历史是另外的一个样子。

霍尔瓦特这位昔日的中东铁路局局长,在北京的日子过得并不愉快,他与几户俄侨一起租用了奥地利旧公使馆存身,在生活上十分清贫,起初靠他的妻子卡米拉教授声乐和钢琴勉强度日。后来在朋友资助下,他开办了一个小乳品厂,经营奶酪等乳制品,"从一名中将、一座城市的执政官变成了靠着挤奶为生的老头"。1924 年,中国护路军把他在哈尔滨的官邸作为机关使用,东北当局在了解到他的窘况后,向他支付了一些租金。生活的贫困可以忍受,政治上的落寞让他的心情难以平静。后世对他的评价并不怎么好,即使在今天,中国和地方媒体对他仍在声讨,他成了哈尔滨俄侨中最不受待见的人。从有关资料上看,他的俄国同胞在描述他时,认为"他是一位有同情心、有能力且高尚清廉的领导人"。1937 年,霍尔瓦特因阑尾炎在北京病故,终年 77 岁。

霍尔瓦特的夫人卡米拉·阿尔贝托夫娜出身于圣彼得堡的贵族之家,俄国著名的伯努瓦家族。她的父亲是俄罗斯著名水彩画画家,他曾经在 1914 年 3 月 23 日访华途中到哈尔滨。她的父亲还是著名建筑师,母亲为钢琴家,她本人是一名画家、文艺理论家,1912 年成为哈尔滨艺术协会的发起人和首任会长。她是我国著名俄侨音乐家齐尔品的姨母。亚历山大·切列普宁即齐尔品,是世界著名作曲家,在 1934 至 1937 年间曾在我国逗留了一个时期,对我国的音乐事业作了许多有益的工作,影响很大。卡米拉教过一个学生,这个学生后来唱响了全中国,人送外号"西部歌王",名字叫王洛宾。

1920 年 4 月,卡米拉随丈夫霍尔瓦特来至北京后,在北京民族音乐学院任教。她还曾任北京俄罗斯慈善协会会长,后至加拿大,1953 年去世于温哥华。卡米拉在哈尔滨的时候，由中东铁路管理局便提供一笔资金，她以特殊身份创办华俄栖息所，收容被遗弃的不同种族的孩子，同时还建立了养老院。儿童收容院的地址在中东铁路中央医院，即今哈铁中心医院对面。她在庄园里举行舞会，放电影、听音乐，演出中国民间戏法等，开展慈善活动，所有收入都作为慈善经费。

霍尔瓦特在北京生活时，仍然以远东俄侨领袖自居，经常在俄侨报刊上发表谈话和文章，鼓动白俄坚持反布尔什维克的立场。尤拉给我找到了两篇霍尔瓦特的文章。在 1930 年 1 月 1 日，《上海霞光报》曾发表了霍尔瓦特 1930 年的新年贺词。现在抄录如下：

兹向远东俄侨恭贺新年，并衷心祝愿大家幸福、健康、成功与万事如意。过去的一年中，我们虽未能实现返回祖国的夙愿，但苏联国内却发生了重大变化：布尔什维克及其统治机构开始分崩离析，苏联国民经济的各个部门都出现了严重危机；俄罗斯人民明显地表现出健康的情绪，宗教——民族热忱之高涨亦异乎寻常。散居各地的俄侨都已站稳脚跟，俄侨的力量大大增强，而且精神振奋，信心百倍。迎接新的一年，我们将一如既往，以不可动摇之信念去争取俄国民族事业的最终胜利，并为之贡献全部力量。我们需要的是行动，而不是空洞的言论。我衷心希望所有俄侨都能充分意识到自己为共同事业的前途所肩负之责任，希望每个俄侨都能投身于共同的工作之中去，并以各自的精力与财力为这一事业提供实际的帮助。唯有如此，才能保持我们的民族特性和与俄国人民的联系。

远东俄侨领袖德米特里·霍尔瓦特中将

1930 年 1 月 1 日于北京

又，在1931年的天津《俄文霞报》复活节特刊上，霍尔瓦特公开向远东俄侨表示祝贺。原文这样：

基督复活了！

向全体俄侨致以复活节的祝贺，诚挚的问候，最美好的祝愿。

怀着对救世主复活的深切信念，我们对俄罗斯就要复活深信不疑。

让我们为了祖国不停地积极有效地工作，团结一致，促进祖国获救和重生的时刻早日来临。

远东俄侨领袖德米特里·霍尔瓦特中将

卡嘉，我现在常常回忆往日的哈尔滨，喜欢在过去的马家沟地区散步。在夏日的黄昏里，眺望远处的天际线。我从家里走出来，从比乐街走到马家沟河桥旁边，前面的大道就是原来的霍尔瓦特大街，现在改为红军街。这条街我已经走过多少次了。红军街的两边都是俄式建筑，靠右边一个很大的庭院，里面树木茂密，临街是一幢俄式二层建筑，这就是外阿穆尔司令官邸。走到花园街口的时候，在街的左侧，接近圣尼古拉教堂广场的地方是中东铁路副局长官邸。我常常在这里停下来，眺望远处。

夕阳西下，莫斯科商场和圣尼古拉教堂，与这幢中东铁路局长官邸，还有梅耶洛维奇大楼、新哈尔滨旅馆和吉别洛—索科大楼，在晚霞的衬托下，构成了一个童话世界。

这时，哈尔滨最美丽的城市天际线出现了，我怎么也不能把霍尔瓦特的影子抹掉。

书信十六

卡嘉,你还记得吗? 你的哥哥安德列,姐姐玛丽雅和你,我们经常在你家的庭院里玩,有时候听他们朗诵苏联文学的片断。我和你坐在你家的窗台上,听得津津有味。有一次,你的哥哥安德列在给我们朗读高尔基的《海燕》,那样有着力量的寓意深刻的诗句就留在我的心里。这使我常常联想到,哈尔滨与俄罗斯有着特殊的历史渊源,在俄国人看来,这是俄国的一个城市。这里发生的一切,都与俄国的政治、经济和军事有着关联,常常波及哈尔滨。在哈尔滨的历史上,也曾发生了在俄都圣彼得堡那样的十月革命风暴。这场俄国的风暴震动了世界,美国记者约翰·里德写出了《震撼世界的十天》,这书风靡全世界。当年哈尔滨也发生了一场这样的革命,还是列宁亲自下达的命令。后来的人没有谁来写这件事情,只是当时的《远东报》对此事有些记载,被尘封在故纸堆里。霍尔瓦特中将的胡子那时候就完全变白了。一个叫留金的俄军准尉走上了哈尔滨的历史舞台,成为当时风云人物。

历史记载,1917年3月12日(俄历2月27日),俄国爆发了二月革命,推翻了统治俄国三百多年的罗曼诺夫王朝,成立了由布尔什维克组织的工兵代表苏维埃和由孟什维克出面组织的资产阶级临时政府,形成了两个政权并存的局面,代表着各自的阶级利益,都有着各自的拥护群体。在起义的工人和士兵中间就建立起了工兵代表苏维埃,这个消息迅速地传到哈尔滨。从这年的3月16日开始,俄国二月革命和沙皇独裁专制政权垮台的消息沿中东铁路传到哈尔滨及中东铁路沿线。哈尔滨的俄侨上街游行,场面欢乐。据当时《远东报》载:"哈埠俄民闻俄新政府成立异常欢悦,在街执国旗开会庆祝,相聚人民数千,高唱爱国歌,无不喜形于色,全埠秩序井然。"随后,俄侨们又举行了庆祝大会,隆重而热烈,人们欢呼跳跃。就在这天下午,哈尔滨发生了两件事情。第一件事情,中东铁路哈尔滨铁路总工厂的俄国和中国工人举行了示威大游行;第二件事情,驻哈尔滨俄国副领事依·贝·库尔恰耶夫自杀。

这时候,在哈尔滨俄侨的各种政治组织纷纷成立。3月17日,俄国工人代表苏维埃及俄国士兵代表苏维埃分别宣布成立,选举孟什维克党人留金准尉为主席。这一天,代表临时政府的俄国"哈尔滨执行委员会"也成立了。6月22日,俄国士兵苏维埃与工人苏维埃合并,成立哈尔滨工兵苏维埃,留金选举为苏维埃主席,并创办《劳动之声》报为其舆论喉舌,准备接管中东铁路附属地,成立哈尔滨苏维埃政权。

当时的哈尔滨,事实上在中东铁路附属地形成了三重政权并存的局面,霍尔瓦特代表的帝俄旧势力、哈尔滨执行委员会和工兵代表苏维埃。就俄侨党争的实质而言,主要是工兵代表苏维埃与霍尔瓦特旧党之争,即革命派与反动派之争。此时,哈尔滨俄侨社会形势十分混乱,革命与反革命势力随其国内此消彼长的变化而进行着激烈的斗争。随着俄国国内革命形势的发展,俄国社会民主工党渐渐地赢得了同情、理解与支持。特别是在十月革命后,两派阵营显得愈加清楚,同情与支持革命者日益汇集到俄国社会民主工党(布尔什维克)的旗帜之下。

这时候,留金走上了历史舞台。哈尔滨俄国士兵代表苏维埃主席留金,成为那个时期哈尔滨俄侨的领袖人物。

当时,哈尔滨工兵苏维埃选出的主席留金是驻守中东铁路沿线的俄军的一名准尉,外阿穆尔军区主力此时正在欧洲前线作战,留在哈尔滨的余部改为国民自卫队。1917年7月21日,他宣布退出了孟什维克,在哈尔滨成立了包括自己在内的有亚库勃夫、斯拉文、列图诺夫和斯特拉佐夫等人组成的俄国社会民主工党(布)哈尔滨支部。在哈尔滨俄国工兵苏维埃召开大会上,他强调指出:"只有将全部权力交工兵苏维埃,才能战胜反革命。"大会做出决议,派代表去圣彼得堡,要求罢免霍尔瓦特局长职务,即日起一切革命工作应归工兵苏维埃领导。但是在大会上,孟什维克和社会革命党人反对通过这个决议。这情形与俄国国内一样。

当时俄人新旧党派不和,为中国地方当局派兵收回中东铁路路权创造了条件。俄国二月革命爆发后不久,滨江道尹兼交涉员李鸿谟致电吉林省省长郭宗熙,提出派兵进驻中东铁路的建议。经吉林当局授权,他正式向霍尔瓦特提出中国派兵进驻中东铁路的要求,但霍尔瓦特不肯轻易放弃路权,迟迟不作答复。就在这时,俄国又爆发了十月社会主义革命。此时的中东铁路沿线形势异常复杂,俄侨内部政治派别斗争非常激烈,致使铁路沿线秩序混乱,中国收回中东铁路路权的时机日趋成熟。

当年 11 月 10 日,俄国布尔什维克党领导下的铁路总工厂工人和俄国士兵集会,庆祝俄国十月革命胜利。同日,吉林督军孟恩远、吉林省长郭宗熙致函中东铁路管理局局长霍尔瓦特,提出向哈尔滨中东铁路附属地派驻中国军队,帮助其维持秩序。霍尔瓦特担心失去铁路护路权,再次拒绝了中国地方政府的建议。

第二天,俄国布尔什维克在哈尔滨组织 2000 名士兵和工人参加大规模示威活动,支持苏维埃政权。紧接着,俄国社会民主工党(布)哈尔滨支部发表《告满洲全体公民书》,号召俄国公民支持全俄苏维埃第二次代表大会通过的《和平法令》。不过,这时候,哈尔滨工兵代表苏维埃并没有立即接管中东铁路附属地。

12 月 8 日,哈尔滨工兵代表苏维埃致圣电彼得格勒人民委员会,就如何处置霍尔瓦特的问题请求指示。在得到外交人民委员部关于解除霍尔瓦特铁路管理局局长职务的指示后,于12月12日,哈尔滨工兵苏维埃发表《告公民书》:"自本日起,哈尔滨工兵代表苏维埃即为国家主权正式代表,所有国家及公共机关均受本委员会管辖,凡本委员会发布的政见即为正式命令……"宣布哈尔滨工兵代表苏维埃为附属地内国家权力的唯一代表,解除中东铁路管理局局长、临时政府外交全权代表霍尔瓦特的职务,接管中东铁路的行政权,并下令缉拿霍尔瓦特等人。同时,苏维埃政府任命哈尔滨工兵代表苏维埃成员鲁茨金自11月起为中东铁路附属地专员。

与此同时,中国当局也采取了一些收回主权的措施,派出中将何宗莲、张宗昌为特使,赶赴吉林办理交涉事宜。滨江县警备队首次开进道里巡逻,并在秦家岗车站一带派警40名,设岗保卫,分段巡逻。此为中国军警进入铁路附属地之始,此前中国军警行经铁路附属地,即被俄军警解除武装。北京政府外交部电告吉林省军政首要,"严密布置,以便及时保护本国人民并该地治安,更免他国或乘隙而动"。

中东铁路管理局局长霍尔瓦特面对哈尔滨工兵苏维埃的种种活动,遂通告各国驻哈领事,表示他已无力保护外国人的生命财产安全。各国在哈商民随之分别组织了"自卫团"自保。原中东铁路哈尔滨附属地界内形势开始混乱。中东铁路运行紊乱,货物积压严重,仅哈尔滨车站就积压货物875车之多。

针对工兵苏维埃的种种活动,英、美、法、日四国驻哈尔滨领事要求滨江道尹迅速采取行动,维持哈尔滨秩序,保护在哈尔滨居住的外侨。日本驻哈尔滨领事佐藤代表外国驻哈尔滨领事团向霍尔瓦特递交照会,要求限制工兵苏维埃的活动,声称"为保护日本利益",他们有权调用日本军队。日本驻哈领事馆组织在哈日侨成立"自卫团",发给枪支武器。英国驻华公使朱尔典也要求中国政府出兵维持哈尔滨秩序。北京政府为了防止第三国势力介入,于 1917 年 12 月 1 日外交部电告吉林督军孟恩远选派军队,准备开赴哈尔滨震慑俄"激党作乱"。滨江道尹施昭常应铁路局紧急请求,派滨江县知事张南钧、关德山营长率军警到路局及各街道巡逻。

就在这时,12 月 4 日,苏俄工农政府苏维埃主席弗拉基米尔·伊里奇·列宁从圣彼得堡打电报给哈尔滨工兵苏维埃和满洲采购管理局:"我以工农苏维埃政府的名义,命令你们夺取一切权利于自己手中。并在满洲里、绥芬河和哈巴罗夫斯克海关设立委员会第 541 号,人民委员会主席,列宁。"

列宁这封电报不啻一声炸雷,响彻哈尔滨的上空。

那时候,哈尔滨局势非常紧张。中国政府还召开紧急内阁会议,决定派兵进驻中东铁路附属地。12 月 5 日,中国外交部致电吉林督军孟恩远、省长郭宗熙,要求"迅调精练足用军队,前往(哈尔滨)弹压,维持治安"。滨江县知事张南钧电请督军、省长设法维持哈市局势。滨江道尹外交部特派员施肇基通告各国驻哈尔滨领事,中国准备派兵进驻哈尔滨,镇压"乱党"。吉林督军孟恩远派么佩珍团长督带王、陆两营及学兵来哈,维持治安。8 日,滨江县"加派警备队,昼夜巡逻,严加防范"。

此后在一周的时间里,该委员会相继发布的命令有 12 月 14 日哈尔滨工兵苏维埃发布命令,撤销霍尔瓦特及其助手在铁路管理局的职务,任命布尔什维克党员工人斯拉文为"主持中东铁路管理局政治与外交事务委员"。就在同日,霍尔瓦特通告各国驻哈领事,表示他已无能力保护外国人的生命财产。

12 月 13 日,俄国苏维埃外交委员会复电哈尔滨工兵苏维埃主席留金,命令撤销霍尔瓦特铁路局局长职务,撤销特拉乌绍利特总领事职务,以苏维埃委员取而代之。哈尔滨工兵苏维埃决定,解散市执行委员会,成立临时军事革命委员会,并向大商号及一些资本家征收革命税。

12月14日,哈尔滨俄工兵苏维埃军事革命委员会发布第一号命令,撤销霍尔瓦特及其助手在铁路管理局的职务,任命布尔什维克党员工人鲍里斯·斯拉文为"主持中东铁路管理局政治与外交事务委员"。

12月16日,哈尔滨工兵苏维埃军事委员会发表告公民书:"自本日起,哈尔滨工兵代表苏维埃即为国家政权正式代表,所有国家及公共机关均受本委员会管辖,凡本委员会发布的政见即为正式命令。"

12月17日,吉林督军孟恩远下令在哈尔滨成立中东铁路警备司令部,原吉林混成第三旅旅长陶祥贵任总司令,滨江县知事张南钧为军法处处长,负责保护中东铁路。由此,中东铁路附属地出现了中俄两个护路队并存的局面。同时,中国通过派兵进驻中东铁路,完成了收回中东铁路护路权的第一个步骤。哈尔滨工兵苏维埃发布命令,派普拉诺夫为俄国驻哈总领事,原沙俄驻哈尔滨副领事波波夫逃入吉林交涉局。中国收回中东铁路护路权的第二个步骤是解除俄军护路队的武装。当时,俄军护路队大部分归留金指挥。

协约国驻北京的公使团万分惊慌。因为不甘心自己的失败,生怕十月革命的火种在东方成燎原之势,协约国对北洋政府施加压力,要求采取非常措施,恢复中东铁路的正常秩序,确保霍尔瓦特在中东铁路的统治。

这时候,霍尔瓦特虽然坚决反对苏维埃政府接管中东铁路,但囿于自身力量,不得已求助于中国政府帮其收复"失地"。

在列强和霍尔瓦特的要求下,北洋政府遂决定派兵进入中东铁路路区,并严令部队,如果布尔什维克"有暴动行为,即以武力对待"。

12月17日,吉林省长郭宗熙及督军孟恩远联名上书大总统冯国璋、国务内阁总理王士珍、外交总长陆徵祥和交通总长曹汝霖,鉴于哈尔滨局面,请"派督办一员克日赴哈,以资应付"。18日,何宗莲、张宗昌、陶祥贵、张南钧等到中东铁路管理局与霍尔瓦特等协商遣散在哈布尔什维克领导的军队事宜。哈尔滨俄国工农苏维埃这天正式宣布缉拿霍尔瓦特。19日，留金派阿尔古斯等人到俄工务会俱乐部夺权，却突然遇见大批中国军队，阿尔古斯等人被中国军队逮捕。20日，中国政府外交总长陆徵祥照会俄公使，中国决定"以实力赞助霍尔瓦特，维持北满秩序"，并便派兵将霍尔瓦特将军府保护起来，并会同张宗昌、张南钧等人与霍尔瓦特一起就遣散哈尔滨布尔什维克军队问题进行了密谋。23日中国军队进驻哈尔滨。24日，中国政府向哈尔滨俄国工兵代表苏维埃发出驱逐同情留金和斯拉文等人的俄军第559及618两大队革命武装并解散苏维埃的最后通牒。这一天，留金和斯拉文在最后一期的《劳动之声报》发表告公民书，谴责霍尔瓦特的叛国行为，称其"将满洲交给了中国官僚"。25日，中国地方政府警备司令部派出代表与霍尔瓦特交涉，议定了驱除留金等布尔什维克武装的条件。第二天，中东铁路警备司令部派兵到哈尔滨南岗市场和西大桥强行解除由布尔什维克党领导的俄军武装，这时候双方发生武装冲突，互有伤亡。

12月29日的《远东报》曾对此作了如下详细报道：

> 本月初，俄国在哈尔滨广义党首领流基（留金）啸聚党羽，并运动俄官兵共数千人，图谋驱逐铁路总办霍尔瓦特，夺取路权，以扩张新党之权力。一时面面骚然，中外商民颇形恐慌。嗣经吉省军队开拔来哈维持现状，人心始稍安贴。吉林孟督军派陶旅长为总司令，高旅长为会办。么团长为副司令，督带步马炮各营，并机枪多架，陆续开拔到哈，组织司令部，实行以武力弹压，分布道里、道外，严密防范。该新党屡欲暴动，均鉴于华兵之干涉未及举发。但其迫迫欲试野心仍始终不死也。

> 吉军方面虽节节布置十分严密，仍不欲遽用武力，屡与霍总办

谈判，欲令该新党解除武装离去哈埠，以求恢复原状。乃该党坚不允从，必欲于他人之领土中以达其改革政治之目的。吉军见其负固不服，猖獗日甚，乃作持满待发之态。至二十五日附合流基（留金）之俄兵渐有悔悟之意，已允缴械出境。乃至二十六日忽又中变，随至香坊北头炮营夺取子弹多箱，预备拒敌。并拟立刻将霍驱逐及谋害附霍军官。吉军见事机日迫，并恐稽延时日，中外商民之损失益大，且已奉中央相机办事之命，乃决定以武力干涉。

二十七日拂晓，司令部派么团长督各营至秦家岗巴杂市五百五十九号。该俄兵等始欲抵杭，继见重兵镇压，又经么团长一再开导，遂即服从缴枪。又同昨派高团长督派各营至铁路大桥西六百一十八号，监视该处俄兵解除武装。乃该俄兵等凶悍异常，一见军队，即纷纷开枪射击，吉军迫不得已，开枪还击。相持约十分钟，该俄兵等自知不敌，其一部分遂竖立白旗，吉军当下令停击，其他一部分尚轰击数十枪后，见竖白旗者纷纷缴械，亦即不敢妄动。所有各俄兵武装至午后一时业已一律缴齐矣。

此次司令部派么、高二团长督队至附和新党俄兵屯驻地点迫令缴械外，并派各团营长分段警备防范，备极严密。故市面安谧如常，中外商民并无丝毫损害。其缴械俄兵将于日内监送回国。哈埠一隅当不至糜烂矣。

1917 年 12 月 28 日，列宁发动的革命风暴终结。哈尔滨俄侨的工兵苏维埃主席留金准尉及其所领导的有着四千余人的布尔什维克军队被缴械遣送出境，随后，中东铁路沿线的富拉尔基、博克图、碾子山、扎兰屯等地倾向布尔什维克的士兵亦相继被解除武装递解出境。如此，霍尔瓦特借中国军队之手稳定住了哈尔滨的局势，并逐步把这里经营成反苏维埃政权的大本营。

布尔什维克在哈尔滨的起义失败了,终于没有在中东铁路建立苏维埃政权。这主要原因在于敌我力量过于悬殊。布尔什维克力量薄弱,铁路沿线白俄武装过于集中。

关于布尔什维克在哈尔滨的起义领导者,哈尔滨工兵苏维埃主席留金准尉的情况,资料上说他回国后,曾任俄共(布)克拉斯诺普列司涅区党委书记,1931年因反对斯大林被开除党籍并被执行枪决。

列宁和他领导的布尔什维克领导的俄国十月革命,与孙中山先生领导的中国辛亥革命,这两场革命有着最惊人的相似,他们都以推翻自己国家的封建王朝为目的,在时间上仅仅相差了6年。这说明人类已经走到了新的节点上,这是历史使然。有意思的是,俄国的十月革命和中国的辛亥革命,彼此都与对方发生了某种联系。这是一个有趣味的历史故事。

1911年10月,中国大地革命暗潮涌动。驻扎在武昌紫阳湖与右旗附近的工程兵第八营,这是一支负责守卫楚望台清军军械库的部队。10日这天晚上7点钟,排长陶启胜查哨,发现两个士兵金兆龙和程正瀛正忙着擦枪。陶启胜觉得不大对劲,于是叫了两个护兵意欲对金兆龙进行下枪并捆绑。金兆龙见事不好,大叫一声:"大家动手吧!"他的话音未落,程正瀛举起枪托猛击陶启胜的头。陶启胜吓得拔脚欲跑。程正瀛不知道陶启胜逃掉会引起什么样的后果,于是端枪射击。砰!就只这么一声,寂静的夜空被划破,声音响彻云霄。辛亥革命就这样爆发了。中国革命党人就要起义了,他们在忙着自制炸弹。他们制作炸弹的地方是汉口宝善里14号,这里正是俄国租界。革命党人孙武在做炸弹时不慎引起爆炸。革命党人刚刚离开,俄国巡捕就进了门,放在这里的起义所用的钱款、旗帜、名册以及诸多公文,全部都被搜寻去。湖广总督瑞澂就按照俄国巡捕所提供的东西,开始大规模搜捕革命党人。起义领袖孙武逃走了,总指挥蒋翊武亡命在外,起义指挥部三个重要的人,彭楚藩、刘复基和杨洪胜却被清兵抓住,10 月 10 日凌晨,他们被刀砍死在总督衙门内。革命党人突然间群龙无首。就在这关键时刻,一个重要人物出现了,这便是后来的熊秉坤。

熊秉坤被孙中山称为"熊一枪"。这时候,他对革命党人说:"我们已经暴露了,反抗是死,不反抗也是死。与其坐而待毙,不如反抗而死,死得其所。"他的话得到众人赞同。革命党人定于七点之后,以枪声为号,举行起义。就在他在各队查看士气的时候,金兆龙与他的排长陶启胜发生冲突,程正瀛抬手朝陶启胜开了一枪。枪声成为起义的信号。他闻枪声而至,追在陶启胜后面连连开枪,但未击中。他又吹哨集合队伍,在他的率领下,朝湖广总督瑞澄老巢进发。此时的武昌城,革命党人起义成功了。

我总觉得,这个熊秉坤有点像哈尔滨士兵苏维埃领袖留金,他掌握着外阿穆尔军区士兵有 4000 之众,他是应该很有作为的,有力量战胜霍尔瓦特及其帝俄势力,在哈尔滨建立苏维埃政权。然而他失败了,他被驱逐出境。中国有一句老话说时势造英雄,也有一句时无英雄,使竖子成名。我不知道这话用在留金身上是否合适。他是外阿穆尔军区的留守人员,仅仅是一名准尉,是时势造英雄的风暴把他吹到了历史的风口浪尖上。这样他未必能够高瞻远瞩,他的审时度势的眼光,决战时刻的应变的能力,都是欠缺的。与布尔什维克在圣彼得堡的十月革命不同,留金准尉在哈尔滨的起义失败了,最后被驱逐出哈尔滨。

十月革命后,俄国出现了大量的流亡者,构成近代世界范围内的人口大流动,造成了俄侨一时遍布全世界的历史现象,俄侨成了有着国际意义的特殊概念,这些流亡者成为各国的侨民。

有一天,我与尤拉见面。他交给我一份关于俄侨的资料。他是从 1983 年出版的《苏联百科词典》上摘抄下来的:

据《苏联百科词典》权威统计,流亡到世界其他国家的俄国人总数达到 250 万。这些俄罗斯人选择流亡的一个重要原因是他们认为,除去被苏维埃官方强行驱逐出境的俄罗斯知识分子之外,这是一种可以接受的和可行的生存方式。当俄罗斯的生存环境变得无法忍受的时候,他们便考虑离开故土,迁徙到异国他乡,寻找精神自由的新家园。俄罗斯人从圣彼得堡、敖德萨和海参崴等地离开俄罗斯流亡国外,遍布世界的 25 个国家和地区。这个巨大的难民部落是向东西两个方向流散的,向西至欧洲,俄侨主要集中在巴黎、柏林、伦敦、布拉格、里加、索菲亚、贝尔格莱德、君士坦丁堡等地。在东方则主要集中在中国、日本、朝鲜等国及美国和阿根廷的一些城市。从地理上讲,俄侨分布于世界几大洲各地,他们不是一个统一的整体。对俄罗斯而言,他们不管居住在什么地方,都是在国外的侨民。中国的俄侨向上海、天津、青岛、北京,甚至汉口和九江散去。在中国凡是与俄罗斯有着某种联系的大城市,就有他们的身影。但大多数流落中国的俄侨居住在中东铁路沿线,主要在哈尔滨。

这时候,尤拉大声地对我说:"可怜的俄罗斯侨民,他们离开祖国漂泊去远方,在哈尔滨停下了脚步,仅仅是这座城市与他们家乡面貌酷似吗,不,是这里善良的中国人接纳了他们,温暖了他们悲凉的心,他们不再流浪,不再悲痛哀伤……"

说着,他流下了眼泪。

书信十七

卡嘉,历史的偶然性往往会出现戏剧性的结果。这位加拉罕就是我们所熟悉的中国近代历史中的那位来自莫斯科的外交官。中国人对加拉罕这个名字并不陌生,因为他是 20 世纪 20 年代代表苏联政府先后两次签署对华宣言的人。当时他是苏联副外交人民委员和苏联驻中国第一任大使。但是很多人不知道,他曾经是生活在哈尔滨的俄侨,那时候他还是一个追求革命的年轻人。

这个年轻人的故事,我应该从头说起来。

当年有一个俄国人在旅顺办了一份报纸《新边疆报》,在旅顺持续发行到 1904 年底。这是 1917 年以前规模较大、出版时间较长的俄文报纸,日俄战争打响后,因为战乱,《新边疆报》陷入了困境。1904 年 10 月初,日军第二次攻打旅顺的时候,有一发炮弹不偏不倚地摧毁了《新边疆报》的印刷所,这一发炮弹使该报彻底停刊。1905 年日俄战争结束,俄国战败,不得不将旅顺、大连及南满铁路转让给日本。随着沙俄势力范围的北移,《新边疆报》于 1905 年 11 月迁到哈尔滨复刊出版,改为日报。从 1910 年 1 月起,波列季卡取代阿尔捷米耶夫,成为该报主编。后来,主编的位置上又先后换上了阿普列列夫和费奥多罗夫,1912 年 10 月,《新边疆报》终刊。

在《新边疆报》搬到了哈尔滨后,有个叫加拉罕的俄侨年轻人进入报社工作。以后又成为这家报纸的编辑。

《新边疆报》是在中国境内发行的第一份俄文报纸。1897年,德国因山东教案强行租借胶州湾,俄国趁机派遣太平洋舰队占领旅顺、大连。1898年,中俄签订《旅顺大连租地条约》,租期25年。沙俄军队,把"旅大租地"擅自扩大到整个辽东半岛。1899年,俄国政府将辽东租借地改名为"关东省",按照西伯利亚的制度设总督治理,并以旅顺为首府。1899年8月,俄国人的《新边疆报》就在旅顺创刊了,为俄国的在华利益服务。

《新边疆报》是在沙俄政府的大力支持下创办的,主编是彼得·亚历山大·阿尔捷米耶夫。此人是俄国太平洋舰队的一名中校。他每年从沙俄陆军和海军部领取5000卢布的办报经费。报纸每周三刊,期发1200份。主要刊载总督府及各官署的命令、告示与法规等,并报道本地与"邻国"的新闻。该报的名称反映了沙俄企图将东北三省变为"黄色俄罗斯"的野心。报纸上有个大大的"К",这是"边疆区"的意思,是沙俄的地方行政名称,把报纸命名为"新边疆"说明沙皇已经把该地区认为是沙俄领土的一部分了。

1900年,义和团运动使沙俄在东北的利益受到威胁,当年6月28日,沙俄滨海区总督发表了一份《告满洲省政权和居民书》,声称为拯救中国合法政府,消除正在修建中东铁路的俄国人所面临的危险,全俄皇帝陛下决定向满洲出兵。《新边疆报》成为俄国远东地区利益发言人和获悉战事的主要信息途径。

那位从莫斯科来的外交官,在《新边疆报》做了什么工作,工作了多长时间,具体做了哪些事情,尤拉也没有找到相关的资料。但是,可以肯定地说,加拉罕在这里受到严格的锻炼,迅速成长为了一个坚定的布尔什维克。有资料说,这时候他已在哈尔滨商务学堂学习几年了。

加拉罕·列夫·米哈伊洛维奇出生在俄国,1904 年加入俄国社会民主工党。因为参加革命活动,被所在中学开除。1905 年他和弟弟离开高加索来到了哈尔滨。当时他的父亲在哈尔滨当律师。他在哈尔滨商务学院补习学业,这时候他与哈尔滨俄国社会民主工党接上关系,在哈尔滨继续从事革命活动。他在 1907 年进入了一家主要出版社会主义思想书刊的印刷所工作。我不知道,这家印刷所是不是那个叫斯科勃林的印刷所。当时在哈尔滨开办印刷所是受到严格控制的,印刷所的手续非常难办。俄侨斯科勃林在哈尔滨开办了第一家印刷所,他费了许多力气。早在 1902 年,当时他在乌克兰敖德萨的一家印刷厂里,他惊异地看到,有许多来自遥远哈尔滨的订单电报。他想,如果在哈尔滨开一家印刷所,将是一件非常有价值的事。于是,他便从国外订购了一批印刷设备,直接把它们通过海运发往海参崴,再转运到哈尔滨。他同时招募了一些技术人员和工人,以便迅速地在哈尔滨开展工作。

　　斯科勃林是一个聪明人,他坚信自己的想法,印刷所对哈尔滨来说是受欢迎的,而且会顺利地实现自己的想法。但他来到哈尔滨时才知道,没有中东铁路工程局的批文,海参崴海关对这些印刷机器是不能放行的,于是他便去找当时权力极大的中东铁路工程局总工程师尤格维奇。尤格维奇表现得非常不耐烦,说:“我不会同意,你们会印刷各种诽谤文章的。”他说要派一名军官去工厂监督,斯科勃林同意了。可尤格维奇又改变了态度,说:“我不能任命军官去工厂当你们的管家。”斯科勃林没有办法,他跑回了俄国,在圣彼得堡寻找关系,到最后找到即将到任的中东铁路管理局局长霍尔瓦特。霍尔瓦特没有难为他,帮助了他。他得到批复,这才使海关改变初衷,对印刷设备予以放行。

　　1903 年 7 月初,斯科勃林到达哈尔滨几天之后,霍尔瓦特也到达了哈尔滨。五天后,他正式获准在哈尔滨开设斯科勃林兄弟私人印刷厂。

他很快把业务开展起来。斯科勃林后来写了一篇回忆录《开办哈尔滨第嘉私人印刷厂》,回忆了自己的整个过程。

加拉罕在哈尔滨积极从事革命活动,后被俄国政府逮捕。1910 年12 月,俄国政府在这里搜捕社会民主党和社会革命党人,有 57 人被捕,其中 7 人被判服苦役,21 人被流放。这时候,已经在哈尔滨商务学堂毕业的加拉罕,在这次大搜捕中也被捕了,关押在道里监狱里,一个月后获释。他离开哈尔滨,回国读大学。1915 年 9 月,他在国内再次被捕,被流放到西伯利亚。俄国二月革命后他获得自由,不久正式加入布尔什维克。十月革命爆发后他直接参加了准备和组织武装起义的工作。1918 年任苏联副外交人民委员。在此期间,他先后两次签署对华宣言,宣布废除沙俄与中国签订的一切不平等条约,放弃在中国的特权。这时候,他已经成为中俄关系历史有着重要符号意义的政治家和外交家。

加拉罕是曾经在哈尔滨生活的俄侨,但他给人们印象最深的是他代表苏俄政府的两次对华宣言和有关中东铁路问题谈判。1919 年 1 月,巴黎和会召开,中国收回山东的外交失败,导致爆发了"五四"爱国运动。处于帝国主义干涉与封锁之下的苏俄政府,为了取得中国的同情与支持,担任副外交人民委员的加拉罕于 1919 年 7 月 25 日签署了一份《苏维埃联邦社会主义共和国对中国人民和中国南北政府的宣言》,亦称《加拉罕第一次对华宣言》。当时因为西伯利亚战事阻隔,直到第二年 3 月,北京政府才收到由中国驻伊尔库茨克领事馆发报的加拉罕第一次对华宣言的法文本。"俄国莫斯科劳农政府外交委员加拉罕派员送致通牒于我国,请正式恢复邦交。声明将从前俄罗斯帝国时代在中国满洲及其他处以侵略手段取得之土地一律放弃;并将中东铁路矿产、林业权利,及其他由俄帝国政府、克伦斯基政府、霍尔瓦特、谢米诺夫、俄国军人律师资本家所取得之各种特权,及俄商在中国内所设之一切工厂,与俄国官吏牧师委员等不受中国法庭审判之特权,皆一律放弃返还中国,不受何种报酬并放弃庚子赔款,勿以此款供前帝俄驻京公使及驻各地领事。"这个宣言重申了《和平法令》的内容,即废除1896年《中俄密约》。1901年《北京草约》(即《辛丑条约》)及1907年至1916年间与日本缔结的一切协约。建议中国立即派代表赴俄就恢复两国正常关系进行谈判,同时宣布向中国无偿归还中东铁路。然而,8月26日,苏俄《消息报》刊载这一宣言时,却删去了无偿归还中东铁路的内容。

加拉罕于1920年9月27日,再次代表苏联政府发布《苏维埃联邦社会主义共和国对中华民国政府宣言》,亦称《致北洋政府外交部备忘录》即《苏联第二次对华宣言》,交由中国使俄非正式代表团团长、陆军中将张斯麟转交北洋政府。在中东铁路的问题上强调:"俄中两国政府同意为苏俄需要另外签订使用中东铁路办法的专门条约,在订立条约时,除中俄外,远东共和国亦参加。"这里将第一次对华宣言中的无偿归还中东铁路问题被模糊地回避。

当时的中国北京政府对于苏联政府的两次宣言尽管持有怀疑态度,还是表现出了最大的善意,开始改变对苏俄政策,解除自1918年1月以来对中俄边境的封锁,撤回驻海参崴的中国船队,又解除了霍尔瓦特的职务,由宋小镰出任中东铁路督办,随之解除了中东铁路"红、白两党的武装"。北京政府在客观上支持了当时陷入孤立困境的苏俄政府。但是,苏俄政府在对两次宣言的解释是非常蹊跷的,后来的"中东路"事件的发展是不是留下了伏笔。

后来事情发生了变化。关于《加拉罕第一次对华宣言》,苏俄政府的解释显得非常务实,有了新的考虑。因为随着苏联红军在远东的胜利,赴华谈判的苏俄代表否认第一次对华宣言中有无偿归还中东铁路及其附属财产给中国的内容,并称中国政府所收到是"伪本",是不符合事实的。实际上,在第一次对华宣言中确有无偿归还中东铁路内容的存在,这已为中外学者的研究成果所证实。问题的发生只是苏俄政府在不同时期,面对不同的形势,对中国,对中东铁路采取了不同的政策。

后来,两次对华宣言的始作俑者加拉罕,在1923年7月以苏联政府全权代表的身份率代表团来华,与张作霖多次会谈有关中东铁路的问题。9月初抵达北京,在中东铁路的问题上发表《苏联驻华代表加拉罕对报界的声明》,明确宣布,"本代表鉴于贵国目下形势不能将中东铁路让与贵国,且不愿敝国在中国势力比它国薄弱,作为商业企业,中东铁路的所有权属于苏联"。1924年5月31日,他与北京政府代表顾维钧分别代表苏中两国政府签订了《中苏解决悬案大纲协定》:"中东铁路纯属商业性质,除该路本身营业事务直辖于该路外,所有关系中国国家地方主权之各项事务,如司法、民政、军事、警务、市政、税务、地亩等,概由中国政府办理。苏联政府允诺中国政府以中国资本赎回中东铁路及该路所属一切财产。对于中东铁路之前途,只能由中苏两国政府取决,不许第三者干涉。"

说起来,中国的情况也是很有意思的,就是政令不通,各有政策,中央政府议定的事情,还得地方政府确定,有时也未必是坏事。在中苏正式建交后,因为东北军阀张作霖对《中苏解决悬案大纲协定》的否认,苏联又派出全权代表库兹涅佐夫与东三省自治政府全权代表郑谦、吕荣寰等人在奉天签订了《奉俄协定》。张作霖承认"北京协定"的内容。因为东三省自治政府再次与苏联谈判,苏联将1896年中俄条约中规定的八十年后归还中东铁路的期限减为六十年,以示"友好"。在我的印象中，中国与外国人打交道总是在吃亏，丧权辱国，这次张作霖有点破例的样子。这样，在中国根本无力赎路的条件下，苏联实现了对中东铁路的使用权和所有权。这也说明，加拉罕的两次对华宣言，不过是当时苏俄政府对中国的一个语言游戏而已。

当时苏联政府也很有意思，加拉罕作为苏联首任驻华大使，在北京进行外交活动的同时，与在广州的孙中山建立密切的联系。孙中山病逝后，苏联大使馆下半旗志哀。

1926 年奉系军阀首领张作霖执掌北京政权。6 月 28 日，他与直系军阀吴佩孚在北京会晤，联名宣布"讨赤"总攻击令。因为南方的广州国民革命军得到苏联的援助，以布留赫尔将军，中文名为"加仑"为首的苏联军事顾问直接参与制订北伐战争计划，他对苏联政府非常不满。他把不满发泄到加拉罕身上。按他的话说，加拉罕"打来中国后就用钱收买大学生以组织暴动，还给冯（玉祥）军提供军火，助长了国内的无序"，超出了"大使的正式权力和国际公法准则"。这时候，苏联驻沈阳总领事馆在给本国政府的一份报告中也说，张作霖至今不承认加拉罕是苏联全权代表，要求政府召他回国。1926 年 9 月 10 日，加拉罕奉命回国。这样，为中苏两国关系的发展做出重要贡献的加拉罕从此再也没有回到中国。他是中俄两国外交关系史上的重要人物，两次对华宣言的当事者，他留下了是否无偿归还中东铁路的历史公案的秘密。他被召回国内，这不是他的错，而是苏俄政府对华政策的矛盾性的替罪羊。

尤拉是一个对哈尔滨俄侨历史特别感兴趣的人，他在对加拉罕的研究中，除发现《新边疆报》对加拉罕的影响外，还发现在《新边疆报》

还有一位哈尔滨俄侨,是俄国著名的新闻记者。他觉得,应该把这位新闻记者的故事告诉卡嘉。

尤拉对我说,这个世界太小了,人们认为多么久远的人与事,都会与我们有着各种各样的联系。譬如有一本书,这书并不是多么了不起的杰作,就是因为我们喜欢,或者不喜欢,又因为没有什么事情可做,而偶然拿起了它,就这样,我们意外地发现,许多事情就发生在我们身边。

1899 年《新边疆报》创刊不久,有一位记者德米特里·扬契维茨基即来到该报效力。德米特里·扬契维茨基的正式职业是旅顺普希金俄华中学的教师。他兼任《新边疆报》主编的助手,将这份周三刊的定期小报扩大为六栏,使其成为在远东的"俄国利益的当之无愧的表达者"。在国内的特派记者到达北京之前,占八国联军总数四分之一的俄国军队的军事行动,都是由这家小报和这名非职业记者报道的,这是俄国新闻界在中国活动的一个开端。在赵永华的《在华俄文新闻传播活动史》一书中有着充分的描述。

1900 年 7 月,八国联军攻陷大沽炮台占领天津后,开始向北京外围的义和团防线突进。这时,约有 30 名外国记者来到天津,《新边疆报》的主编彼得·亚历山大·阿尔捷米耶夫就在其中。而在这之前早已有人进行了报道,他就是《新边疆报》的记者德米特里·扬契维茨基,他是第一个到达事发现场的外国记者。他于 5 月 22 日晨在旅顺口搭乘水雷巡洋舰"海达马克"号赶到大沽,次日从俄国舰队旗舰"大西索"号上发出了第一篇通讯。然后他前往天津。德米特里·扬契维茨基的报道大力宣传了俄国军队在这场战争中的作用,并为俄国在战后谋得更多利益摇旗呐喊。

德米特里·扬契维茨基的报道在体裁上多种多样;内容也是五花八门,既有记录战事进程的常规消息,也有一篇篇幅较长的人物和事件通讯;不仅有现场感很强、充满细节的战地特写,还有洋溢感情色彩的评论文字。其主题却是一以贯之,即大力宣传俄国军队在这场战争中的作用。

德米特里·扬契维茨基最具个人风格的报道还是他的一系列战地特写,他曾随俄国士兵一同冲锋,近距离目睹了双方厮杀的场面。在天津郊区的铁路线上,他曾被清军的炮火炸伤。后来,他又两次随俄军侦察队在北京远郊探路,并作为俄军先遣部队的向导参加了攻打北京的战斗。他的特写多是在战地完成的,"有时在高粱地或者玉米地里,有时在房子里、双轮马车上、树墩上、柳树荫下。最愉快的是在庙里,在那些偶像、供具和香烛中间写"。这使他写得逼真、生动,而且相比其他外国记者的报道,这种更为详细、具体的文字也因其特有的写作手法,成为具有特殊价值的历史资料。

在战争后期,德米特里·扬契维茨基还报道过李鸿章和八国联军将领的联席会议,以及中东铁路的修建等重要人物和事件。

从目前的研究成果看,德米特里·扬契维茨基是第一位来华从事涉华报道的俄国新闻记者。外国人在华办报的历史肇始于西方传教士的传教活动。虽然俄国传教士的到来比他们早一百多年,但是却无心在中国布道,早期也没有开展任何办报活动。然而,俄国传教士对古老东方的文化却情有独钟,他们着眼于历史文化研究,促进中俄文化的交流。一直到 19 世纪末 20 世纪初,中国大地上才有俄国记者的采访行踪。他们一经出现,就身手不凡,丝毫不逊色于欧美的战地记者,这与俄国国内新闻事业的发展水平有关,俄国报业并非处于封闭状态,而是与西方频频接触。19 世纪末的俄国报业已达到一定的发达程度,能够与西方资产阶级新闻事业步调一致，因此，俄人在华办报虽起步晚，但起点高，一下子就融入到了在华外报的活动中。

最后，尤拉给了我一份关于德米特里·格里高利耶维奇·扬契维茨基的弟弟瓦西里·格里高利耶维奇·扬契维茨基的资料。他说："哈尔滨俄侨曾经分布在全世界的每一个角落，他们看似彼此离得那么遥远，但是都有着各式各样的联系，与他们有着联系的人太多了。他们也应该是哈尔滨俄侨的一部分。"

按照尤拉的建议，我还是把这份资料抄写在下面：

瓦西里·格里高利耶维奇·扬契维茨基，他是俄罗斯苏维埃作家，1874 年生于基辅一个教师家庭。1897 年，毕业于圣彼得堡大学历史语文系。他用了两年时间漫游中部和北部俄罗斯，写成《徒步游记》一书，出版于 1901 年。1901 年之后，他又骑马访问了中亚一带，引起了他此后要写有关亚洲历史小说的念头。1905 年日俄战争和 1914 年第一次世界大战期间，他担任军事记者。十月革命之后到 20 世纪 20 年代末，他发表过若干篇短小的历史小说和惊险小说。20 世纪 30 年代，他发表了一系列中篇历史小说，如《腓尼基船》(1931 年)、《山岗上的篝火》(1932 年初版，1959 年增订再版)，《斯巴达克》(1932 年)、《锤工党》(1933 年)。这些小说构思巧妙，描写生动，颇受读者欢迎，曾在苏联风靡一时。1936 年，他完成长篇历史小说《成吉思汗》，1942 年荣获斯大林文学奖金。1942 年，他完成长篇历史小说《拔都汗》，1954 年又完成长篇历史小说《走向"最后的海洋"》。这三部是有关蒙古人西征的小说合称为《蒙古人的入侵》。1954 年,死于莫斯科。死后,他的两部遗著出版一部是《哈拉诺尔湖的秘密》(1961 年),另一部是《拔都汗的入侵》(1975 年)。

德米特里·格里高利耶维奇·扬契维茨基 (1873 – 1934),哈尔滨俄侨、记者、作家、东方学专家。第一位来华从事涉华报道的俄国新闻记者。曾在《新边疆报》工作。毕业于圣彼得堡大学东方语文学专业。他的著作《不能移动的中国高墙下》为他带来声誉,后经法国总统推荐被选为法兰西文学院院士。十月革命之后被镇压,经长久关押后死于索洛维茨基集中营。

卡嘉,我能够了解到的就是这些。这已经足够说明问题了。这就是加拉罕的结局。革命者会以革命的方式结束"革命者"的生命。这是一些哈尔滨俄侨的宿命。

第五章

此处是故乡

这就是我们的故乡,这就是美丽的哈尔滨,松花江畔的丘陵之上的欧洲风情的城市。这里曾有着众多的俄侨和他们对未来的憧憬。这里的半个世纪沧桑历史,与他们有着千丝万缕的联系并已经成为这座城市历史的一部分。如今,老俄侨在梦里回来了,他们想知道,往日呈放射状的街道,俏丽多姿的欧式建筑,在节日里响彻城市上空的教堂钟声,仍然依旧?

那天,尤拉在中央大街上散步,他在想什么呢? 只要一沉入幻想,他的眼前就会浮现出一幅幅故乡哈尔滨的景象。

书信十八

　　卡嘉,你现在在远方的什么地方呢? 我想与你再谈谈我们的故乡哈尔滨。我就是在这里喜欢上了文学。那时候我还是个小男孩,在我的记忆深处,常常涌动着一种莫名的感情,使我在迷醉中不能自己,面对旭日东升与夕阳西落,有一种深厚的感情萦绕在我心中。我感受到我们的故乡哈尔滨是诗与梦的结合,是中国近代史上最富有传奇色彩的篇章,对我来说就是一个绚丽的梦。我沿着这条记忆的小巷去寻找她的诗意,还有对你少女时代的回忆。

　　在我们小的时候,你很相信我,称呼我为尤拉哥哥。我们与邻居孩子在一起做游戏的时候,也是我一直在保护着你,因为他们总是欺负你,说你的奶奶是个外国人,你的爷爷是个大胡子。我还记得你的哥哥安德列,是个亚麻色的卷头发的小男孩,常常微笑着望着天空出神。现在我也不知道他在想什么,他对你也不是很爱护,因为他与我们玩的游戏是冲冲杀杀,你跟在他后面碍事吧。我常常跑进你家窗下的花园里玩,在草坪上嬉戏。

　　我在家里有一个小木箱,里面都是我的藏书,我还有一个旧本子,我曾经在里边写下各式各样的诗句。可我已好久不再这样做啦。在这个本子中间,也夹着几张秋林公司的糖纸,上面都是很漂亮的图案,我非常喜欢。你知道这是谁把它们送给我的吗?

我知道童年对于一个人成长的影响是多么重要,他的爱好兴趣、禀赋和思想观念以及工作趣味,童年生活对他的人生活动有着潜移默化的作用。没有童年生活的人不可能成为一个面对社会勇于担当的人,我们现在的孩子,应该说没有我们那时候幸运。

　　1957年夏天,有一首优美抒情的苏联歌曲在中国大地上开始广泛传唱:"深夜花园里,四处静悄悄,树叶儿也不再沙沙响,夜色多么好,令我心神往,在这迷人的晚上。"多么美好的歌曲。当年是谁把这首意境幽美、感情真挚的著名歌曲翻译过来的,许多人就不清楚了,他就是我国著名的苏联歌曲翻译家薛范先生。

　　我有幸与薛范有过一次接触。2010年6月13日上午,薛范来到了哈尔滨,在省图书馆做专题讲座。这是一位影响了中国一代人的人,现在他终于来到了哈尔滨。我没有想到,他竟是一个坐在轮椅上的残疾人。这位瘦小的老人被人推到讲台上,他静静地坐在轮椅上,脸上清秀安详,眼睛明澈深邃。我注意到,那一次是高莽先生陪着他来的。这里是高莽的家乡。

　　薛范1934年出生在上海一个普通人家。两岁时因小儿麻痹而高位截瘫成为残疾人。新中国成立后,薛范感受到新生活的希望,他没有认同命运的安排,他希望人们不再注意他残缺的身体,而是更多地体味他的悲情与伤感,他的禀赋与趣味,以及他对人生的理解和追求。他那时喜欢《牛虻》,他喜欢季米特洛夫在莱比锡的演说,他还希望自己成为闻一多那样的学者,成为一个文艺理论家。他开始读《钢铁是怎样炼成的》,奥斯特洛夫斯基的人生与精神深深地鼓舞了他。在这时候,他学会了俄语。在19岁那年,薛范开始试着翻译了几首罗马尼亚的诗歌,投给北京的《译文》杂志社,当时任编辑的高莽非常喜欢,把他的译诗发表在《译文》上。这是一个多么了不起的事情,他是一个没有文凭的青年,没有任何背景,也没有什么资历。从那以后,他走上了翻译俄苏歌曲与欧美歌曲的道路。

我与薛范有过简短的谈话。我请他在他编著的《1917—1991·苏联歌曲珍品集》签名留念。那天我还带来了另外一本书,苏联抒情诗人伊萨科夫斯基的《和平颂》,蓝曼翻译,1957年新文艺出版社出版。这还是在省图书馆剔旧时淘来的,我甚为珍贵,因为伊萨科夫斯基是我最喜欢的诗人。他也给我签了名。我感到他是一个随和的人,一点点的举手之劳,让人实现了心中的愿望。

在20世纪50年代,薛范与其他翻译家翻译了许多当时苏联著名歌曲,如《山楂树》《快乐的人们》《沿着村庄》《小路》《喀秋莎》《神圣的战争》等,他翻译了《海港之夜》《红梅花儿开》《共青团员之歌》《跨过高山,越过平原》《歌唱德涅泊尔河》《三套车》《灯光》《列宁山》《遥远的地方》等,在中国大地上被人们广泛传唱着,整整影响了一代中国人。那是一个人们充满理想和热情、友好的美好时代。薛范是那个美好时代的创造者,他用苏联歌曲充满感情地演绎了那个时代的蓬勃向上的氛围。换句话说,人们在他创造的艺术氛围中,感受到生活的美好,对未来的憧憬。

现在我想与你说说高莽先生,他是我国著名画家、作家、翻译家和文学评论家。那次与他薛范一起来哈尔滨,对他来说是回到故乡来了。他1926年出生于哈尔滨。20世纪30年代他曾在哈尔滨基督教青年会读书,后去北京工作。

高莽的儿童和少年时代是在哈尔滨度过的。他记忆中的哈尔滨是一座有着异国情调、充满诗情画意、又有些畸形的城市。

那时候的哈尔滨是多么的美丽,对他是多么的重要啊,他说:"雪花雾凇、白云晚霞、起伏的街道、绿荫的院落、满街的花香、浩浩荡荡的江水、傍晚远飞的雁群、节日教堂的钟声、俏丽多姿的建筑,特别是憨厚勤劳的居民和他们对未来的憧憬,潜移默化中使我受到俄罗斯风俗的感染,形成了我的人生意识与审美观念。"

1925 年,由美国基督教青年会投资,在哈尔滨南岗区花园街 59 号,在今花园小学东侧建起了一座深灰色的三层楼房,地下还有一层,是学校图书室和更衣室。由此便诞生了哈尔滨基督教青年会中学。高莽在《我的母校》中介绍过这所学校的"国际特色"。基督教青年会学校的同学多来自不同的民族,有波兰人、乌克兰人、爱沙尼亚人、立陶宛人、犹太人、朝鲜人、中国人等等,以俄罗斯人居多。大家通用的语言是俄语。老师主要是俄侨,用俄语讲课。他们教英语都带有浓重的俄罗斯腔调,真正的英国人听起来直摇头。他在学校的学习成绩平平。放学回家常常痛哭,因为听不懂老师的话。经过几年的学习才慢慢熟悉了俄语。随着年龄的增长,他又逐渐爱上了俄罗斯文学与绘画。高莽最喜欢上的语文课其实就是俄罗斯文学课。他说:"俄罗斯文学作品中充满对农奴制的反抗,及对劳动人民的同情,对弱者的关爱,对民主的向往,对美的追求。"

高莽被那位俄侨老师带磁性的声音深深地感染着,也仿佛亲身经历了老师讲述的故事情节。老师讲授的普希金的童话、小说、诗歌,给了他和同学们一种超然、奔放、纯洁的审美意境。老师在讲果戈理的《狄康卡近乡夜话》或《钦差大臣》时则另是一种情景,乌克兰农民欢乐的场面和对达官贵人的鞭挞,也让他和同学们笑得直不起腰,老师以幽默的语调、夸张的表情讲解的克雷洛夫寓言,那里面的智慧和机灵,使高莽和同学们得到心智的启迪。

哈尔滨基督教青年会的教务主任格雷佐夫,高莽深情地回忆说:

"他是哈尔滨著名的诗人,他发起组织的丘拉耶夫卡文学会,在俄罗斯侨民当中颇有影响。文学会团结了一批文学爱好者,组织各种活动,地点就在我们学校。我们有的语文老师就是那个文学会的成员。那时我还不能理解俄罗斯文学艺术拷问人生的重大课题,但小说中的故事、诗歌中的音乐旋律、绘画中的感人场面,却把我带进一个梦幻的世界。"

高莽在哈尔滨基督教青年会读书时,先后曾跟随几位俄侨美术家学过油画。他学习绘画的缘故是父亲要满足儿子对绘画的爱好,顺便也能让他跟老师练习俄语。他们学校的美术教员叶·斯捷潘诺夫,就是他的第一个俄侨老师。这是一位油画家,在哈尔滨俄侨和整个美术界都是赫赫有名的画家,他创作的绘画作品异常出色。

斯捷潘诺夫于1894年1月20日出生在莫斯科。他在那里成长并读完了实科中学,考上著名的莫斯科艺术学院,在那里系统地学习了绘画、雕塑、建筑专业课程。他曾师从柯罗文、瓦斯涅佐夫、谢洛夫和阿尔希波夫这样的大师级画家。第一次世界大战期间曾任飞行员。他是从海参崴一带流亡到中国的,曾在哈尔滨青年基督教联盟附属中学任美术教师。

20世纪20年代初,斯捷潘诺夫的私人美术工作室在哈尔滨占有一席之地。他采用俄国传统的现实主义手法进行创作,涉猎过各种题材,尤其擅长风景画以及舞台美术。他的一位女同事曾经评价他的作品生机盎然,色彩也独具匠心,在浓密的墨绿色阴影中,总会有明亮的光线喷射而出。他的作品以精准细腻的学院派绘画手法使同时代的人为之惊叹,多表现满洲地区的风土人情,如《巴利姆村》《秋天的服饰》《收割时节》《马儿在休息》《松花江之晨》《岸边的帆船俱乐部》《中国的小驳船》《雨后》和《寂静的寺院》等。他在多所学校和工作室教书,为教堂创作壁画,创作油画,为建筑内部做美术装修等。他还担任《乡村一月》《樱桃园》《沙皇菲多尔·伊万诺维奇》等戏剧舞台布景的设计绘制。1955年,他返回苏联,定居于诺夫哥罗德。1941年,莫斯科同乡会在哈尔滨举行了斯捷潘诺夫艺术创作生涯25周年庆祝活动,并在他所供职的哈尔滨基督教青年会三层的礼堂举办了画展。在展出的六十多幅作品中,有风景画、肖像画、主题油画和戏剧舞台布景等。其中《重大决定》《第聂伯河两岸扎波罗热人首领科什卡》等画作不仅是历史题材的力作,而且还是表现画家塑造的艺术形象、独特的创作风格以及粗犷豪放的线条和笔触的代表性作品。前来参观的画家以及作家、诗人、工程师、将军、律师、教授和广大观众,都高度评价斯捷潘诺夫的作品,认为其作品体裁和题材的多样性以及高超的艺术水准,证实了斯捷潘诺夫超凡的艺术才华和巨大的创作潜力。

高莽回忆说,斯捷潘诺夫是一位天才的画家,一生留下了许多传世的美术作品。他参观过斯捷潘诺夫在哈尔滨举办的画展,印象很深。他在《我的俄罗斯绘画老师》一文中,对斯捷潘诺夫油画作品的这样评述:"他的油画风景令人冥思苦索。哈尔滨熙熙攘攘的市街、郊外金色的农村、松花江畔和太阳岛等地都是他描绘的对象。我特别感兴趣的是他对阴影的处理。阴影在我的眼睛中明明是灰色的,而他的画中往往是紫色的、透明的。我感觉到色彩也会说话,色彩是一种悦目的美。"

高莽在课外还有一位俄侨老师,这位俄侨老师是弗拉基米尔·尼古拉耶维奇·奥西波夫。他回忆说,奥西波夫住在铁路花园,即现儿童公园旁边的马家沟畔,有自己的一座木头建的小平房,独门独院,墙体漆成绿色,窗户的玻璃上挂着钩织的白色纱帘,满院栽植的花草和树木,使房间里的光线变得暗暗幽深。在他看来,这就是一幅很幽静的俄国民居的油画。在他的记忆中,奥西波夫那时年过花甲,他身材高大,宽阔的前额上留着平头,他的眼睛很犀利,在注视人的时候,流露出的是审视的目光。高莽回忆说，他每周到奥西波夫老师家去两次。奥西波夫经常教他临摹油画作品，临摹最多的是风景画。奥西波夫在哈尔滨以临摹油画出名，有一些宾馆、影院和商店，都有他临摹的作品，如列宾的《扎波罗什人给土耳其苏丹写回信》、希施金的《森林的早晨》等名画。在奥西波夫的指导下，高莽初步掌握了油画的基本知识和技法。

当年哈尔滨有两家有名的俄侨美术工作室，除了斯捷潘诺夫创办的美术工作室外，另外一家美术工作室是由克列缅季耶夫教授创办的。阿列克塞·尼古拉耶维奇·克列缅季耶夫于 1875 年出生在俄国古老的城市特维尔的一个粮食批发商家庭。他在敖德萨美术学校毕业后来到圣彼得堡，在列宾指导下学习画艺，并在列宾的工作室工作。后来在德国慕尼黑的阿什伯学院、匈牙利的侯洛什画室和巴黎的科尔蒙画室工作，学习欧洲各国的文化和艺术。从 1902 年开始，他参加圣彼得堡学院派画展，在圣彼得堡画家的《田地》杂志社以及在格里克和维尔波里格公司做素描画家。1914 年，他在鄂木斯克做美术教师。1918 年后他又来到海参崴，担任教师还有其他方面工作。1921 年，因为他发表有关于苏联秩序方面的言论，被逮捕之后诉至法庭并被剥夺一切权利。之后，他秘密逃亡来到了哈尔滨，继续从事他在苏联国内的职业，即在学校和私人工作室讲授美术课程、创作油画作品，还在奥克萨科夫斯卡娅中学教授美术课。哈尔滨有名的俄侨女画家亚诺维奇·奇卢尔斯卡娅曾在他的工作室学习过，她在 1939 年去上海举办了个人画展。

当时高莽家从南岗搬到了马家沟，克列缅季耶夫老师的画室跟他家相距不远。他说："有一天，我发现跟我家后门相邻的一个小院里，常有男女青年手提油画箱，进进出出。我从他们口中得知院里住着一位俄罗斯画家，教授油画课程。我觉得是个好机会，于是主动找上门去。"克列缅季耶夫看了他的自油画作品便同意了。高莽被分配在绘画水平相对高一些的人物班。人物班上课时，每次有一位同学当模特儿，坐在台子上，让大家写生。一幅肖像，一般要画四五次。克列缅季耶夫在学员的座位夹道中间走来走去，作些具体指导，有时也亲自动笔。画像完成以后，大家把作品摆在一起评比。老师是主要的评论员，学生也可以发表各自的意见。最后，当模特儿的同学可以随意选择任何人画的一幅肖像归为己有，留作纪念。

有一次，班上的犹太少女季娜·古列维奇给大家做模特。高莽精心为她画了一幅背光侧影的人物素描。她在选择同学的作品留念时，一眼就选中了高莽的作品。多年以后，她成为以色列著名的女画家。高莽从俄罗斯 1997 年出版的《俄罗斯犹太百科全书》中找到了有关季娜的词条："什姆什凯维奇（原姓古列维奇），列昂季娜·索洛蒙诺夫娜，1933 年生于哈尔滨，油画家。曾就学于画家阿·尼·克列缅季耶夫（列宾的学生）的私人画室。1949 年毕业于哈尔滨音乐学院钢琴系。自 1951 年起定居以色列。曾在罗马弗曼蒂教授画室学习油画。1972 年在音乐学院钢琴班授课，同时从事油画创作，画肖像、风景、静物。什姆什凯维奇的特点是把俄罗斯写实绘画与中国传统绘画有机地结合在一起。什姆什凯维奇的作品为许多国家的博物馆与私人所收藏，她所绘的以色列总统纳翁和格尔佐格的肖像保存在耶路撒冷的以色列总统宫里。"季娜后来写信对高莽说，百科全书中她的出生年代错了，她生于1928 年，而不是 1933 年。高莽说："我们现在仍时有通信，回忆少年时代的一些难忘的过去。"

高莽还回忆过蒂娜，一位哈尔滨俄侨。蒂娜原名斯穆什克维奇·列昂京娜，是哈尔滨著名粮食出口商所罗门·格莱维齐之女。蒂娜的绘画才能有其遗传因素，她的姨妈是位舞台艺术画画家。蒂娜 13 时师从克列缅季耶夫，在其私人美术工作室学画。这位俄国画师发掘了蒂娜的绘画天赋并养成了她对俄罗斯艺术的热爱。经过这位老师力荐，哈尔滨有名的商务俱乐部举办了蒂娜的首次个人画展。她在哈尔滨就读的学校是哈尔滨青年会培训学校和哈尔滨高等音乐学校钢琴班，而毕业于两校的时间都为1949年。1951年，蒂娜和工程师格里戈里·马尔科维奇·斯穆什克维奇在哈尔滨完婚，这对新人赴香港、西贡和罗马等地旅居。客居罗马的4年，蒂娜常去当地声名显赫的佛曼提美术工作室，还两次参加过当地举办的画展。夫妻二人于1972年回到以色列，在拉马特甘市安顿下来。蒂娜在拉马特甘市音乐学院作画并从事钢琴教学。她在特拉维夫和拉马特甘频频举办画展，很多国家的博物馆和私人宅邸都挂有她的画作。蒂娜的油画融入了俄国、中国和欧洲诸画派的绘画技法，她家中从中国带来的工艺品琳琅满目，如象牙雕刻、铃铛、青铜器皿和乌木雕刻品。在她的画作中也不难看出中国风格，那种对主题形象表以平面布景的格调。蒂娜的名字可见诸多部百科全书。2006年年初的《北京青年报》还登载过全面论述蒂娜美术作品的文章。

　　五十多年以后，高莽在北京俄罗斯驻华使馆的门厅里看到一幅风景画，很像斯捷潘诺夫老师的作品。他走到跟前仔细看了看签名，果然是"叶·斯捷潘诺夫"。这幅画是怎样来到这里的？对他一直是个谜。斯捷潘诺夫1955年回到苏联后留在西伯利亚，他和家人住在赫鲁晓夫时代的一套二居室公寓里。他的儿子也是个艺术家。他的退休金很少，只好靠绘画维持生计。他晚年的时候因为行动不便，足不出户，常年待在房间里。夏天浓密的树荫遮住了光线，房间变得昏暗，他就等到树叶落尽，房间重新明亮的时候再开始作画。他那狭窄房间也就成了拥挤的画室。这是季托夫在《哈尔滨导报》上描述的他的窘境。

　　斯捷潘诺夫凭着记忆画了很多哈尔滨自然风光，有铁路小站，有松花江浅色沙滩，还有金色的田野，这些作品对哈尔滨的俄侨而言，都弥足珍贵，画面中记录了他们的青春和梦想。

斯捷潘诺夫的余生几乎成了侨居在哈尔滨那一代俄罗斯艺术家的缩影，回国后生计艰辛，碌碌无为，长时间地沉迷在往事的记忆中而无法自拔。他于1985年去世。

最后说一句，那位俄侨克列缅季耶夫在1943年为自己的学生们举办了一次画展，当时算是哈尔滨俄侨美术界的一件盛事。参观的人很多，哈尔滨《霞光报》还专门发表了评论文章。克列缅季耶夫要求学生每人提供三四张作品。高莽的展品中有一幅《自画像》，这是他17岁时的肖像，保留至今。这是他几十年从事油画创作的最早的纪念，这幅《自画像》一直保留至今，挂在他北京家的书房的墙上。

书信十九

　　卡嘉,我常常想起十年前我们在哈尔滨圣索菲亚教堂广场的重逢,我们也是在这里告别。在去机场的大巴上我们默默不语。望着窗外的城市风景,你说:"你什么时候到武汉去呢,那里的汉口也有许多的老建筑老教堂,有个俄国人叫'巴公'的,他就在汉口盖了一幢老房子,这房子和他这个人很有故事呢。"

　　我知道,来到中国的第一个俄国人是在汉口落脚的,而不是在哈尔滨。你说的那个"巴公"是巴诺夫,汉口阜昌砖茶厂的老板。人们叫他巴公,也叫他巴洋人。我不知道他是不是来到武汉的第一个俄国人。据说巴公是俄国贵族,沙皇的亲戚。

　　卡嘉,在我心里,武汉留给我的印象很好,这不仅仅因为有你在那里,还有我在北京漂泊时来自武汉的朋友帮助了我,这样我记住了他们,也记住了武汉。我有机会一定到武汉去。那里有世界上最美丽的武汉大学,满园绽放的樱花。卡嘉,我亲爱的朋友,其实哈尔滨的历史何尝不是这样的呢? 有谁知道,因为来了许多俄国人,他们在这里开拓着,或者说为了生存,无论他们的目的,确实做了一些事情,慢慢地把这里的小渔村建起了城市,发展为国际大都市,城里有很多的教堂? 这里的文化沙漠变成为文化绿洲,出现了文学艺术? 创办了学校,创刊报纸和杂志,放反映了电影,荡漾着歌声?有谁知道,从一个小渔村发展为一个国际都市,该有多少有趣味的人和故事,而这些人和故事,有许多是为我们许多人所不知道的。

哈尔滨这个美妙的城市,许多人还记得她的过去,特别是那些曾经生活在这里的俄侨们,他们回忆的时候,感觉是一个什么样子呢?女作家塔斯金娜当年旅居哈尔滨,回国后继续书写她的侨民生活,先后发表了一系列著作,如《陌生的哈尔滨》(1994年)、《哈尔滨的中国问题专家》(1997年)、《远东俄侨的文化遗产》(1995年)和《俄罗斯画家画笔下的旧中国》(1996年)等作品。她在《鲜为人知的哈尔滨》中深情地写道:"我经常梦到火车驶抵哈尔滨火车站了。我下了火车,走到车站广场上去,然后向右拐去,顺着车站街即现红军街径直向圣尼古拉大教堂走去。到了大直街后,我又朝秋林公司方向走去。再往前走,我路过波克洛夫斯克教堂,看到了路德新教教堂的尖顶。我一直往前走着,走过天主教教堂、佛教寺庙极乐寺,奔向乌斯宾斯基墓地,那里安葬着我的祖父、祖母,我有四十多年没来过这里了。"

我不知道,有多少读者会停下来,他们擦着眼泪,心中隐隐伤感,也许,那是一种乡愁的感动,宛如袅袅的炊烟,久久地不能散去。

在20世纪四五十年代末,居住在哈尔滨的俄侨大批离开中国回国或者去西方国家。这是因为苏联政府号召苏联公民回国参加建设。早在1943年1月20日,苏联发布了最高苏维埃主席团的决议,凡是侨居在中国的所有俄国侨民都可获得苏联国籍。这实际上是一道"赦令",但这一决议对当时哈尔滨俄侨来讲,是没有多大实际意义的,因为日伪当局对苏侨的迫害要远甚于旧俄国侨民,后者躲避犹恐不及,更谈不上主动去加入了。1946 年以后，情况发生了变化，随着苏联红军进驻哈尔滨，苏联是第二次世界大战的战胜国，因此有许多无国籍俄侨纷纷申请恢复苏联国籍，特别是青年人纷纷申请加入苏联国籍，无国籍俄侨的总数明显减少。1947 年 6 月 30 日，苏联政府作出决议，准许居住在上海、天津、北平的 3000 名苏联公民及其家属和 150 名苏联公民的孤儿，在 1947 年 10 月以前分四批遣返回国。

但是，苏联政府做出的决议没有包括哈尔滨的俄侨，这里有几个原因，哈尔滨素被称为中国俄侨的"首都"，侨民人口众多，其成分极为复杂。这里一直是白俄的反苏基地，有形形色色的政治组织，出版刊物，与世界上的各种反苏势力有着密切的联系。白俄主要政治组织的领袖常年在这里活动，如白卫军头目谢苗诺夫虽然定居大连，但与哈尔滨的反苏人物频繁来往。还有许多在哈尔滨的俄侨都曾效力于日伪当局，如白俄路警、白俄警察、白俄支队等。出于这些原因，苏联政府对于哈尔滨的侨民存有戒备，担心其中有些人是准备回国去进行间谍和破坏活动的，即便侨民提出申请，也很少有人获得批准。1948 年 2 月，哈尔滨市对外侨进行户口登记时计有苏联侨民 26652 人，至 1953 年，有苏联侨民 21739 人，没有出现人口的大规模迁移。

在此期间，一些无国籍的俄侨加入了苏联国籍并返回了苏联。但仍有一些俄侨拒不取得苏联国籍，在 1949 年 10 月前，他们向国际难民组织远东局提出申请要求安排移民他国。他们当中的获得批准者，会同上海等地的无国籍俄侨去了国际难民组织设在菲律宾的萨马岛难民收容所、日本东京临时收容所，或直接去了阿根廷、美国等国。到 1954 年后，在苏联政府的要求下，哈尔滨遣返苏联侨民的工作开始，无国籍俄侨已无法继续在哈尔滨滞留，于是他们当中的大多数人投亲靠友迁往西方国家,哈尔滨的无国籍俄侨逐年减少。时间到了 1954 年初,苏联第五个五年计划建设大规模展开,苏联领导人赫鲁晓夫号召青年去"处女地"垦荒。来自苏联各地的 20 万年轻的共青团员、爱国者,到哈萨克斯坦和西伯利亚垦荒。这时候,苏联掀起的垦荒运动,也波及了中国。苏联政府呼吁流亡在国外的俄国人回国参加垦荒。自这年起,苏联政府不仅允许而且开始动员东北地区的苏联侨民归国。当时哈尔滨有许多俄侨都拥有苏联国籍,这就意味着他们可以与成千上万的来自苏联各地的年轻人一起,去西伯利亚或者哈萨克斯坦开垦荒地了。4 月 23 日,苏联驻华使馆向中国外交部提出,苏联政府将于本年 6 至 8 月,分批召回在华苏侨参加国内建设,望中国政府给予协助。为此,哈尔滨专门成立了"协助苏侨归国委员会",根据中央提出的"主动配合,积极协助,适当照顾,给予方便,尽速送走"的方针,具体协助苏联遣返侨民。在遣返过程中,对苏联侨民的审查,除重大政治问题和刑事犯罪外,只要苏方批准,中方即同意其回国。对在押犯人,如无严重罪行,也将情况介绍给苏联方面,若他们允许,也释放其回国。对回国的苏联侨民,由中国政府出面提供方便,所携带物品的重量和范围均予从宽,只要不是违禁品,一律准予出境。苏联侨民的地产,由政府无偿收回。房产则由房产部门统一收购。苏联侨民的私人工商业,国家需要的可作价予以合理收购,否则侨民可以自由出兑。经过哈尔滨市协助苏侨归国委员会几个月的工作,至 1954 年 8 月,共有 5789 名苏联侨民回国,1955 年 6 月,又有 6100 名苏联侨民回国。至 1955 年末,哈尔滨尚有苏联侨民 9660 人。自 1956 年始,中苏关系恶化,居住在哈尔滨的苏联侨民或者回国,或者去澳大利亚、美国、加拿大等国家定居,苏联侨民的人数逐年下降,到 1988 年末,哈尔滨仅有苏联侨民 21 人。

这期间，已经年老的俄侨开始了第二次迁徙，不过不是逃亡而是回到自己的祖国去。年轻的俄侨离开了故乡，他们大部分出生在哈尔滨，和他们的父兄在三十多年前的情景一样，回到了他们陌生的祖国。

自从1945年二战结束，哈尔滨俄罗斯人一直在大声疾呼，要求返回苏联，帮助重建他们的遭到战争蹂躏的祖国。现在机会来了，自从20世纪30年代中期，因为中东铁路出售，其雇员和家属返回苏联以来，这是第一次向苏联的大规模移民。

这时候，有许多不愿意回国的俄侨开始移居澳大利亚、美国、以色列，以及巴西、乌拉圭等南美国家。从1957年以后，从哈尔滨经由广州到达香港，去了西方国家。当时这成了联合国难民救济机构的一项工作，在九龙设有专供俄侨住宿的难民旅馆。他们终于到达了自己希望去的国家。

俄侨女作家塔斯金娜就是在那个时候回到了苏联。现在她在梦中又回到了她思念的哈尔滨。如果她真的回来了，她还能看到什么呢？实际上什么也没有见到，熟悉的一切都不复存在了，她笔下的圣·尼古拉教堂、哈尔滨老火车站都不见了，昔日经常光顾这些地方的老住户也早就各奔东西了，历史之风把他们吹到了世界的各个角落，而有些人早已到了另外一个世界。但她却清楚地记得，在近半个世纪的历史长河中，在哈尔滨这片土地上曾和平居住过不同国籍、不同民族、不同信仰的人。

1935年，苏联把中东铁路卖给了日本人，大批的铁路员工回国了。她说："铁路员工住的大院空了。我们这些小孩子在被遗弃的凉亭、夏天用的厨房中玩耍，我们还时常钻到空的或半空的仓库中玩耍。铁路员工当时住的都是公房，房子都是一层的，有石头房，也有砖房，房前都有小花园和院子。"

卡嘉，塔斯金娜回忆的这一切，仿佛就是我们的童年生活，都是你我非常熟悉的。我们小时候就生活在这样的俄国人的院子和房子里。7岁那年，我家从别处搬到我们这条小街。这条小街已经有多年的历史了。小街风景优美，颇有俄罗斯乡村风光，街道非常僻静寂静，路面是用卵石铺成的。街两边都是围着绿色木栅栏的鲜花盛开和树木茂盛的庭院，绿树掩映着造型奇特的俄式木房，窗外树梢尖耸的教堂的钟楼，远处荡漾的"磨电"的叮当声，偶尔在街上跑过的俄罗斯孩子，哼唱着他们民族的歌曲……我仿佛置身于一个美妙的童话境界，在一个有着异国色彩的土地上。

小街不远处是教堂街。"磨电"从早到晚地叮当响地在那里跑着。小街上还有个大水泡子，水里生长着许多喂鱼的小虫子。小街尽头是马家沟仓库，有条铁路支线，常常有火车在这里装卸货物。仓库旁边就是潺潺流过的马家沟河……

那时候，我们那条小街上有些俄侨邻居，或者是他们的后裔，他们在庭院里养奶牛、弹琴、唱歌和跳舞，在庭院树荫下读书。邻居们和他们友好相处，我也与他们的孩子在一块玩耍，他们把文学和绘画的书带给我们看。这里所呈现的整个是一幅俄罗斯乡村风景。是我们在阅读俄罗斯古典作家的作品时所能感受的。这就是我童年时代生活的环境，充满浓郁的异国风情，浓郁的俄罗斯风情。故乡就是这样定格在我的心中。

卡嘉，你还记得吗，在我们小街上附近的在斜坡上，有一座古老的东正教堂，是涅斯托尔大主教的教堂。涅斯托尔大主教已经离开了中国，教堂成了住宅。我从窗子可以望见它的钟楼的尖顶，住在钟楼下的那户人家养的鸽子在教堂上空飞翔。我每次路过都仿佛听见教堂迟缓而沉郁的钟声。在教堂的下坡是一片空地,周围长着许多大榆树,我和小伙伴常常在那里踢足球。不过那个教堂不是塔斯金娜说的阿历克塞耶夫教堂。记忆中,在童年钟声撼动的黄昏里,在我寻找的故乡的故事中,我感到历史的严峻。因为修建中东铁路和俄国十月革命,哈尔滨有许多俄罗斯人。他们大多住在南岗和马家沟一带。南岗地区在哈尔滨是被称为"天堂"的,早年间这里是俄侨聚居区。许多有钱的人在这里盖了房子,房子大多是俄式风格,有砖石的有木头的有砖木混合的,大大小小的都有,尖顶的,圆葱头,有带花饰的窗户和门。这些房子就散落在小街上。

塔斯金娜的回忆,也让我记起了自己的童年。童年对于我的成长影响尤其重要,我的爱好兴趣、禀赋和思想观念以及趣味,都与童年的生活有着潜移默化的作用。啊,我的梦幻般的城市与精神家园。这一切你是知道的。

卡嘉,我为什么这样不厌其详地和你提起这些呢?因为这些对我产生了终生的影响。我爱上文学,就是从这里开始的,在这里我尝试着开始写作,立志做一名作家……现在,这里的一切,大榆树、卵石路、俄式木房子、古老的东正教堂、叮当响的"磨电"、水泡子和老铁路……它消失在钢筋水泥的森林之中。当然,我不是说过去乡村不如现在的都市,我是说在人们记忆中,童年渐渐地远去的时候,它成为我心灵深处的精神家园。

塔斯金娜说起哈尔滨的那些教堂,让我想起了涅斯托尔大主教在哈尔滨的故事。他是哈尔滨俄侨的最后一位宗教领袖。世界反法西斯战争胜利,在八区广场举行庆祝活动,苏军麦列茨科夫元帅曾写过一部

《回忆录》并在其中提到了他："对于这一天的不平凡,自然因为庆祝大会规模空前,全市数十万人参加活动,苏联红军高级将领悉数出席庆祝大会。"

麦列茨科夫元帅回忆："哈尔滨为庆祝胜利而召开的一次群众大会,给我留下了难忘的印象。哈尔滨的一个广场上彩旗招展,人山人海。此处约有两万俄罗斯侨民,什特科夫宣布开会后,请苏军代表奥斯特罗格拉佐夫少将讲话,他讲到了关东军的覆灭,还讲了苏联及其人民在第二次世界大战中所起的伟大作用……法学家别尔佳科夫代表全市知识界,柳德米拉·扎哈罗娃代表青年,大主教涅斯托尔代表宗教界讲了话。然后是科学工作者、艺术家和商界代表发言。最后由当地演员和我们远东第 1 方面军红军歌舞团联合举行盛大音乐会。当晚,又成功地在哈尔滨俄罗斯剧院举办了音乐会。"

对于涅斯托尔大主教,我们能够知道的他是哈尔滨俄侨,1885 生于维亚特卡,毕业于喀山救世主修道院。在哈尔滨的俄侨中,他是一位出色的宗教领袖。他原是堪察加彼得罗巴夫洛夫斯克教区大主教,1921 年逃亡哈尔滨,第二年回到海参崴,但很快返回哈尔滨。1927 年 2 月 1 日,在马家沟瀛部街现营部街,即 24 号设立慈心院教堂。对于这里,我是非常熟悉的,它就在我们的邻家大院里。

涅斯托尔大在 1933 年成为修士大司祭。他写过《南斯拉夫札记:旅行印象》,带有插图,1935 年在哈尔滨出版。1938 年访问印度。1945年迎接苏联红军进入哈尔滨。1946 年成为哈尔滨和东北教区大主教。涅斯托尔大主教的命运多舛得有些不可思议。1948 年他被中方逮捕并被遣送回苏联。回到苏联后,在 1948 至 1956 年被囚禁于摩尔多瓦集中营。1956 年被释放,1958 年任新西伯利亚和巴尔瑙尔教区大主教。1958 至 1962 年任基洛沃格勒和尼古拉耶夫斯克教区大主教。1962 年在莫斯科去世。

半个世纪前的哈尔滨是一座美丽的城市,在俄侨女作家塔斯金娜回忆里的那个时代,哈尔滨可以说是一座多民族共存的城市。当时在哈尔滨的各国侨民都有自己的精神生活,各民族都组织了自己的民族文化协会,他们希望通过这种方式表现出对祖国、对民族历史文化传统的忠诚和热爱。

在 20 世纪 60 年代中期,大多数俄侨都离开了哈尔滨。这一年,尤拉在给卡嘉的信中说:"卡嘉,你什么时候回来呢?你还记得叶伏罗西尼娅·安德列耶夫娜·尼基伏洛娃吗?你应该记得她,我们叫他尼姨。她是现在哈尔滨最后一位俄侨了。就是我们小时候在普希金药店看见过的那位俄侨,已经 90 多岁了,属于她的日子不多了。我在报纸上看过有关她的报道,有一位记者经常去看她,称她伏洛霞阿姨,待她很好。我想这位伏洛霞阿姨不久将离开人世,我知道,你是非常熟悉尼姨的,她是你母亲的朋友。"

过了不久,卡嘉在给尤拉的回信中说,她会回来的,但不是现在。现在她准备去北极旅行。她准备随身带着美国作家巴里·洛佩兹的《北极之梦》去。朋友们正在等她。她说:"尤拉,那位记者熟悉的尼姨我是知道的,她是我母亲的朋友,可是我母亲不在了,等我,尤拉!"

尤拉和卡嘉在信中说的伏洛霞阿姨安德列耶夫娜·尼基伏洛娃,是哈尔滨最后一位老俄侨。

2016 年 9 月 22 日,尼基伏洛娃在哈尔滨市立第一医院合上双眼。尼基伏洛娃的遗体安葬在哈尔滨皇山公墓俄侨墓地。有人告诉我说,他们看见了尤拉,他的身边站着一位优雅的俄罗斯中年女子。她一定是卡嘉。

"一个时代终于结束了。"参加完葬礼,尤拉如释重负地对我说。

停顿了一会儿,他说:"俄侨的故事还没有结束,我还要继续讲给卡嘉,她是我的忠实的听众,现在还有谁愿意喜欢这些陈谷子烂芝麻的事儿呢?"

停顿了一会儿,他又说:"俄侨的故事还没有结束,我还要继续讲给卡嘉,她是我的忠实的听众,现在还有谁愿意喜欢这些陈谷子烂芝麻的事儿呢?"

"是的。"我说。

这天,尤拉请我到他家去,好像有什么大事。

尤拉的家在马家沟的一条街上,这条街过去曾叫巴尔干街。让我惊讶的是,他的住宅还是老旧的俄式木头房子,被一圈砖墙高高地围着。在这水泥和钢筋构成的城市里,也是硕果仅存。能够遗存下来,只能用它有强大的生命力来解释。小小的院子里,窗下长着丁香树,还有一棵杏树,都不甚茂盛。

"尤拉,应该换房子啦。"我说:"它是怎么保留下来的?"

"说起来话就多了,黑格尔不是说了嘛,现实就是存在的,存在就是合理的,合理的就是存在的,存在的就是现实的……"

"有道理。"

我笑,尤拉也笑。

踏上几级木头台阶,走进屋里,房子不大,一个客厅,一个卧室,卧室兼做书房。因为独身的缘故,没有女主人,一切很是乏善可陈。唯一显得独特的是,他有一个很大的书架,高高地顶在天花板,密密麻麻、高高低低地摆满了发黄的书。也有一些崭新的书,它们间杂着摆在一起,有些古怪可笑。

"这是我的生命的所在。"尤拉说,"生命在延续着,不能没有书的陪伴。"

"哦,你的书真多,时髦的却不多。"我说。

"我这个人不趋时,喜欢老旧的事物。"他说,"我虽然一个人生活,但是很快乐,我牺牲了几乎所有的一切。老旧的事物有故事,故事里有真理。和这些书是我的好朋友,它们让我快乐!"

这几乎是一个小型图书馆。

"都是些老旧的书,图书馆不要的,他们把书做了剔旧处理,在图书馆门前摆了好几个大书架,他们卖起来一点也不心疼。我选了好多书,实在没有什么选的,感到意犹未尽,他们告诉我,地下室还有许多书,我顺着梯子下到地下室,里面全是书,堆起来有半米多,竟然没有地方下脚,有几个人已经在这里了,他们都踩在书堆上。我也只好踩在书堆上。我选了许多的书,那真是大丰收啊。"

我们坐下来。

过了一会儿,我才适应了房间的暗淡的光线。

我看了一下那一排排的书名,巴巴耶夫斯基的《金星英雄》,尼古拉耶娃的《收获》,潘菲洛夫的《磨刀石农庄》,阿札耶夫的《远离莫斯科的地方》,马雷什金的《来自穷乡僻壤的人们》,克雷莫夫的《油船"德宾特"号》,萧穆什金的《阿里杰的末路》……林林总总,有几十种,我们过去所熟悉的苏联小说几乎都在这里。

我注意到,他的书架上,没有现在人们常常看到的西方的书。

"苏联虽然不存在了，这些书还是有价值的。"尤拉说，"这是历史嘛。我们许多作家都是模仿着苏联作家写作的，现在这些人不承认了，好像他们都是受了西方作家影响，他们唯西方作家马首是瞻。这些西方作家的名字我都懒得记。"

在他的写字台上，还摆着许多书，他一本本给我看，多是有关哈尔滨早期历史的，如单士厘的《癸卯旅行记》，辽左散人的《滨江尘嚣录》，吴文衔、张秀兰的《霍尔瓦特与中东铁路》。

还有俄罗斯叶莲娜·塔斯金娜的《哈尔滨：鲜为人知的故事》，日本山口淑子、藤原作弥的《我的前半生——李香兰传》，俄国蒲宁的《蒲宁回忆录》，俄罗斯卢布钦科娃的《俄罗斯最著名的考察和探险家》，美国的卡尔森的《寂静的春天》等等。

在尤拉的写字台上，我还看到有几本与哈尔滨似乎没有关系的书，其中有一本石建国的《外交总长陆徵祥》。

我说："你还看这个？"

尤拉说："我们没有想到，这个民国人物陆徵祥还真有点意思，你看看吧。"

最后，他对我说："我在研究哈尔滨的历史，这些都是我的参考书，你不妨也拿去参考一下。哈尔滨是一个很有吸引力的城市，有很多人在关注着它，这真是一个幸福的城市。"

他找来绳子，把这些参考书捆起来，交给了我，说："我最近出一趟远门，很久才会回来，你先看看这些书。我还有很多的书，不过是关于哈尔滨别的方面的。"我们真要感谢这些作者，为我们提供了很好的材料……

这时候，他摸着自己的头，喃喃地说："中国人嘛，总要有点自知之明，有点自信，研究解决自己的问题。我在哈尔滨这座家乡城市的早期历史中，看到了这个世界上有我们许多应该学习的东西……"

这是我最后一次与尤拉见面。

尾 声

给卡嘉的信

这是我看到的尤拉给卡嘉的最后一封信。我不明白的是,他为什么不厌其烦地诉说他在北京的经历。我看出在其背后,仍然是他对卡嘉那种藕断丝连的衷肠和心底落花流水的失意。十多年过去了,现在他只能生活在自己的回忆中,在想象的阁楼和研究书本的象牙之塔里。我把这封信抄录在下面:

卡嘉,我乘坐的从北京出发的 72 次列车在夜间运行。那是一个没有月亮的夜晚,看不见窗外的景物,只是偶尔闪过某一个城镇的灯光,和擦肩而过的同类的呼啸声。这一切让人感到落寞和空虚。我一夜无眠,头脑胀裂的感觉很强烈。伤感、孤独和寂寞,以及无聊的灰暗情绪慢慢涌上我的心头。我知道,一个新的世纪就要来到了。

我在返回故乡的时候,应该是在 2000 年,那是一个新世纪的开始,自然也是一个旧世纪的结束。我的记忆现在有些模糊,不过还算牢靠,况且从报刊上也得到佐证,应该是那段时间,前后误差应该不超过两年左右。中国人准备迎接新的世纪,获得了开办北京奥林匹克运动会的荣耀,多辉煌的年代。我这时候却要回到家乡,确实让人感到有些不可思议。在这个时候,应该留在北京,在事业上大显身手,可我决意要回故乡了。我身心疲惫了,我多少有点儿让人感到另类的感觉。我不知道这是为了什么。

那一个夜晚,我随身带着日本松下CD,用耳塞机听歌曲,伤感的我多么喜欢美妙动听、深沉柔美的苏联歌曲《海港之夜》,我周而复始在听:"寂静降临广大的停泊场,迷雾笼罩着海洋,再见吧,可爱的城市,明天我们就要到海上,清晨,亲爱人儿的蓝头巾,就要在船尾后飘扬……"是啊,我想,再见了,北京!

还在临别北京的时候,我接到你的来信,希望我到武汉去看望你。我觉得这时候打扰你是不好的,因为你在修改你那部世界系列游记,那时你是多么的忙碌。最重要的是,我也想回到家乡整理哈尔滨历史资料,准备写有关俄侨系列的书,当然是关于他们在哈尔滨生活的。我想,这系列的书应该由你来写其中的一部分,再适合不过了。

我回故乡哈尔滨前,需要做一件事情。中东铁路第一任局长霍尔瓦特在哈尔滨盘踞了长达17年之久,他对哈尔滨的影响很大,他在哈尔滨所做的一切,就是一部哈尔滨早期历史。我好奇地想知道,他最终安葬在哪里?我在有关资料上看到,他安葬在北京的一个地方。

我在东堂转了一下,我发现东堂墙上铭牌上建堂时间与堂前广场牌上时间不符,便向东堂的人说明了这一点。他是个北京人,看出我们是外地人,便不屑一顾,还不以为然,那表情好像在说,这有什么奇怪的呢,写错了嘛。这是在北京呵,怎么能这样随意呢?跑到西什库大街上,仔仔细细地看了那里的教堂,因为我听说霍尔瓦特安葬在那里,这自然没有什么结果。卡嘉,站在王府井大街上，我确实感到应该回到故乡去了，我一定要回去。故乡的那个城市，它有着古老的教堂，铺着方石的街道，各种街心花园，浪漫的欧式建筑，还有普通的善良的俄侨，他们异域色彩的生活习俗，和他们引人入胜的故事。我想写一部关于哈尔滨的风花雪月的书，把这一切都写进去。

我现在突然有了一种亲切而温煦的感觉，心情反而慌乱起来，搅得我晕头转向，还有一些伤感涌在心头。好在你从澳大利亚回来了，定居在大武汉，我们彼此的距离并不遥远，从北京去武汉还是很近的，我应该去见你，可我决意要离开，这表明我们不是没有缘分，而是我们的缘分太深了，我想还是像中国古代诗人所秦观说的那样，"两情若是久长时，又岂在朝朝朝暮暮"，我还是离开吧，我的理智这样告诉我。

这时候，车厢忽然暗下来，原来列车钻进了一座城市立交桥下。列车这时速度开始慢慢地下来，终于停靠在长长的月台上了。我伸了一下懒腰，将身子探出车窗，外面的气息扑面而来，除了都市的嘈杂，还有一股股柔柔的夏初温凉的风。这时候透着外面的气息，我感到畅快了一些。

"啊，故乡！"我在心里叫道，陷入回忆之中。突然一个在梦深处的女孩，梳着两条辫子，笑盈盈地跑过来，这是谁呢？我极力回想，我自然不会忘记，这就是你。卡嘉，你把你的金色长发梳成了两条辫子，你在松花江沙滩上，你的长发也像在北戴河海滩上一样在飘扬着。边跑边喊着"尤拉"，声音柔柔的，像夏日凉爽的风从远处飘来。

卡嘉，这就是我的故乡的记忆。我们故乡的哈尔滨夏天，明媚柔和的夏天，年年如期来到马家沟河畔，柳丝摇曳柳絮飞，那里是尽情遐想,悠然神往的美妙的地方。还有小街上含着露水的紫丁香,俄式花园深处嫩绿色的树木花草和苍劲的老榆树,这一切都蕴藏着青春的气息,这一切都因为有你,是你在我心底而出现的美好回忆。

卡嘉,原谅我吧,我总是陷入往事的回忆中不能自拔。

我还不想停下笔来。我真的很佩服你,你独自一人在2012年就开始了第一次极地旅行,那是多么有纪念意义的事情。那年恰逢英国罗伯特·斯科特船长探险队抵达南极点遇难100周年吧?

写到这里,我真是激动万分,希望有机会与你一起去探索北极"索菲娅·奥米罗娃岛",这是当年俄国高尔察克海军上将为自己妻子命名的岛屿。我曾经对你说过,高尔察克海军上将到过哈尔滨,他曾经在这里侨居过一段时间,说起来他也是哈尔滨俄侨。我答应过你,我要写一本关于高尔察克的故事,他还是一位俄国北极探险家,我想,那是一个非常好读的故事。我最喜欢的还是哈尔滨的历史,因为有你关心的目光在那里,还有你想要了解的许多关于俄侨的人与故事。当然,这里也包括你的家庭的故事,还有让我在整理资料中得以放松地听你讲述的那些旅行故事。

卡嘉,我收到你的信了。我想你不会是从南极给我寄来的吧?我这样想着打开了邮件,一看竟是从智利的火地岛上发来的,你果然在去南极的途中。这太好了,以后就写一部关于南极的书吧。不过,不管你走到哪里,你都要记住,在那遥远的东方,在那松花江右岸,曾传来了撼动一切的钟声,那是我们的哈尔滨,还有我这个朋友,在热烈地等待着你,在圣索菲亚教堂广场上等你,如十年前一样。我还会送你一本书作为礼物,我还想写一本关于哈尔滨老教堂的故事,写钟声撼动的教堂之城哈尔滨。俄罗斯人每到一个地方,做的第一件事情是修建东正教教堂,然后围绕着教堂,建起城市、乡村中心广场、市政厅等机关,以及学校、商店、图书馆、住宅、花园等等。

卡嘉,你还记得吗? 你们全家离开中国走得很匆忙,你也没给我挥下手,只留一束含露的丁香花,留在我的心里了。我真想有一天,我们在哈尔滨相见,漫步在旧日的街道上,共同回忆那逝去的好时光。或去中央大街上散步,一览今日的繁华。或去江边,望着头上那块悠悠白云。或去大直街,倾听东正教堂的钟声。我终于等到了你。在那一年里,你回到了哈尔滨,我在圣索菲亚教堂广场上等你,这是我特意让我们的重逢在一个有着象征意义的地方。让我惊喜的是,你在大庭广众之下,拥抱了我,许多人在看着我们,鸽子在我们脚下飞起,我们陶醉在重逢的喜悦之中,全然忘了周围的一切,仿佛全世界的人都不存在了。遗憾的是,圣索菲亚教堂的钟不再敲响,否则全城都会响起为我们欢呼的钟声。在我心底里响起了美妙动听、深沉柔美的歌声:"寂静降临广大的停泊场,迷雾笼罩着海洋,再见吧,可爱的城市,明天我们就要到海上,清晨,亲爱的人儿的蓝头巾,就要在船尾后飘扬……"我仿佛看见了你的眼睛,闪烁着泪光,好像是天空的流星雨,纷纷飘落下来。

在可能很长的时间里,我不会给你写信了。因为一个世纪的俄侨在哈尔滨生活的时代终于结束了。我也想休息一段时间,读一点别的什么书。不过我一直在想,俄侨作为这座城市特定历史条件下的特殊居民将会被载入史册。对于哈尔滨人来说,回首俄侨漂泊远方的沧桑往事,一定会感慨良多。

哈尔滨迄今为止,已经有了120年的历史,城市生活也走过了百年的历程。我知道,曾经有过的20万俄侨的离开,哈尔滨也随着他们的脚步远去了。圣尼古拉教堂被拆毁,整个城市的天际线改变了,城市景观在一天天改变着,终于与全国许多城市趋向同质化。老哈尔滨人发出这样的疑问,这还是我们的哈尔滨吗?老哈尔滨俄侨发出这样的疑问,这还是我们曾经侨居的哈尔滨吗?

　　哈尔滨这座城市从中国苦难历史中走来,从修建中东铁路中走来,交织着光荣与梦想,沉淀着阵痛与思考。我想对你说,历史不单单是风花雪月,它可能更是惊涛骇浪。我认为,也许是经过漫长岁月的验证,历史比我们更老道,更聪明,也更比我们有智慧。在历史面前,我们是幼稚可笑,颠顸甚至迂腐的。这历史就是殷鉴,这殷鉴仿佛是一块石头,告诫后世的人们在走路中,会碰上许多的石头,但不要被同一块石头绊倒,避免重遭覆辙。对于这笔重要的历史文化遗产,我们会是欣赏的吗?我不知道。不过,我将离开哈尔滨,希望像你一样,远去美国、俄罗斯、以色列和澳大利亚等国家,继续寻找那些离开中国的俄侨,或者他们的后裔,听他们讲述在哈尔滨的故事,那也是他们另外一种的,漂泊在远方的沧桑往事。我想地球的表面是柔软的,人们一踩就会出现痕迹。同样,人的心灵也会走出一条条小路的。我们的企图是,通过这条小路走向宽广的大道。因为我对故乡的热爱吧,没有办法,我只能继续写下去,只好暂时和你说再见。

尤拉

2018 年 5 月 18 日 哈尔滨

以上就是尤拉与卡嘉最后一次通信的实录。

就在尼姨葬礼的那天晚上,尤拉去敲卡嘉在马迭尔宾馆房间的门。

卡嘉给他开了门。尤拉仿佛觉得,就像她年轻时的眼睛一样,而且是无法形容的美丽。

"我来到了故乡,却感到这么寂寞,不过,我在这里终于见到你了。"她说,单纯而歉疚地微微一笑。

她把双手伸给尤拉,用她冰冷的手指紧紧地握住他宽阔的手掌,后退着把尤拉领到房间去。

他想,如果他让这样的友谊变成爱情的话,他的心是无法容纳的。这爱情会给他带来多少痛苦和欢乐、眼泪和微笑、鲜花和不幸,甚至他会没有足够的力量来经受它所有的变幻和意外。

"只有在想象中,只能在想象中,爱情才能永世长存,才能永远环绕着光辉灿烂的诗的光环。看来,幻想的爱情远比在现实中的爱情要好得多。"他想。

因为这些,他是带着坚定的决心到卡嘉那儿去的,见过她就走,以后永远也不会再和她相见。他不知道自己这样做是为什么,只是想他应该这样做。要知道在他们之间什么也还没有发生过。他们不过是在童年遇到,而且那时候什么也不懂,他们之间只有友谊。

"尤拉,你怎么啦?"卡嘉低下了眼睛。看来,她已经猜着了他心里所想的一切。

"我是来告别的,我要离开哈尔滨了。"

卡嘉望着他的眼睛说:"我的朋友,您有一颗金子般的心,还活在上一个世纪之中。哈尔滨留下了许多旧日的建筑和景观,已经物是人非,时过境迁了。跟我一道去堪培拉吧。"

尤拉说:"卡嘉,我们都老了,已经过去了几十年,我们都有了自己的生活方式,我们都沿自己的命运轨迹前行,我们还能回到从前,或者还能往前走吗?"

"为什么不能呢?"卡嘉轻声问道。

尤拉说:"卡嘉,我是清楚的,我们不能了……我是一个喜欢回忆过去的人,也是一个喜欢流浪远方的人,我会把自己弄丢的,那样也会把你弄丢的,让你孤零零一个人丢在这个世界上,我这一生不知道自己会漂泊在哪里。你还记得我们在小时候走丢的事情吗?"

"我当然记得,看来你在自己的生活中害怕爱情,你缺少爱的力量和勇气。"

"这是我的宿命。"尤拉承认。

卡嘉把一只手搁在尤拉的肩上,悲伤地说:"尤拉,我明白了,你走吧。你的眼睛永远微笑着眺望过去吧,不要想着我。但是假如以后你因为年老、贫困或疾病而感到痛苦的话,那时只要你说出一个字,我立刻就去你身边,就像十二月革命党人的妻子和情人那样,徒步走过积雪的高山和干旱的沙漠,到千里之外去安慰你。"她跌坐在椅子里,用双手捂住了脸。

这时,马迭尔中央大街一侧的阳台上,音乐晚会开始了。

"去吧!"她轻轻地说:"尤拉,愿上天饶恕你。"

他们牵着手走出去。经过那座著名的霁虹桥,尤拉把卡嘉送到车站。在第二遍铃响过后,卡嘉把两只手都伸给他。

"尤拉,你不会给我来信了,我们现在差不多成了亲兄妹,是不是?"她说。

尤拉没有说什么。他只是点点头。

从此,他们就再也没有见面,却终生相互思念着。也许,正是因此,尤拉才在多年以后,在马迭尔宾馆那个他与卡嘉交谈过的房间里对我说:"我为自己的往事回忆付出了巨大的代价。我认为这是我的幸福,我拥有着那样一段纯洁的时光。"

一个月后，卡嘉接到尤拉从美国旧金山写来的一封信，和一本苏联作家巴乌斯托夫斯基选集，这是在 20 世纪 80 年代出版的。在书的第 86 页和第 87 页之间，夹着一张马迭尔大楼的老明信片，上面写着"纪念"两个字。

　　后来，卡嘉把这本书和明信片一并寄给了我。她在附信中说："巴乌斯托夫斯基是尤拉喜欢的苏联作家，他喜欢读那篇《雪》的小说，他把我当成小说中女主人公达吉亚娜。你是了解我们的，知道我们曾经走丢过一次。如果我能够陪伴在尤拉身边，他就不会再把自己弄丢的。他是一个理想主义者，他选择了漂泊的生活，就像当年我们俄侨一样。他已经是一把年纪的人了，在这个世界上，他寻找什么呢？"

　　我理解。卡嘉的心情是惆怅的，她对尤拉的孤独寂寞以及未来的归宿是非常担忧的。我仿佛看见在她和尤拉之间，或者尤拉与她之间，有一条长长的线，把他们紧紧地系在了一起。

　　这天夜里，我翻开巴乌斯托夫斯基那篇卡嘉提到的《雪》，这是书中主人公波塔波夫写给达吉亚娜的信：

　　你记得一九二七年秋天在克里米亚的情景吗？还有那在里瓦狄亚的公园里的老法国梧桐？阴沉的天空，暗淡的大海。我正沿着通往鄂连达的小径走。小路上，我遇见一个姑娘，坐在路边的长凳上。年纪总有十六岁光景。她一看见我就站起，向我走来。我们走到并排的时候，我瞟了她一眼。她轻捷而迅速地走过去了。她手里举着一本打开的书。我站住了，对她的背影凝视了许久。那位姑娘就是你。我不会弄错的。我盯着你的当儿觉得浑身发冷。那时候我心中想道,一个可以使我一生毁灭,或者使我得到幸福的女子,从我身旁走过去了。我觉得我可以对那个女子爱到神魂颠倒的地步,我祝福她的每一个脚步、她的每一句话、她的每一个微笑。我那时候就知道不惜任何牺牲,我一定要找到你。这就是我站在那儿所想的念头,但是我并没有从那个地点挪动一步。为了什么我也不知道。从那以后,我就一直爱着克里米亚,还爱着那条小径,在那里我只见了你短短的一瞬间,以后就永远地失去了你。但是人生对我是仁慈的。我又见到了你。如果一切事情结果都很顺利,你愿意要我的生命的话,我的生命当然就属于你。对的,我在父亲的写字台上发现已拆开了的我写的信。我了解了一切,只能从远方来感谢你了。

读到这里,我想了一会儿,翻到第 86 页和第 87 页,果然发现了几行字:"那时候我心中想道,一个可以使我一生毁灭,或者使我得到幸福的女子,从我身旁走过去了。"这段话在每一个字下面都有一个加重号。显然不是书中原有的,是后来添上去的。显然,这是尤拉所加。

我明白了。俄侨在哈尔滨漂泊的历史并没有终结。

后来,我得到消息:卡嘉离开武汉又回到了堪培拉,她的父亲尼古拉长眠在这个城市郊外的俄人墓地,她的哥哥安德列和姐姐玛丽雅都健在。而尤拉,却不知道在世界上的什么地方……

丛书后记

我们被迫离开了北方的家乡

只有面貌酷似俄罗斯的哈尔滨

终止了俄国子民的流浪

温暖了心中的悲凉

从此不再极度悲痛哀伤——

　　这是一位曾长期生活在哈尔滨的俄罗斯诗人,在回到前苏联并十分侥幸地逃过了大清洗后,在晚年时创作的作品。诗中,他对哈尔滨这个俄罗斯侨民的"第二故乡"充满了感恩和深深的思念。二十世纪初,沿着中东铁路的轨道,来自俄罗斯的移民大潮使哈尔滨这个原本在世界版图上默默无闻的小渔村一下子变成了一个多语种、多民族,具有多元文化的国际大都市,敞开了欧洲通往远东的大门。除俄国人及东欧各国人外,犹太人、土耳其人、德国人、丹麦人、日本人、朝鲜人等等,不同肤色、各色种族,华洋杂处。大街小巷,各种外国招牌、外国银行、外国公司的办公楼,外国人的花园洋房,比比皆是。太多的场合和角落,人们都在用外语交谈。在屈辱与繁荣,无情的掠夺和文明的渗透的情境下,这个独特的地域不断产生着令世人瞩目的音乐、舞蹈、绘画、雕塑等等艺术成就。尤其是近当代不断涌现的以反映俄侨生活、犹太人的经历、抗日救国、口岸通商等等为背景的文学作品,充分展示了一个具有混血特点的城市海纳百川的包容和人民的不屈与善良,闪耀着在严酷的政治背景下凸显出的人性光辉,激励着我们这些文艺工作的组织者为之着迷,为之努力,为之奋斗。"混血文学"这朵文学百花园奇葩的出现,是必然的,并将延续、繁荣下去。

世界上的混血儿有很多种,中俄混血儿是其中人数较多的一种。哈尔滨历史上曾经侨居着二十多万俄罗斯移民,甚至超过了当时当地中国居民的人数,成为中国最大的俄侨聚居中心,当年被称为俄国境外俄侨的"首都"。而俄侨的开放和当地中国居民的友善,为双方人员的交往甚至通婚创造了条件。斯拉夫民族在这里留下的久久不会消失的印记,作为文学创作的资源十分丰富,这一点,无任何城市可以比肩。中共哈尔滨市委宣传部、哈尔滨市文学艺术界联合会一直对此十分关注。当前,黑龙江省经济、文化上的对俄合作战略在不断升级,哈尔滨市作为全省的龙头,将成为全国对俄的经贸示范区和文化产业集散地。而此次出版的这套《哈尔滨俄罗斯侨民文学系列丛书》,以系列长篇小说的形式反映百年来黑土文化和俄侨文化的融合,这无疑为我省我市的对俄经济文化的深入合作投入进一份无法替代的力量。

感谢市委宣传部的大力支持,感谢高莽老师和李述笑老师的鼎力扶持,感谢丛书作家的热情配合。我想,在市委、市政府的支持下,我们有责任,也有信心和能力,把这块黑土地上昨天发生的故事不断地讲下去,使之融入今天和明天的风景。

王亚平　陈　明

2015 年 5 月 29 日